往事生花

张林 著

山东文艺出版社

图书在版编目（CIP）数据

往事生花 / 张林著 . -- 济南 : 山东文艺出版社，2025.3. -- ISBN 978-7-5329-7253-1

Ⅰ . I247.5

中国国家版本馆 CIP 数据核字第 2024ZC3229 号

往事生花
WANGSHISHENGHUA

张　林　著

主管单位	山东出版传媒股份有限公司
出版发行	山东文艺出版社
社　　址	山东省济南市英雄山路 189 号
邮　　编	250002
网　　址	www.sdwypress.com

读者服务　0531-82098776（总编室）
　　　　　0531-82098775（市场营销部）
电子邮箱　sdwy@sdpress.com.cn

印　　刷	山东新华印务有限公司
开　　本	880 毫米 ×1230 毫米　1/32
印　　张	9
字　　数	166 千
版　　次	2025 年 3 月第 1 版
印　　次	2025 年 3 月第 1 次印刷
书　　号	ISBN 978-7-5329-7253-1
定　　价	56.00 元

版权专有，侵权必究。如有图书质量问题，请与出版社联系调换。

目 录

1	第一章	路茫茫
12	第二章	情为何物
59	第三章	选择
73	第四章	芳心无所依
94	第五章	他乡遇才女
128	第六章	张朝阳挑重担
141	第七章	情断
159	第八章	三年后
167	第九章	新的工作
175	第十章	六年以后
200	第十一章	青灯相伴抚琴人
226	第十二章	来来去去皆是缘
269	第十三章	冷月伴孤鸿

写在前面

写小说是我多年的愿望。

上学那会儿就喜欢写作文,语文老师有时候会在班级里给同学们读我写的日记及短文,并且表扬一番。语文老师曾经给我说,多读书,在写作上多下功夫,将来可以选择攻读文学。现在想起来,那时候老师对我的期望还是挺高的。

那时候我家住在胡同里,离我家不远的另一条胡同里有一间小画书店,一分钱可挑选一本薄薄的小人书看,两分钱就能看厚一点的小画书,五分钱可以选看连环画书。因此平时我就把父亲给的钱攒起来,等到攒够了一毛钱,就可以坐在小画书店里看个够。那时候儿童读物比较少,受到姐姐的影响,我爱看一些古典文学的小人书。像《三国演义》《水浒传》《红楼梦》《岳飞传》《西游记》《封神榜》等等的小人书基本都光顾了一遍,虽然并不怎么懂得里面的内容，仍然看得津津有味。

后来不看小人书了，开始看《风雨桐江》《红旗谱》《红岩》等革命小说。再后来看普希金的长诗，以及《茶花女》《红与黑》，还有左拉的长篇小说。再后来也喜欢看张恨水先生的书，现代作家写的中国历史小说还是挺有吸引力的。

初中那会儿，语文期末考试的作文题目是"记一个革命故事"。当时我写的是渣滓洞集中营里革命先辈与敌人作斗争的事情。没有想到语文老师把这篇作文在级部各个班级读了一遍，这篇作文也作为优秀作文受到学校的表扬。

再长大一点，经受了许多事情的发生和不确定性，生活艰难，甚至吃饭都成问题，没有心思写作了，只为生存而奔波。婚后受家务事情的牵绊，写作近乎搁置。但是阅读的习惯还是有的。有一次读书读到情深处，忘了炉灶上的饭锅，火把饭锅烧糊了冒了烟才发觉大事不好。对于喜欢的作品我往往反复地读，反复地思考，每读一次都能有新的发现新的认识。阅读别人写的书，就是在成全自己。只有多读书、读好书才能有底气去写作，去实现自己的愿望。

三年电大圆了我上大学的梦，尽管觉得不如正规大学好。但是经过动乱之后，许多青年读书的愿望很强烈，希望在还年轻的时候能找回失去的年华。电大是"文革"后教育界的新生事物，它的诞生给了许多有志青年希望和寄托。自己当时毕竟三十多岁了，还是孩子的妈妈，能重新坐在课桌前已经使我激动不已了。那时候的我仿佛回到了学生时代，回到了青春年少时代。

在读电大的过程中得到了爱人的支持，他尽管工作很忙，但总会尽可能地给我空间和时间让我专心学习。有一年期末考试，一天要连续考三门课程，上午一门，下午两门。那时候都是中央电大统一出题，然后把试卷分发给各省的电大。老师会在考场上当众拆开卷封，以显示没有作弊的可能。有的课程是在考场上用收音机收听广播试题，若是考生没有记录下来就比较麻烦。当时孩子小，没有人帮忙看护，那两天正赶上爱人需要出公差，于是他决定带上孩子出差让我安心参加考试。爱人对我学习的支持和鼓励，给了我信心，让我顺利完成了学业。经过三年的学习，我对于文字的运用和理解有了进步。

日子过得太快，转眼到了退休的年龄。闲下来以后失落感增强，不知如何应付接下来的生活。后来，有一位朋友出版了一部散文集，送了我一本。看了他的书，我重新燃起了写作热情。之后受益于网络的普及，我在"中国文学论坛"上发表过散文和古诗词之类的作品，受到了众多版主的好评和认可。其中一篇散文《家乡的河》由版主配图并刊登在版块头条。另一篇散文《娘亲》也在散文版块设为"高亮"。由于在论坛上推送的作品比较多，得到了会员升级。

  自己也想着把几十年的所经所历,以及各个时期遇到的人和事写成文字,把尘封多年的情感拆出来。尽管有激情,但是做不到把它们全部写出来,不能尽如人意。

  我写的文字中所涉及的人物没有特定的指向,但也不是凭空捏造出来的。构思的过程中几经斟酌,几经推翻。在实际人物的基础上加以扩展、减缩、转移以及精心的虚构,当然里面也有些灵光一现的情节。小说总归是小说,与现实有差距。作品不可能原原本本地去描述一个人或者是一件事情。人物的设定就像是和面一样,白面、玉米面、小米面等揉和到一起做成一个个的馒头,你中有他,他中有你。

  大概就写到这里吧,第一次写小说,一定会有不足之处。遗憾是有的,欣慰的是,总算开篇了!

第一章　路茫茫

　　雪下得正紧，和着强烈的西北风，漫天横冲直撞。狂风一阵阵呼啸着，不时地卷起落在地上的雪花猛力甩向空中，然后又直冲向地面。那股子猛劲似乎要把大地翻过来，让人望而生畏。整个街面好似被一片白色的素锦包裹起来，已经分不清东西南北了，只看到白雪在起伏延绵。风雪伴着寒气刺透了外衣穿入骨髓，如玉站在雪地里，上牙不停地碰着下牙。她被寒风吹得站立不稳，几乎要摔倒在雪地上。

　　她靠在一棵大树上试图有个依靠，然后用被冻僵的双手哆哆嗦嗦地把头上被风吹开的围巾重新系好，又把棉袄领子往上提了提，但无济于事，浑身仍然不断地瑟瑟抖着。大风似乎并不减弱，继续不停地吼着向女孩扑来。

　　她举目四望，白茫茫一片，不知该走向何方。

　　这是入冬以来最大的一场雪，虽然已经立春了，但是这北方的春天总是来得迟些，寒气总想着最后显一下威风。

马路上行人稀少，身边偶有人走过，也是头缩肩耸步履蹒跚。路上骑自行车的人经不住风吹雪打，已经改为推着车子艰难地步行了。公交汽车在快车道上慢慢地前行着。一个小伙子在雪地里骑着自行车，被风吹得左摇右晃，忽然车子往左一偏砰的一声摔在了雪地里。几乎是同时，后面的一辆自行车也摔倒在雪地上，两个人都没有立刻爬起来，而是躺在雪地上就地打了几个滚。

他们这翻滚的动作让如玉看得直接笑起来，真有点林海雪原的战斗模样。看到这场面反而感觉身上不那么冷了。如玉用双手在面颊上揉了揉，紧忙赶路。走着走着一转头看到路边一户人家的院子里，有一个小男孩不畏严寒在厚厚的雪地里堆雪人玩。他垒起了一个雪堆，被风一吹又散开了。年轻的母亲或许是怕冻坏了他，但是又不愿意扫他的兴致，于是和小男孩共同玩起了堆雪人。那母子两人的亲昵状，触动了如玉的心。小时候的一幕幕跃然眼前。

她似乎看到了小时候自己在雪地里堆雪人玩的场景，母亲总是帮助自己把雪人的眼睛画出来，然后再把耳朵和鼻子做出来，母亲还会给雪人围上一条围巾，把雪人打扮起来。简直是美目盼兮，让人望而喜欢。想到这些，如玉的眼睛里已经是盈满了泪水，这泪水流出来后，霎时就僵在了面颊上。如玉用棉袄袖子擦了擦满脸的雪花和凝固的泪水，振作精神朝着右前方走去。

她踏着雪地，踏着人生的道路，踏着前途和希望，走啊走啊，终于找到了通往郊区的公交车站牌。

她站在公交车站牌下等车，好不容易开过来一辆车，车上满满的人，下车的人不多，这上车的人却是很多。如玉费了很大的劲才挤上去，只能站在车门口，车子开起来颠簸得厉害，人在里面随着汽车的晃动挤来挤去的。如玉听到车里面有人在打架，好像是谁挤到谁了。如玉也被挤得喘不上气来，身体像是被钉在那里，一动不能动，周围的气味很难闻，就在最难以忍受的时候，车子停在了终点站。人们不顾一切地往外挤，如玉被连挤带推地下了汽车。下车后还要步行穿过一个村庄，越过一个大沟，这一路边走边打听，终于找到了郊区龙腾山旁的那个厂子——锅炉机械制造厂。工厂的大门关着，旁边有个小门是开着的。如玉刚走进去，就见一位老者从传达室里走出来大声地问："你进来做什么，找谁?"那口气虽然有点不友好，但还不算很凶。如玉告诉他，自己是被分配来报到的。那老者指了指大门左边的一排红砖房子说："往那边走，人事科门口挂有牌子。"

如玉朝老者手指的方向往里走，在挂有人事科牌子的门口停了下来。听到里面好像有人在讲话，如玉轻轻地敲了一下门。"进来。"里面有人说。进到屋子里，房间很小，里面站着几个人，年龄和如玉相仿，有男有女。靠里面的办公桌前一位中年男性问如玉："你是来报到的吗？""是。"如玉应道。"叫什么名字？""陈如玉。"那人看了看手里的名单，点点头说："嗯，人到齐了。"接着说，"今天天气不好，我们厂子地处偏僻，大家冒雪来报到着实不容易，我代表厂里欢迎大家！以后你们就是厂里的职工了，大家在一起工作要共勤共勉，一起建设我们的美好未来。下面我给大家介绍一下厂子的情况。

"咱们厂子总共九亩六分地，场地不大，厂房有点紧张，但是咱们的前景好。这主要有赖于咱们制造的产品质量好，用户信赖，订单多，有市场。

"你们是新生力量，是咱们厂的希望。今后不管是在哪个工位上，都要遵守厂里的规章制度，为厂里的发展建设贡献一份力量。"

这位人事科的领导讲完话，有人出去把分管的副厂长请来又给大家上了一课。稍后，有几位穿工作服的中年男人站在了门口——屋子不大，里面人多站不下。

随后，人事科的那位领导手里拿着一份分配名单念名字，分配给门口的师傅领走。

念到陈如玉和马明娟的名字时，他说："你们两人跟着王主任走。"王主任和蔼地对她俩说："姑娘们，去车间吧。"于是两个人跟在王主任后面去车间。通往车间的路比较窄，路两边堆满了铁板还有粗铁棍子，还有一些圆圆的铁罐子立在那里。由于天气太冷车间的大门都挂上了棉布帘子,那帘子黑乎乎的,挡在门口看不见里面是啥样子。走到尽头已经没有路了,迎面是一个高高的大门,同样被棉布帘子挡着,里面有隆隆的声音传出。王主任说:"这是车工车间。"又指了指旁边的地方说,"这是钳工车间。"如玉看了看钳工车间四周,别说墙了,连个布帘子都没有,就是一个敞开式的大棚,棚顶被雪压下来,落在地上些许的雪片。棚子下面有几张铁桌子,上面放了几个铁家伙不知道是干啥用的,看到这些如玉心里就有点凄怆。再看看那些工人,都穿着脏兮兮的工作服,头顶蓝色的帽子,帽子看上去油乎乎的,帽子下面的面孔黑乎乎的一个颜色,几乎分不出是男是女。周围的工人都在打量着她俩。车间主任说:"该讲的领导都讲了,你们就去班组报到吧。咱们钳工车间分两个班组。陈如玉进一班,马明娟进二班。"

车间主任让如玉跟着一位韩师傅学习。韩师傅说:"小陈,一会儿发下工作服,你去棚子后面穿上。那里有工具箱,咱们的衣物都是放在工具箱里面。你先和我共用吧,以后再让铆焊车间做一个给你用。"如玉站在那里不知道该说点啥,也不知道该干点啥,显得那么拘谨和茫然,两只手拽着衣服的一角,眼里含有泪水。韩师傅看在眼里,就对如玉说:"小陈,你来到咱们班组,以后咱们就是同事了,有什么事情大伙会互相帮助,有什么困难就说出来。等以后相互熟悉了,你就会知道大家虽然都不善言辞,但是很团结。咱们厂子的工作环境是差了点,但大伙只要努力工作,厂子会发展起来的,工作环境也会改变的。"

韩师傅去仓库给如玉领来一身工作服、一个工作帽、一副帆布手套,递给如玉,就领着如玉转去了工棚后面。工具箱同时也兼顾放生活用品。车间简陋,没有屋子,所以把许多工具箱摆放在一起,形成一个换衣服的空间。韩师傅指着其中的一个说:"用这个。"说完就离开了。如玉站在那里不知道该怎么样穿上那身工作服。她愣了一会儿,然后把工作服套在了棉袄外面,拿着工作帽去找师傅。韩师傅说:"你需要把帽子戴上,为了安全也是工作要求。"如玉把很长的两条大辫子盘到头顶,却是戴不上帽子。韩师傅说:"你的头发又长又多,这帽子是戴不上的。"如玉听了心想,也不能为此剪掉辫子啊。

晚上回家,如玉一头扑在床上哭起来。爹爹关切地问她怎么了,是不是受了委屈。如玉知道自己没有理由不去那里上班,这都是命运的安排。哭了一会儿,如玉泪眼婆婆地跟父亲说:"那里简直就像个收破烂的场子,到处脏兮兮的,穿上那身工作服,所有人都成了一个模样,分不出男女来了。工人个个脸上抹画得像个小鬼。"父亲说:"玉啊,爹知道你从小的志向。可是现在找个工作忒难了。人首先要有饭吃,连饭都吃不上还有挑拣工作的权利吗?

再说了,你表哥告诉我,你们这一批进厂的学员每个月能有二十二元的工资,比先前进厂的学员多了四元钱,多好啊。你还年轻,以后的日子还长,慢慢做吧。要凭自己的努力往好里发展。"听了父亲的一番话,如玉知道自己没得选择,只能这样了。父亲的一生很不容易,爷爷去世得早,父亲十八九岁就毅然担起了照顾他的母亲和弟弟妹妹的重担。父亲在家里是长子,那是责无旁贷。

从那以后如玉每天早早起床,刷牙,洗脸,忙着出门赶公交上班。如果不赶早的话,恐怕坐汽车的人多挤不上去,就会迟到。厂里有规定,八点钟铃声一响就关厂子大门。迟到的人员会被关在大门外,那是很难为情的事情。

车间里的活都是和钢铁打交道,钳工就是师傅给你一个小的铁块,教给你把它夹在老虎钳上,然后你就使劲地用锉刀来回磨这块铁就行。师傅在旁边看着你磨,不断地指点。这一上午也磨不出来一块铁,累得胳膊酸疼。一天下来挺辛苦的,晚上如玉回到家里感觉胳膊都抬不起来了。父亲就一边用热毛巾给热敷一边说:"干活不要用蛮力,要学会用巧劲,慢慢地你就能实践出来。"

一天下午,韩师傅说:"小陈,咱们的任务完成得不错,这阵子你很努力,大伙都说你不怕吃苦勤学勤问,肯向老师傅学习。这不,周末车间里开月度总结会,咱们组长让你发言。"如玉有点吃惊,给韩师傅说:"我是学员,还没有出徒呢,怎么能发言呢?许多的老师傅都那么好,应该他们发言才对。再说了，从我进厂就没有见过咱们的组长，他怎么会让我发言呢？"韩师傅说："你进厂那会儿，他在市里参加乒乓球比赛，然后又参加了一个行业的检查活动，所以你没有见到他。这几天他回来上班了，得知大伙对你的工作很满意，就想听听你的想法。"如玉说："我很紧张，不会写工作总结，就算了吧。师傅您给组长说说吧。"两人正说着，一个小伙子走过来对韩师傅说："韩师傅，咱们班组今天晚上要加班，组装车间用的零部件需要再增加一部分，明天集中安装，用户急等提货。"韩师傅说："没有问题，现在就开始干吧。"那小伙子说："辛苦大家了。"他说着就走了，好像有急事要办。韩师傅给如玉说："小陈，这是咱们组长，他还不认识你，等以后时间长了你就知道他的与众不同了。他很有才华，从不傲气，为人谦和，尊重同事们。厂里领导很重视对他的培养。"如玉说："他这么年轻，从外表看有点儒雅还透着别具一格的气质。"韩师傅说："对，他是高干子弟，应该与从小接受的熏陶有关系。"如玉没有想到在这样一个小小的破旧的厂子里，还有如此儒雅谦和的人物。

　　晚上如玉也跟着加班赶任务，她正在专心地干着一个组件，就听得旁边一个充满磁性的声音传来："小陈，你这样用力地磨太费力气，可以试着身体不要动得太急，也不要幅度太大，把胳膊端稳放平能好一些。"如玉侧头看去："啊，组长。"组长笑了笑，接过如玉手里的工具给她做示范。如玉说:"组长,韩师傅多次教给我,无奈还是学不好。"组长说:"慢慢来。"

等组长离开,如玉心中竟有一丝失落。

加班到十点多,这时候已经没有公交车了,怎么回家成了难题。韩师傅说:"小陈,我骑自行车送你回家。"如玉不同意:"师傅,我家太远,您年龄大了吃不消。我不走了,在厂里找个地方将就一宿。"韩师傅说:"不行,咱这厂处在荒郊野坡,厂里没有地方住,你会害怕的。"组长过来了:"小陈,坐我的自行车,正好顺路。"如玉挺高兴,心里想,能和组长聊一聊,是何等的幸事。

一路上组长给她讲了许多工作上的事情,还讲了厂子的发展和未来。他讲的许多道理如玉听着似懂非懂,也不好问。但她觉得不管组长讲什么,自己就是愿意听。她问组长:"厂里老师傅们都说咱们厂发展前景好,咱们的产品供不应求。我觉得咱们厂应该把面貌提升一下,这样的环境让人提不起情绪来。如果不是为了生存谁会到这里来工作,特别是年轻人。"组长笑了:"小陈,你说得有道理,企业的面貌很重要,这不光需要时间还要有资金的积累。咱们原先就是个铆焊加工厂,到处揽活干,旱涝不均,没有固定的收入。后来咱们厂长接管了企业,他带领着大家由一个烂摊子一步步干,并且开发出自己的产品供应市场,确实不容易。"如玉问:"噢,组长您怎么会来这里上班呢?"组长说:"学校分配,没有选择余地。"

到了如玉家的那一片胡同时，组长说："小陈，你们家这片胡同不好走，胡同连着胡同且地形复杂，夜间行走要注意安全。"

自从认识了组长，如玉对厂子的抵触情绪少了很多，有时候还挺愿意去上班，这大概是组长带给她的动力。在工作中她总是盼望着组长过来指导一下，但这是奢望，基本上在车间里见不到他。

一天中午，因为去得晚，如玉在食堂没有买到饭。韩师傅把他的饭分一半给如玉。如玉问："师傅，组长出差了？好久不见他了。"韩师傅说："没有出差，他调到组装车间了。"如玉说："噢，为啥啊？"韩师傅说："组装车间最近完不成任务。天气太热，工人都不愿意钻筒子。"如玉问："钻筒子干什么？"韩师傅说："傻孩子，你不懂，你也没有去组装车间里看过。要把一根根铁管子从那个大大的锅炉筒一端伸进去，再从另一端穿出来，这样水才能通过管子在锅炉里循环。需要有人钻进筒子里面接应管子，把管子送到另一端口伸到外面进行安装。平时这个活都是在秋冬两季干，一台锅炉筒需要俩人轮流钻进去完成。现在是六月天，气温高。筒子里的温度超过四十摄氏度了，人在里面抬不起头来，只能弯着腰，别说俩人轮流进筒子，就是仨人轮流也受不了。所以没有人愿意干这活。许多用户急等提货，任务急，没有办法了。领导让组长去调动大家的积极性。"如玉问："组长调动起大家的积极性了吗?"韩师傅说:"咱这组长了得,去的第一天他没有多说什么,直接钻进了锅炉筒子,一口气把两台锅炉筒子穿完了。当时累得他趴下了,加上里面温度高,人都爬不出来了,同事们进去把他拖出来的。"如玉听了很感动还有点心疼,问韩师傅:"他们车间靠组长一个人穿管子,这任务不可能完成,而且会把组长累坏的。"韩师傅说:"工人们受了感动都主动钻筒子,那几台锅炉已经完成任务了。组长还帮生活困难的职工申请工会补助,给职工解决实际困难,发展了党员,职工们的积极性调动起来了。"

第二章　情为何物

　　厂子离家太远,交通又不方便,尤其是早上上班时间,坐公交车的人很多,有时候两辆车之间隔的时间有点长,坐车的人就更多了,如玉根本挤不上去。

　　为了上班不迟到,很多同事都赶坐铁路上的劳动车。这辆车是开往郊区的一个小的火车站,是铁路部门给站上的职工上下班开的专列。厂子距离这个火车站挺近的,所以如玉和同事们沾了它的光。早上六点半开,下午四点半回,无论春夏秋冬没有改变。坐劳动车必须早上六点钟之前就起床,紧跑慢跑也得用半个小时才能到发车点。

　　厂里八点钟上班,他们不到七点就能到达厂里,不用担心迟到了。这一个多小时的等待,无所事事,让人心烦,感觉在浪费时间。尤其是到了冬天,每天上下班都是披星戴月。

　　有时候需要加夜班,夜里没有公交车也没有劳动车可坐，哥哥就把他的自行车让给如玉。好几年间，哥哥都是走路上下班。后来，父亲省吃俭用给哥哥买了一辆大飞轮的车子。但哥哥知道如玉上班路程太远就把车子让给了如玉。为此，父亲觉得有点亏欠哥哥。

骑自行车上班，若是风和日丽还好，如果赶上刮风下雨，这一路着实费劲。

尤其是到了冬天，北风呼呼地迎面吹来，虽然两只脚不停地蹬着车跑，但是那凛冽的寒风仍然把脚腕子刺开了口子。晚上回家脱下袜子看到那刺开的口子往外流血，就拿块胶布贴在裂开的口子上。

有时候雪下得比较大，刚刚下过雪的路面并不难走，在雪地上面骑自行车也还是比较顺利的。但结了冰就麻烦了。到了夜间结了冰的道路在路灯的照耀下是那么锃明雪亮，这时在冰面上骑自行车就要格外小心了。如玉有几次下了夜班就摔得仰面朝天。没等你爬起来，后面的自行车就已经摞上来了，那情景甚是"壮观"，不过，那种情况下也的确锻炼了如玉的车技。

虽然有点苦，终究是自己可以挣钱养活自己了。她记得领到的第一份工资是二十二元钱，当时激动得不得了，一元一张的票子足足有二十二张，厚厚的一叠。那一天上着班她不时地用手去摸摸口袋里的钱，下班回到家里第一时间就交给了父亲。如玉看到父亲眼里有泪花。

春天来了，工厂周围的环境有了变化，路边干枯的树枝上冒出了淡淡的绿芽。

田地里大片的麦苗呈现出蒸蒸日上的态势。有几位妇女蹲在那里好似在整理着麦田。

中午休息一个钟头，如玉和同事郭颖走出厂门，来到厂子对面的田间地头。两个人手里各拿一个草垫子，她们把草垫子铺在麦田埂上，便坐了下来。刚刚坐下，郭颖就把头靠在了如玉的肩膀上，一只胳膊搂着如玉的脖子，显得甚是亲密。郭颖神情有点怪怪地说："亲爱的，你知道吗？厂里新来了一个女孩，人长得很俊俏，白白的面孔，不知道是天上的哪位仙女下凡来走错了路，撞到咱们厂里来了。"如玉听郭颖这么说，就问她："厂里竟然来了一位这么漂亮的女孩，分配到哪个车间啊？"郭颖说："分在油漆班。"如玉说："这么漂亮的女孩做油漆工，真是不应该。"郭颖说："你倒是菩萨心肠，怜香惜玉。不过呢，我和你有同感。像我呢，长得不美，个头没有，气质不佳，不管干什么都行。可是让那个女孩去做那种工作，唉！"如玉淡淡地笑了笑："你呀，长得这么漂亮还不知足。"郭颖的胳膊从如玉的脖子上放下来，一本正经地说："昨天我去油漆班问肖师傅要点油漆，正好碰上那女孩往外走，我本想与她打招呼，可是她看了我一眼，面无表情地低下了头，脸上带有忧愁状。我还以为是油漆班里有人欺生呢。就去问肖师傅，'那女孩怎么了？好像很难过的样子。'肖师傅说不知道，没有任何人跟她过不去。"如玉听完沉默了一会儿,她在想这个女孩可能跟自己一样,不喜欢这里的环境,不喜欢这份工作。不管是谁,只要是有一点办法,谁愿意到这里来上班啊!如玉对郭颖说:"你想想看,那油漆车间的味道很难闻,不仅刺鼻,眼睛也被熏得睁不开。女孩儿干那种活真的受不了。"郭颖眨眨眼一笑:"是啊,可是别人不是一样干吗,干长了就好了。"如玉说:"整个油漆班都是男的,唯独分配一位女孩过去,不应该。再说了,油漆工一般都是年龄大一点的人。"郭颖若有所思地说:"也是啊,长得这么漂亮的女孩,干长了会不会把人熏坏了。话说回来了,咱们厂里哪有什么好工种啊。"她说完眨巴了一下眼睛,随即嘴里哼起歌:一缕缕御香缥渺,一盏盏宫灯闪耀,月圆花好正良宵,来把心事祝告。唱罢郭颖又说:"如玉,有件事情不知道你听说了吗?"如玉问:"啥事?"郭颖说:"就是咱们街道上那位同学朱宝平,街道主任到她家里想着动员她去内蒙古建设兵团,结果她不在家。街道主任给她姐姐说,自己刚刚和她妹妹在办事处,她妹妹同意去内蒙古了,让她来拿户口。她姐姐二话没说,竟然把户口给了街道主任,那位主任就把朱宝平的户口拿到派出所直接给注销了。还有这种事呢,挺吓人的。这街道主任的胆子也忒大了。这不朱宝平没有了户口,也就没有粮食供应,所有的肉票蛋票油票肥皂票布票统统地都不给了。她只能去内蒙古了。"如玉说:"这位街道主任做得太狠了,不地道,她们家里应该去办事处找啊。"郭颖说:"她妈妈找过许多次,办事处说已经把户口注销了,没有办法了。唉!"郭颖又说:"这么看起来咱俩还算是幸运的,虽然工作不如意,总归没有离开家离开父母。"

郭颖和如玉是一张单子进工厂的。上学那会儿虽然不在同一所学校里念书,但两人彼此认识。有一年的暑假,全市组织少年夏令营活动,两人都被选中参加。郭颖天生一副好嗓子,被分在了朗诵班。夏令营的老师们格外喜欢她,她长得小巧玲珑,薄薄的单眼皮看起来挺清秀。郭颖时常被老师们推荐在少年大型联欢活动中上台朗诵诗歌。她的声音圆润清亮,朗诵抑扬顿挫声韵俱佳。

由于平时在厂子里互相照应着,两个人的家又离得比较近,上下班总是相约同行。

两个人正聊着,车间的孟军从远处走过来,看到她们两个坐在田埂上拉呱,凑过来说:"两位姐姐,马上到点了,回车间吧。坐在地上小心凉,听说下午开全厂大会。"郭颖说:"你听到通知了?"孟军说:"别人听到了告诉我的,都说咱们杨组长升副厂长了,下午他讲话。"郭颖站起身,伸手把如玉拉起来,三个人一同回车间。

下午四点准时开全厂职工大会,厂长读了上级的任命书,全体职工鼓掌。掌声落下,杨副厂长讲话。他没有拿稿子,即兴讲起,全场静静的没有一点声音。他的讲话实际、明了、不拖泥带水,没有哼哈之类的声音,都讲到职工的心里去了，符合职工的所想所盼，职工们愿意听。郭颖悄悄地给如玉说："咱们厂里竟然有这么厉害的人物，以他的才分在咱这里委屈了。"如玉说："他原先是我们班组长。"郭颖说："以前你没有提起过，我也从来没有见过他。"如玉说："他挺忙的，我师傅说他经常代表厂里参加各种会议和行业内的全国检查活动，师傅说有时候两个月都见不到他人。我也是进厂以后好久才见到他的，不过有一次班组加班到晚上，是他送我回家的。他的理论水平高，一路上他说的话我基本没有听懂。"郭颖说："这我就不明白了，你听不懂并不证明他水平高。"如玉说："你没有与他接触，当然不明白。现在他在台上讲话你听明白了吗？"郭颖说："听得明明白白。"如玉说："这不就行了。"郭颖说："看来你对我们的副厂长挺崇拜的。"郭颖又说："你知道吗，咱们厂领导准备成立一支宣传队，弘扬革命歌曲，是脱产性质的。当初车工班的吴华填写履历表的时候，在特长一栏里写上了'舞蹈'二字。宣传队的组建者找到吴华让她进宣传队。吴华把我也拉进去了，我想把你也拉进去。"如玉不置可否。

不久如玉被调到车工车间，其实她觉得在钳工车间和车工车间没啥区别，都是和铁块打交道。不过干车工三班倒，是固定的，不会改变。过去也上过夜班，但那是临时性加班，并不固定。

她跟着徐师傅学习刨床。徐师傅人非常好，年龄比如玉大五六岁,她进厂早几年,是厂里最早一批出去参加车床培训的优秀职工。如玉尽心跟着她学习,徐师傅也挺愿意教她。其实如玉并不喜欢刨床,大块的铸铁俩人抬到刨床上很费劲,多数还需要男的帮忙。轮到上中班了,夜里十二点下班,下班骑车回到家里差不多下一点了,马路上一个人也没有,特别是自己家周围全是小街小巷,真的很害怕。

有时候父亲会多跑几条街接应如玉,这让如玉很心疼。

"爹爹,今天夜里下班你别去外面接我了,同事会送我到家门口。"如玉上班前给父亲说。父亲说:"别麻烦人家,爹出去接你也不费事。""你别管了。"如玉对父亲说着就出门了。

车间里机器轰鸣,大家都在专心干活。刨床上对于比较大的部件质量要求没有那么高,这样的活都是由如玉干。有一些小的零部件需要精加工,徐师傅就自己干。主要是保证质量,避免返工。徐师傅正在加工一个精细的部件,不时地用卡尺测量,边做边给如玉说:"这种活必须用细的钢刀,需要自己磨钢刀,磨的时候不能用力太大,磨过了头不好找回来钢刀就废了。加工精细零件不能吃刀太狠,必须一点点地吃刀,来回找摸。"如玉说:"在床子上细细地进刀,我还可以试试,在砂轮上面打磨这种精细的刀具,我还干不了。"徐师傅说:"慢慢就行了,我刚接触车床的时候也是不敢磨刀,也怕砂轮把手磨坏了。"如玉说:"嗯,知道了,我会努力学习。师傅您坐一会儿,我看着吧。"徐师傅坐了一会儿,给如玉说:"你们家距离厂子太远了,白班和夜班都可以,就是这中班是个事。以后凡是上中班,你可以提前一个小时下班,我去找班长说。"如玉说:"没事,害怕就是吓唬自己,壮壮胆就过去了。"

杨副厂长来车间了。徐师傅问:"你还没有回家?白班都下班了。"杨副厂长说:"我来看看组装部件。"他手里拿着卡尺在16、20车床前测量那些零件,并且给工人说着什么。一会儿来到刨床这里看了看,测量了几组部件。徐师傅问他最近是否在上新的项目,他说:"是的,在上一种烧煤矸石的炉子,这种炉子既能节省资源还能减少污染。"然后他问如玉,"小陈,下班你和我一起走吧,正好顺路。"徐师傅说:"那个点太晚了,你还是别送她了。赶上中班,班组里会轮流送她。"杨副厂长说:"我今天也走不早,需要加会儿班。"然后转而对如玉说,"下班给我说一声。"如玉点点头。

夜里下了班,大家骑着自行车陆续地出了厂门。杨副厂长在门口等着如玉,如玉感动得不知道说点啥好。杨副厂长说:"小陈,你们家住的地方不仅路途远,胡同又多,曲里拐弯的,有一种走不尽、望不到头的感觉。特别是夜里,不熟悉那里的地形,贸然进去还真的走不出来呢。"如玉说:"是的,夏天还好点,冬天基本上夜里九点多大家都不出门了。以前听说夜里有过劫道的事情发生。"杨副厂长说:"胡同的地形适合坏人隐藏劫道。"

如玉说:"厂长,听师傅说你前些日子参加了华东地区的行业检查,大伙都挺佩服你。"杨副厂长说:"我虽然在厂里做了不少的技术研究,但是咱们厂子的产品总归不够先进,技术力量薄弱,接触的高端技术也少。地区的行业检查,参与人员大部分都是有资历的高学历工程技术人员,他们是大型工厂里技术骨干队伍中的佼佼者,还有研究所的研究员。咱们周厂长在市工业局挺有名气,也想创新,想把产品的质量做强,把厂子规模做大,把企业名声打响,让企业有更好的发展,因此争取到了参加行业检查的名额,就让我去了。"如玉说:"周厂长让你参加说明你够资格。"杨副厂长说:"按说我还不够资格,不过周厂长觉得只能让我去了。这一路下来接触到很多高层次的工程技术人员,也学到了许多新知识。在检查中有很多的量具我根本没有见到过,更别说去使用它们了。"如玉问:"你不会使用那些量具,如何检查人家的产品?"杨副厂长说:"这是个问题,如果献丑会让那些专家瞧不起,也不能在检查团里待下去了。在检查的过程中,一般的情况下我不会靠前站。遇到会使用的量具我就不推辞直接上手。遇到没有见过或者没有用过的量具,我会让别人先测量,我在一边专心地看着,只要看一遍就知道如何使用了。"如玉听了杨副厂长的一番话佩服得不得了,感觉他是位奇才。

俩人一路说着不知不觉已进入通往如玉家的那片大胡

同，如玉给杨副厂长说："这里路太窄，遇到拐弯的地方要格外注意。白天还好点，夜里有几次下班走到这里，我没有掌握好车把，直接就拐到墙上去了，摔得我晕头转向的。"杨副厂长笑了："你的车技还是不行，遇到这样的地方可以用脚在地上划着走几步就过去了。"如玉说："我的腿够不着地，这个动作做不了。有一次夜里下班回家走到洛安胡同，我看到前面一个人手里拿着一根棍子站在街灯下，我就慌了，想着往回走，可路太窄，自行车在行驶中无法掉头。这个时候那个人朝着我走过来了，并且举起了棍子。我急了，脚下用力猛蹬车子，嗖的一下就过去了。回到家里身上的衣服都湿透了，心脏咚咚咚跳个不停。"杨副厂长说："你当时由于害怕心里紧张，就有了幻觉。那个人如果是坏人，路那么窄，你还能跑得了？"如玉说："我父亲也是像你这样说的，不过我觉得这种事情随时可能发生。"

又是一年花开时，周日如玉独自走在家附近的小河边，又跨过小河来到了护城河岸边。她沿着护城河往南走，春风拂面，思绪漫漫，不由得嘴里嘟哝："多谢长条似相识，强垂烟态拂人头。"柳树发芽绽绿比较早，一般在阳历三月初就长出了淡淡的绿芽，远远望去似一层薄薄的烟雾笼罩在上面。"柳如烟"，古人诗词里常这样形容春天的柳枝，确是如此！这在过去，如玉是不曾留意过的。今天仔细看来，好像是忽然有了新的发现，为之欣喜。于是她用手拍拍脸颊,嘴里嘟哝:"傻妹妹。"

　　河床西边的小树林里,那已经绽开的玉兰花给这早春增添了色彩。这玉兰花总是开得早些。白色的花朵是那么皎洁空灵,粉红色的花朵又显得美艳却不妖媚。这北方的春天虽然来得迟些,却不曾耽误群芳争艳。天空湛蓝配上几朵行走的白云,让人看了心都飘上去了。如玉感觉到了世间的美好。她的心情总是随着季节的变化而变化,每年深秋以后就开始忧愁,待春暖花开时,心情也好起来了。"春归如过翼,一去无迹。"古人咏春时大都叹其苦短。人们总觉得还没来得及享受春的赠予,它已经走远了。

　　慧兰是如玉中学同学,在学校时两人经常在一起玩,有时候互诉藏在心里那点闺中秘密。前几年慧兰随知青下乡,后来回城分配在医学院的后勤部门工作。这让如玉羡慕不已。

　　"如玉,"慧兰从大院里面走过来,到了面前打量着如玉说,"嗯,虽然清素,然而淡雅。"如玉笑了笑说:"好听一点是淡雅,实在一点是没有好的衣服穿。"慧兰说:"你说话不要那么刻薄,不过无论你穿什么衣服都好看。我妈妈经常夸奖你文静,懂礼貌,不像我这么顽皮。前几天妈妈就让我请你来家里玩。"如玉听着心里暖暖的,问道:"伯父伯母身体好吧?"说着不小心踩到了地上的一块石头,脚下穿的布鞋底子薄,小石头硌得她腿一弯,差点摔倒。慧兰赶忙扶住。如玉抓住慧兰的胳膊说:"我也挺想伯母的,看见伯母就像是见到母亲一样,有一种说不出的亲切感。"慧兰拽住了如玉的胳膊,拉着她往家里走。

慧兰的父亲是医学院教授,母亲也来自书香人家。慧兰还有一个哥哥。"文革"初期因为父亲是"臭老九"他们被抄过家,据说抄出不少的字画,红卫兵还当着他们的面烧了一些古画,这让她母亲疼惜得不得了。父亲说烧了就了了,人安全就好。

学生时期如玉就经常到她家里玩。如玉很是羡慕这种知识分子的家庭氛围和他们一家优雅的谈吐和举止。

"伯父伯母好。"如玉进门见到慧兰的父母,亲切地问好。"如玉来了,"慧兰的母亲端详着如玉露出了慈祥面容,"你父亲挺好的吧?""挺好的,谢谢伯母。"如玉回答。慧兰的母亲一副雍容之态,她拉住如玉的手一起坐在椅子上,边拿水果边吩咐慧兰给如玉倒茶。

"到我房间去吧。"慧兰拽起如玉走进自己的房间。慧兰的房间不大,和过去一样没有变化。一张铜色的小床占去了半间屋子,靠窗户有一张小的三抽桌,北面的角上有一个小的衣柜。床对面的墙上挂着镶在镜框里的书法——"娴雅静怡"四个字。"这是伯父写的?"如玉看着镜框问。"是啊,爸爸就像个老夫子,对女儿总是絮絮叨叨的,教导我应该这样啊那样啊,没有办法。他早年在大学里学医,后来一度想着弃医学文。据说爷爷不同意,所以没有如愿。"慧兰对如玉说着。如玉说:"学医好,治病救人行善之举，自古被世人崇尚。慧兰，我们厂里有一位姑娘的名字就叫静怡，她那模样举止和名字是那么相称。""她姓什么？"慧兰问。"不知道，听有人喊她静怡。"如玉回答。慧兰说："是不是何教授的女儿？听说她在一个工厂里上班。何妈妈说静怡恋上了他们学校里一个男生，高年级的。听说这个男生爱打仗，讲义气，交的狐朋狗友不少，是比较蛮横的人。何教授夫妻两人不能接受。前些时候听说静怡背着父母独自出走和那个男的同居了，为这事情，何教授夫妇气病了。"慧兰讲完以后叹了口气。如玉说："你说的静怡和我们厂里的静怡不知道是不是一个人。厂里有人说她长得像日本女孩，还有人背地里叫她'小日本'呢。不过你也别替古人担忧。"慧兰说："没有看出她像日本人。"如玉说："命运使然。"慧兰说："嗯，是命是劫难。"两个人正说着话，慧兰的母亲轻轻地叩响了门，告诉她俩该吃饭了。如玉虽然以前经常在她家里玩，但这吃饭还是头一遭，就要推辞。慧兰的母亲不容如玉推辞。吃饭间如玉拘束得很。慧兰一家吃饭没有动静，饭到了嘴里基本没有嚼动的声音。而且她家有个规矩，就是吃饭的时候不能说话，有话吃过饭再说。如玉感觉有些不适应。

如玉回家的路上心里有点沉，刚才慧兰送她出门时说，他哥叮嘱下周六晚六点，约她在公园门口相见。慧兰的哥哥孙家明外表谈不上英俊，但是温文尔雅，举手投足带出了修养。单位推荐他上大学，他的父母对于这个儿子寄予厚望。如玉和他并不生疏，过去在慧兰家里见到家明，有时候还能聊几句，他总是彬彬有礼。如玉边走边想，不觉到了家门口。"快吃饭吧，不早了，饿了吧？"父亲问她。"在兰兰家吃过了，爹爹，你吃了吗？"父亲说："爹等你哪。"如玉心里顿时有了一股自责感，忙对父亲说："爹，你以后做好饭就先吃，别等我，给我留出饭来就行。"父亲说："爹希望和你一起吃饭。"如玉觉得自己真的很自私，没有顾及父亲。

　　如玉心里有事便早早地躺在了床上，在床上翻来覆去怎么也睡不着。慧兰一家像是都有这层意思，自己也很愿意和他相处。若是赴约呢，不知道谈什么，自己和他是有差距的，两个家庭完全不一样，而且现在自己的工作那么不如意，而家明的前途无量，能否聊到一起还是个未知数。假如日后真的走到一起结果也不好说，毕竟俩人不是一个道上的人。想着想着忽然看见家明站在自己的家门口向自己招手。如玉觉得奇怪，心想他怎么会在这里，随即向前喊家明："你怎么会在这儿？到家里来吧。"只见家明走到近前拉住如玉的手，拽着她飞也似的往前跑，越过山越过河，似在腾云驾雾。如玉紧紧地抱住家明，生怕稍一松手摔倒在地上。俩人飞着飞着落在了一块岩石上，脚下是水，两边是耸立的高山，山高水急，如玉怕极了，正在恐慌时，远处激流中飘过一条小船，家明拽起如玉就往船上跳。谁知脚蹬空了，如玉啊的一声，身子一抖，醒了。

如玉感觉头蒙蒙的,身上汗津津的,原来是南柯一梦。她起身拿手绢擦擦前额和脖子上的汗,心里想这梦是个啥意思,梦中有惊也有险,莫非老天爷暗示与家明情路坎坷,不能结缘?然后自言自语:"这八字还没有一撇,干吗胡思乱想的。"

由于夜里没有睡好觉,早上醒得晚,如玉起床就往单位赶。到了工厂,同事孟军帮如玉去打饭。如玉想趁这空儿去看看静怡,也证实一下。她来到后面的油漆车间,转了一圈没有看见她。"没有上班?"正纳闷呢,就听见孟军找如玉吃饭。"玉姐,找谁啊?"如玉笑笑说:"好长时间没有看到那位漂亮姑娘了,想和她聊聊。""聊什么?她前一阵子调走了。"孟军告诉如玉。"噢。"如玉有点怅怅的。"你怎么了?和她又不熟悉,也没有什么来往。找她有事情吗?"孟军不解地问如玉。"没有什么,昨天听同学讲她们好像是邻居。"如玉回答道。

孟军和如玉也是一个名单同时进厂的,孟军小如玉三岁。他父亲在外地工作,任职省监狱长,母亲在机关里上班,好像身体不太好。如玉平时也会去孟军家里看望他的母亲。

厂子里职工多,就设有一个食堂,午饭时打饭的人特多又拥挤。不知道为什么工人们不排队打饭,挤来挤去的,挤成一窝蜂。如玉都是等人少了才去食堂打饭,不过晚了食堂里就没有什么饭菜了。这天中午,郭颖说:"看你中午经常吃不上饭,我今天也没有从家里带饭,今儿个咱俩一块去打饭。我呢冲进去打饭,你在后面接应饭菜。"俩人来到食堂窗口,那情景就像是打仗,想要靠近还挺难的。郭颖手里拿着两个饭盒给如玉说:"你紧跟我后面。"说罢她真的就冲进去了,过了一会儿她在人群里喊如玉接着饭盒,如玉也不顾一切地往里冲接住了饭盒,心里想今天饿不着了。她把盛好菜的饭盒高高地举过头顶使劲地往外挤,身子转过来了,手里的饭盒却让挤过来的男生给碰歪了,一盒菜全洒在了他身上。那情景,唉!

后来,孟军主动担起了给如玉打饭的任务。如玉平时把他当作小弟弟看待,所以也不客气,落得吃现成饭。"如玉姐,现在天气越来越热,清晨天亮得早,不如每天早晨我去接你一起走,时间早的话还可以在路上喝碗甜沫吃根油条。"孟军说着,眼睛里有期待。如玉问:"你几点接我?"孟军说:"早上六点半行吗?""怎知你到没到我家呢?"如玉问。"这样吧,六点半我准时到你家的大门口,学鸟叫,你听见后就出来。"孟军回答。如玉忍住笑,抬起头来看着孟军:"你家离我家比较远,早晨的时间又那么紧张,这一路都是上坡,这样你太辛苦了,不行。""不辛苦,我自行车骑得特好,你又不重,带着你又方便又快。平时你坐公交车还要换乘车,车上人挤人的,多烦呀!再者说你平时怎么照顾我来着。你若是愿意的话,这一年四季我都做得来。"孟军劝说着又露出了期待的眼神。

"不行,一天两天的没有问题,长期这样肯定不行的。就是你不烦,我也不忍心。"如玉坚持着。孟军见如玉不肯答应,露出了些许失望的表情。

孟军问:"你知道前些日子大车间的赵刚那件事吗?"如玉说:"听说了,现在情况好点了吗?"孟军讲:"赵刚闹得太大了,为了让他爸爸服软,在家里绝食,不上班。他妈找到厂里,请领导劝劝赵刚。车间主任和工会主席去他家里做工作,赵刚那倔脾气上来,硬是把他俩撵出去了。这不,前天赵刚在家里吞下了一把折叠小剪子,还拒绝去医院。他爸妈吓坏了,跑到厂里找领导。杨厂长就去了他家,也不知道杨厂长用的啥办法说的啥话,赵刚乖乖地上了救护车。他爸妈一个劲地给杨厂长抱拳,说早知道这孩子脾气这么烈,就依着他了,何至于闹成这样。"

如玉说:"平时见过赵刚,和他说话不多,做事挺认真的一个人,不该与父亲较劲。唉!他能听杨厂长的话也算是明白过来了。"孟军嗯了一声:"我爸爸那脾气,我要是不听他的话,皮带就给抽上了。我和弟弟是从小在爸爸的皮鞭下长大的。咱们杨厂长会做思想工作,说话掷地有声,所以大家信服。"如玉说:"你弟兄俩好可怜,不过还是皮鞭管用。"孟军说:"父母对孩子太依从不好,太暴力也不好。不过我哥俩皮实、经揍。我们也不和父亲较劲。"如玉点头说:"这就对了。"又说,"好久没有看到杨厂长了。"孟军说:"听技术科的人说,杨厂长带头设计的新型炉子准备参加评审，过两天他带着技术科的人去上海研究所，可能是为上项目的事。"如玉知道杨副厂长在厂里的威信很高，他尽力为职工解决困难，职工们有事愿意和他聊。他曾两次找到车间主任给如玉调了长白班，如玉对他不仅崇拜还有相识相知的感觉。如玉对孟军说："你以后多和杨厂长接触，就能进步大一些。"孟军说："我倒是想，可接触不上啊。"

河水潺潺由南向北流，水里偶尔有几条小鱼穿插在水草中悠闲地游来游去。清爽的气息不断地由河水中飘过来，轻轻地掠过脸颊，甚是舒服。如玉远远地看见家明手扶自行车站在公园门口的西边，心里还是有点紧张。家明已经看到了如玉，就迎过来了。"我来晚了，让你等久了。""我也是刚到。"家明话语里带着温存。家明中上等的个头，略长型脸庞，天庭饱满，聪慧而大方。

如玉见到家明的心情自然不必说，她喜欢知识型的男生。

傍晚的公园是那么迷人，岸边的垂柳如一挂挂碧翠的珠帘，时时被微风轻轻地掀起。这轻轻的风儿并没有使湖水起涟漪。水面仍然是那么平静，静得如王母的瑶池。走在湖边好似进入天上宫阙。小亭子里，有一中年男人在拉京胡，旁边有位中年女人随着胡琴唱着，边上围着几个人在听。"垒起七星灶，铜壶煮三江……"那位女人唱的是《沙家浜》阿庆嫂选段。声音在静静的湖面上伸展开去，飘向远方。远处的岸边也微微传来阵阵歌声，似有手风琴的伴音。这是夏天湖边经常有的情景。

两人沿着湖边并肩走着，如玉抬头望着天空说："月色朦胧给人一种仙境的感觉。"家明说："湖边的夜景本身就透着神秘，人和着景那就更美了。"如玉又说："你看水中的月，柳树的倒影，假如这时有一只小船泛在湖中那就美上加美了。有一句话说'不见伊人泛舟来，难成画中景'。"家明说："你的感悟很美，画中景，只有身在画中才有如此之韵。"如玉说："人间的许多美好都在向往中，在心中。"他们边走边说来到明公祠园中的回廊里。"在这回廊里坐坐吧，兰兰经常说你的文学不错，上学时你写的作文经常被老师拿到全年级去读。"家明轻轻地说。"上学的时候班主任老师喜欢我，鼓励我将来考大学学习中文当个作家什么的。我喜欢古典文学，能在大学当个老师是我的愿望。没有想到此时此境与梦想差之远矣！'文革'初期学生罢课，学校里一片混乱。我曾对着满天的星星感叹，叹息自己生不逢时。"如玉伤感地诉说着，她觉得家明是自己最能与之倾诉之人。"我们都年轻，以后的日子会越来越好，人生哪能没有坎坷，只要努力做事就会有改变。"家明劝慰她。如玉说："家明哥，听兰兰说你们单位推荐你去医学院读书。"家明说："是的，这些年年轻人没有好好读书，耽误了自己的前程，同时也给国家的发展带来了阻碍。国家需要搞建设，培养人才是当务之需。"

家明继续说:"能继续学习是我的追求,趁着年轻把失去的时间补回来,让理想得以实现。你也不要耿耿于怀于自己的工作环境,有时间多学习,知识积累得多了就可以做点自己喜欢的事情。""家明哥,命不由人。""命运是自己争取来的,努力做事充满信心才能改变命运。我初次见你,是你去我家里找兰兰。见到你那一刻就觉得这女孩似曾相识,或是梦中见过。"家明恳切的目光让如玉有种踏实的感觉。

家明是一个很理性的人,不会因为情动而控制不了情绪。虽然两个人是第一次约会,但是彼此之间是比较熟悉的,家明对如玉的情感也是因为在家里多次见到她,情不自禁产生的。

两个人就这样慢慢地走着,细细的话语无尽无休。如果时间能停止就好了,可惜天公并不作美。

不觉到了如玉的家门口,家明说:"回家吧,天晚了,免得老人挂念。"如玉站在那里迟迟没有动身,然后说:"你走吧,我看着你走。"

厂里要新成立金相室,需要派人出去学习,时间大概一年。经杨副厂长提议,厂里决定让如玉和技术科的一位男生同去。在此之前她已经调到技术科物理室,这次出去学习也在情理之中。科领导找她谈话讲了任务的重要性,希望她认真学习,不要辜负领导的信任。谈话结束后回到工位上,孟军问:"玉姐,啥事?"如玉说:"去工业学院学习。""学什么？大概学多长时间呢？"孟军问。如玉一边收拾着工作台一边说："一年，学金相实验。"孟军疑惑地说："这金相实验是什么工序，还要学习一年？一年的时间有点长，这一年很难见面了。"如玉告诉他："我也不知道金相实验是怎么回事，技术科的周晓天也去，他应该明白。以后歇班的时候，你可以去我家里玩。"孟军犹豫着没有说话，过了一会儿说："想问你一件事情。""问吧，干吗吞吞吐吐的，你平时那么爽快。"如玉停下手里的活儿，望着孟军。"我知道你心里没有我，尽管你对我不错。"孟军说着，脸上的表情有点不安，带着点期待的眼睛里含着泪水。如玉听孟军这样说，心里咯噔了一下，着实没有想到他说出了这样一句话。从进厂那天起自己就把他当作弟弟看待，因此在平时接触中就显得比较近些。孟军的母亲曾亲口对如玉说过，孟军年龄小，要她像对待弟弟那样管着他。看他平时也是个孩子态，如玉压根没有想过他会有这样的心思，难道是自己哪里做错了，让他误解了？这可是非同小可的事情。

  如玉温和地对孟军说："你总把我当姐姐，我也把你当弟弟，你就如我的亲弟弟一样，我心里当然常挂念着自己的弟弟啊。"孟军听如玉这样说，心里很不是滋味，又不知道后面该怎么说下去，一脸的尴尬，于是转身离去。看着孟军的背影，如玉感觉自己犯了大错，自己真的不想伤害这位小弟弟。唉，怎么办呢？如果去给他解释的话，会不会伤害更深。

如玉走出物理室想着去找孟军,可是转了一圈没有找到。恰巧碰到车间的小张,小张问她:"哎,你东张西望地找谁呢?"如玉问:"你看到孟军了吗?""他啊,刚刚骑着自行车一溜烟出厂去了。"小张边说边匆忙地走了。

如玉听罢怔怔地站在那里,不知道此刻应该去哪里,感觉心脏在咚咚地乱跳,有点力不从心了。她转身回到实验室,转念一想,觉得现在不能去找孟军,等他情绪好点了再说。她实在是不想失去这位小弟弟。

几天以后如玉去工业学院的热处理系报到,周晓天到得早点,见她来了接待人员把他俩带到一位年长的女老师那里。

这位老师穿着朴素,说话干脆麻利、声音清晰,对他们的到来表示欢迎,并且领着看了整个实验室的情况,一一作了介绍。她安排如玉在金相实验室跟着一位老师学习,安排周晓天和另外一位男生去了动力工程系。周晓天给如玉说:"小陈,咱俩学的不一样,杨厂长嘱咐让我在听课之余,跟着教授学习锅炉制造原理以及传热学,我还要每周回厂里一次。实验室这边就麻烦你了。"如玉说:"噢,我还以为你和我一起学习金相呢,别客气,各奔东西吧。"

金属材料的内部组织结构分析,是金属材料性能研究的重要手段之一,具体操作为:在高倍数的显微镜下对金属内部组织结构进行检测及评定，检测钢铁淬火回火后变化的情况，还要测定金属原材料低倍缺陷、硬度、晶粒度评级、非金属夹杂物含量、脱碳层、渗碳硬化层深度等。

学院的实验室里有不同倍数的几十台显微镜，这些显微镜对室内的环境要求很高，除了保持室内清洁，对室内的温度、湿度都有严格的限制，人员进屋必须穿白大褂、穿拖鞋。

金相试样的标准非常严格，金属需要切割成小的方块，试样切割下来后要先在砂轮上粗打磨，然后抛光细磨直至成水平面，当试样放到平面桌上时不能有一点缝隙，且抛光面必须像镜子般光亮照人。将试样放在高倍数的显微镜下，通过镜头里的折射光将试样的平面呈现在目镜上就能看到金属的内部组织。然后，通过显微镜里的微型照相机把金属内部组织的面貌拍下来，拿到暗房里把相片冲洗出来，用于分析研究。其实王老师是没有时间带着如玉做实验的，她在热处理教研室里全面主持工作，有时候还给研究生讲课。

"这两本笔记你拿去看吧，这一本是我做实验的记录，这一本是听课的记录，你可以誊写下来，用完要及时归还。"实验室的杨海涛把两本厚厚的硬皮日记本递给了如玉。"谢谢！"如玉忙接过来，心里想这么多内容什么时候抄写完啊，但是不能拂了人家的好意。杨海涛问："你们单位的金相室是新成立的吗？之前你做什么工作？""是新成立的啊，之前我在车间，后来调整到物理室工作，做金属的拉力实验和撞击实验。没有想到又改行了。这个活很陌生，以前也没有接触过，需要你们多多帮助。"如玉回答道，转而又说，"王老师让我多跟你们学习，你是她的学生吗？""我已经毕业留校了。有时在这里帮忙，一部分时间还要听课。在这里做实验为的是继续考研究生。"杨海涛回答。如玉说："噢，考研究生让人羡慕。"杨海涛说："考研究生不容易。去年只差了0.3分，没有被录取。""太严格了。"如玉很惋惜地说。"上次考研有一位同学只差0.1分都没有被录取。"杨海涛回答。如玉看着杨海涛说："祝你下次考研成功。"

　　如玉在实验室里忙着，她边看显微镜边问杨海涛："镜头里面形形色色的晶体，不好区别。""需要多看书，学习时间长了就明白了。周三上午孙教授讲课，你去听听吧，在南楼的二楼那个最大的教室里。不过要早点到，听课的人太多，怕不好找位子。"杨海涛对她说。"好啊，不过我和学校里的大学生们一同听课怕是滥竽充数，我又没学过这课程。"如玉答着。"先听听再说，重要的是做好笔记，干这份工作必须要学习钢材的原理，还要有独立的分析能力。不然的话，以后没有办法工作下去的。"如玉点头："是啊。"

　　如玉在做实验时，最挠头的就是在砂轮上打磨切割下来的不规则的铁块，那小小的铁块需要用手拿着靠在砂轮上不停地磨。砂轮飞转，在摩擦的过程中铁块会发热甚至烫手。若是一不小心手碰到砂轮上，这后果是可想而知的。为了做一块合格的试样，要费很大的工夫。所以她很不喜欢这道工序，但是无人代替。

周三一早如玉来到二楼教室的门口，门口有几个学生搬了凳子坐在那儿，手里都拿着钢笔和笔记本。她心里想连门口都坐了人，教室里面可想而知了，不由得探着身子往里面张望。忽见里面有一个人在向自己这边招手，仔细看时笑了，正是杨海涛。如玉忙侧着身子小心地往里走。杨海涛身边有一个空位，课桌上放了一本书。杨海涛笑了笑，示意如玉坐下。"谢谢！你来得挺早。"如玉边坐下边道谢。杨海涛说："为了能多占一个位子，所以早到了一会儿。"如玉会意地笑了笑。

上课了，只见一位教授从外面走进来，许多同学都恭敬地和教授打招呼。教授走到课桌前，向大家打招呼，偌大的教室马上安静下来了。如玉仔细看这位教授，花白的头发稀疏整齐，普通的衣着利落得体，年龄不小了。教授的声音洪亮，每一位学生都认真地听着，记录着，思考着。有学生提问题，教授耐心地一一讲解。这些知识如玉听不懂，记录的速度也慢，一堂课下来，虽然也在笔记本里记了不少的东西，但是一头雾水。杨海涛问："感觉怎样？"如玉点点头，然后又摇摇头："我又不是大学生，不是学这专业的怎么能听得懂呢，在这里听课白白浪费了一个位子。"如玉回答。杨海涛说："让你来听课就是让你感受一下气氛,不过你还是记下了很多东西。日后工作中会有用的。"

如玉在工业学院学习了近一年的时间,收获不小。回到工厂以后经厂领导批准建起了金相室。由于领导很重视,自己又很努力,一切还是很顺利的。如玉会经常请王老师过来指导。在王老师的帮助下,金相室的工作正常进行,时间很快就过去了两年。

有时候心烦了也去表姨家里玩,表姨在文工团弹琵琶,最近文工团巡回演出的任务很少,所以她比较清闲。如玉喜欢听她弹琵琶。表姨给如玉说："这弹琴不是一日之功,如果想学,我可以教你。"表姨很温和。如玉点头笑着说："表姨,墙上挂着一张琴,没见你拿下来弹过,我很好奇。"表姨看着墙上那张琴给如玉说："这是一张古琴,现在喜欢弹古琴的人不多,它不适合跟团参加大型合奏,不过琴箫合奏是佳配。"如玉听罢更加好奇了,她说:"表姨,我很想听,您弹一曲吧。"表姨从墙上把琴拿下来放到琴桌上,然后去洗手并换了一件衣服。如玉问:"这弹琴还挺有仪式感的。"表姨说:"是的,古人弹琴需要沐浴更衣,琴桌前还须焚香,那情景有种云雾缭绕感。"如玉说:"我还是头一次听说弹琴竟有如此繁杂的程序。"她站在琴桌前看表姨先用丝绢通体擦了一遍琴弦琴体,然后好像是在试音,不停地调试琴弦,随后就缓缓地弹起来。

那琴声好听，如玉也是第一次听到那样的声音。她不知道琴曲表达的是什么，光听声音就被深深吸引了，琴声很符合如玉的心境。如玉问："表姨，这琴您从哪里买的？能给我买一张吗？"表姨说："这是一位朋友送给我的，这琴的制造年代还是比较久远的，多年前他花了十元钱从认识的一位老琴师那里买来的。也是有缘分，琴师的生活有点拮据，不然的话也不会卖的。"如玉听了有点失望。表姨说："若是以后有缘的话，我想着给你买一张琴。"如玉说："我盼着呢。"又问，"怎么老不见姨父呢？"表姨说："他在野战部队。""您怎么不去随军？"如玉问她。"我有自己的工作，不想放弃。若是随军，岂不成家庭妇女了？"表姨说。如玉说："牛郎织女，一年见一回。"表姨说："也不是，有探亲假，我可以去部队探亲。"

表姨出生在革命军人家庭，她的父亲是如玉母亲的亲娘舅。表姨的父亲十四岁参加地方武工队，会攀爬险山大树，很勇猛的人。据说当时武工队归赵建民领导，后来转入正规军，参加过淮海战役。后来，老人家参加了抗美援朝，负重伤回国后进入荣誉军人院。

建国后不知为了何事表姨的母亲闹着离婚，很久后如玉听自己的姥姥说表姨的母亲嫌表姨的父亲没有文化升迁慢。

他们离婚后，表姨跟着母亲生活，但是时常去看望父亲，也会去看望姑姑，也就是如玉的姥姥。表姨很有弹奏乐器的天赋，她会弹奏几种乐器，尤其是琵琶，弹得真好听。

上学那会儿，有一年放暑假的时候，如玉去姥姥家待了一阵子，正赶上表姨也在姥姥家里住。如玉每天都能听表姨弹琵琶，村里的许多年轻人也会来。

说起琵琶来还有一段小插曲。一天中午，如玉在姥姥家午睡，朦胧中听到外面有琴声，她睡不着了，心里想，表姨不是走了吗，啥时又回来了？起床看了看家里没有人啊，姥姥也不知道去哪里了。她确定不是做梦，耳朵也没有毛病，确有琴声一阵阵从外面传过来。她从茶壶里倒了一杯水，喝完走出家门顺着声音来到村子中央的一块空地上。那里围了不少的人，近前看到人群中间有一位女子在弹琵琶，如玉就站在人群的前面听，那是一首《化蝶》。女子弹得很尽情，不比表姨弹得差。

一支曲子弹完后她就拿个碗挨个人要钱。那女人端着碗到了如玉面前，如玉身上没有钱赶忙往后退了退，有点不好意思。那女人抬起眼睛看了看如玉，如玉发现这女人面目姣好皮肤白润。如玉望着她离去的背影，感觉她身上有故事。

回到家里，看到姥姥在，如玉就问姥姥是否看到了刚才那位弹琵琶的女子，姥姥说："她经常串村弹唱。"如玉问姥姥："那个女人一点也不像农村人，挺俊俏的。虽然没有听到她说话，那神态却透着不同。她穿的衣服虽有些补丁，却很可体，干干净净。琴弹得非常好听，农村妇女哪有这样的本事啊。"姥姥说："你这孩子看得挺仔细的，这方圆十几里都知道这女人嫁给了一位失去双腿的荣誉军人。""为什么？"如玉好奇地问。"是这样，解放前，共产党的军队与国民党的军队一场大战后，由前方阵地上抬下来一批重伤员。当时这个女人是野战部队医院的一名护士，医院让她负责护理一名失去双腿的特重伤员。在护理的过程中这位护士和这位重伤员产生了感情，后来就嫁给了他。解放后部队把重伤员都转入荣誉军人院，由国家养起来。再后来荣誉军人院把一部分有家眷的军人转到地方，由地方政府负责，政府给荣誉军人在家乡盖了房子，发放抚恤金，并且供应口粮。但是一切生活起居均由家眷负责。这女人可能心里有点不平衡，就拿起自己弹了多年的琵琶沿村乞讨。"姥姥讲完后叹了口气。如玉听呆了，瞪着大眼睛愣了半天。

　　如玉家的大院里住着十来户人家，在夏天最炎热的日子里，每到傍晚，家家都在院子里吃饭乘凉。有的拿张凉席铺在地上，一家人在上面或躺或坐。有的搬出躺椅、凳子，整个大院就像一家一样。闷热的空气中夹杂着孩子们的嬉笑声和大人们的高谈阔论声，给这座院落增添了热闹而和谐的气氛。东屋里的杨奶奶坐在院子里自家的凉席上，旁边坐着她的小孙女。这小女孩嚷着要奶奶讲故事。杨奶奶很爱惜地哄着小女孩，她对孩子说："好吧，奶奶给你讲个牛郎织女的故事。"小女孩问奶奶:"什么是牛郎织女啊?"奶奶指着满天的星星对孩子说:"你看到天上密密麻麻的长长的一串星星了吗?那就是天河。"小女孩瞪着一双不解的大眼睛看着天上问奶奶:"奶奶,那河水为什么没有流到地上来呢?"奶奶笑着说:"傻孩子,那是天上的世界,怎会流下来呢?妮妮,你看到天河两边那两颗最大最亮的星星了吗?那是牛郎星和织女星。"孩子问奶奶:"哪一颗是牛郎星呢?"奶奶说:"那颗大一点的星星是牛郎星,你看牛郎星的前后各有一个小星星,那是他和织女星的一双儿女。"小女孩问:"奶奶,那两个小孩子为什么不和妈妈在一起呢?"奶奶说:"你听奶奶慢慢地跟你讲。在很久以前啊,天上有一个仙女叫织女,她是王母娘娘的孙女。这织女和牵牛星两情相悦,王母娘娘知道后大怒,一气之下把牵牛星逐出天庭下放到人间,并且把替牵牛星说话的金牛星也发配到人间来了。牵牛星来到人间,投胎在穷人家里,取名牛郎,这牛郎从小父母双亡,跟着哥嫂生活,过得很苦。哥嫂和他分家的时候,这牛郎啊只分得一头牛,这头牛就是金牛星。每天他就和这头老牛相依为命。"小女孩说:"王母娘娘这么凶啊。"奶奶说:"王母娘娘不同意他们两个人好,所以才发怒啊。为了惩罚牵牛星,因此让他到人间来受苦。"小女孩说:"那织女呢?"奶奶说:"牵牛星下凡以后,织女终日伤心落泪,她为了能打动王母娘娘让牵牛星早日回到天庭,就努力地织布,她织出了好多好多漂亮的锦缎。"小女孩问奶奶:"那王母娘娘同意牵牛星回去了吗?"奶奶爱抚地亲了小女孩一下说:"织女征得王母娘娘的同意与众仙女到人间的'碧莲池'洗澡,那个老黄牛把这个消息告诉了牛郎,让牛郎趁织女洗澡时把她的衣服偷走。"小女孩用两只小手抓着奶奶的胳膊摇晃着说:"奶奶,他不能偷织女的衣服,织女没有衣服穿会冷的。"奶奶笑着说:"我孙女很善良啊,牛郎不是真的想偷织女的衣服,他偷织女的衣服是为了让织女嫁给他。"小女孩松了一口气,两只小手从奶奶的胳膊上放下来,对奶奶说:"好吧。"奶奶说:"两个人结婚后,男耕女织辛勤劳动,织女生下了一男一女两个孩子,俩人过得很幸福。王母娘娘知道了这件事情很生气,就派天兵天将把织女带回了天庭。"小女孩不高兴了,问奶奶:"她的孩子找妈妈怎么办呢?"这时坐在旁边的沙大娘的儿子长海对小女孩说:"妮妮过来,让叔叔抱,叔叔告诉你。"小女孩噘着小嘴说:"不要,奶奶讲。"长海对小女孩说:"那牛郎找来两个箩筐把两个孩子放进去,用肩膀挑起箩筐就追到天上去了。"小女孩高兴地拍着小手说:"快点追,追上妈妈把她拽回来。"长海说:"那王母娘娘一看牛郎快追上来了,于是就从头上拿下金钗在空中那么一划,随即就出现了一条波涛滚滚的天河,把牛郎和织女隔在了河的两边。"小女孩听到这里哭起来了。奶奶问她:"孩子,为什么哭了?"孩子说:"那两个小孩子以后就见不到妈妈了。呜呜!"长海见状赶忙说:"妮妮,别哭了,叔叔告诉你吧,那王母娘娘见到两个孩子哭着找妈妈,可怜孩子,就允许每年的七月初七喜鹊搭桥让牛郎和织女相见。"奶奶也接着说:"是啊,每年的七月初七这一天,所有的喜鹊都去天河搭桥,因此在这一天人们是见不到喜鹊的。"长海问:"杨大娘,过去常听老人们讲,在鹊桥相会的这一天,半夜里若是站在葡萄架的下面就能听到牛郎和织女在说话呢。这是真的吗?"杨奶奶说:"嗯,是真的。"这时坐在一边的岳大妈的女儿保平说话了:"杨大娘,您听到过吗?"杨奶奶说:"过去小的时候,在农村里,每逢七月初七这一天,我们村里的女孩子从早上起床就盼着天黑,天黑以后又盼着赶快到半夜里。大多数女孩子往往熬不到半夜就困得不行,躺下一觉就睡到天亮了。有一年我攒足了精神坐在葡萄架下面一直等到半夜,你别说,那天夜里我还真的听到了说话的声音呢。"保平兴奋起来了,问:"杨大娘,您好厉害啊!这牛郎和织女说的什么话啊?快讲给我听听。"杨奶奶说:"只能听见有说话的声音,他们说的什么话听不清楚。他们是神仙,神仙说话怎会让凡人听得懂呢?"保平有点失望。这时就听得保平的弟弟保军说:"杨大娘,肯定是有人看见你这么执着,为了不让你扫兴,故意在你看不见的地方悄悄地说话,让你误以为是牛郎和织女在说话呢。"杨奶奶不高兴了:"这孩子!深更半夜的有谁去瞎胡闹呢。"院子里的人听杨奶奶这样说,都一致地说杨奶奶听到的肯定是牛郎和织女的声音。杨奶奶还想说点什么,看见小孙女已经睡着了,就抱起小孙女回屋了。

  如玉坐在一个矮靠椅上,静静地听他们讲话,她仰望着天空,寻找着天上的那对双星和一泻千里的银河,不由得想起了张恨水先生的书中北京大杂院里的情景。只不过现在家家用的都是电灯,院子里并不黑。"假如这时候有一个女孩伴着二胡的琴声来唱曲子,那女孩的模样一定能看清楚。最好能来一曲《夜深沉》,那该多好!"如玉在胡思乱想着。这时北屋里李大娘的女儿李嫣来到近前低声问如玉:"听说你在和同学的哥哥谈恋爱。"如玉不置可否地笑了笑。李嫣看着如玉说:"一笑定音,我听母亲说这个男生很文雅,属于知识分子类型的。什么时候介绍给我看看呢?"如玉轻轻放低声音说:"先别说我,说说你的事情吧,你总不能在娘家一直住下去吧。听说昨天王庆祥又来家里非让你父母劝你跟他回去,他看到你的两个哥哥在家里就没敢放肆。你怎样打算的给父母讲清楚,别让他们操心太甚。"李嫣一脸的无奈:"准备离婚,我一看见他就烦,他什么也不懂,就会那点动物的本能,恶心!我呢,偏偏不许他靠近我。"李嫣说得有点激动。如玉听着想笑赶忙捂住嘴,看了看满院子的人然后小声说:"你呀,何必当初呢!""当初?当初我们班里有个男生叫刘金铭,他不仅学习拔尖而且篮球打得很棒,我们在恋着。他出身不好,自然这上山下乡的事情就轮着他了。那时我准备放弃学校分配给我的工作名额随他下乡,全家人都不同意,都劝我找一个家庭成分好的人,以后过日子安生。一阵闹腾后家里打翻了天,我败了,也嫁了。怎么样,他家庭成分好又如何呢,平时他爱喝酒,不读书不看报却会胡言乱语,喝了酒闹腾不让人睡觉,那股臭味真是恶心。晚上我学习看书,他嫌烦,把我的书都给扔到院子里。我哭都没地儿哭。"李嫣很是伤心和无奈。"你现在考上大学自然和他的距离更大了,你真下决心离婚那就早办理,咱还年轻以后在学校里找个可心的、志同道合的多好啊!"如玉宽慰着她。"谁会想到,这许多年和金铭没有任何联系,他竟和我考上了同一所学校,你说这是不是天意?"李嫣神秘地对如玉说。如玉惊讶道:"天呐!竟有如此巧的事情,天意啊!这许多年他可能已经结婚了,你可要问清楚,不能轻率啊!""还没和他见面呢,现在正放假。他考取了数学系,刚听到这个名字时还以为重名呢。到时见了面聊聊也没有什么不可。"李嫣说。如玉说:"聊聊当然可以,过去是同学,时隔多年又成了同学,想想都觉得是缘分。不过他现在的情况如何,你并不清楚,你心里还有他,但不知他心里还有你吗?"

两人正聊得热乎,天上飘下几滴雨,院子里乘凉的人开始往屋子里挪动。"下雨了,咱们回屋吧。"如玉说。刚进到屋子里外面的雨就下大了,随着阵阵雷声雨越下越大,并且刮起了西北风,一阵大风把院子里的闷热一扫而光。如玉躺在床上不时感觉到有股凉爽的清气进到屋里来,拂过身上很是舒服。"世间能有几多愁?愁似高山川水流。水流东去有终日,日日愁绪无止休。唉!此心恰似一叶秋。"如玉嘴里嘟囔着,心里想着李嫣的事情不觉睡着了。

如玉醒来时天色尚早,院子里比较静,由于夜里下了一场大雨,空气比较新鲜,地上还有水迹。梧桐树在雨水的冲刷下显得那么干净,绿绿的叶子上还不时地滴下水珠来。那一盆盆的各种花卉都显得格外鲜亮,艳花绿叶都在享受着这得来不易的清爽瞬间。

如玉伸伸胳膊,嘴里念道:"昨夜西风伴雨降,又得浮生一日凉。""你在说什么?"父亲问如玉。"没有说什么,我做饭吧,煮面条行吗?"如玉和父亲说着,已经进入厨房。如玉的姐姐已经出嫁,哥哥也娶妻了,家里就落下父女两人,因此做饭是很简单的事情。她拿一个西红柿在锅里炒了炒,等西红柿变得黏糊后又打上三个鸡蛋,翻炒了几下,出锅。然后锅里加水煮面条。如玉给父亲盛了一碗面条,捞了捞鸡蛋都给加到碗里,端给了父亲。然后自己就着菜汤盛上面条就吃起来。父亲看着碗里说:"玉啊,怎么鸡蛋都盛到我的碗里了?"如玉说:"我不喜欢吃鸡蛋,有点腥,爹是知道的。"父亲笑了笑,没有说什么。他知道如玉是不舍得吃,让自己吃。父亲说:"现在鸡蛋好买了,鸡蛋票不够吃,可以去集市上买,国家放开集市，老百姓方便了许多。"

饭后如玉拿了本书在看。这天是周日，又难得天气凉爽，她便在家里复习功课以备来年高考。国家恢复高考后许多老三届的学生都参加了考试，不少的人考上了大学，还有人都是孩子的爸爸妈妈了也考上了大学，这股求学之风势不可挡。这让如玉很是沉不住气，能读大学是她从小的愿望。

下午家明来了。如玉有几道数学题等着家明来解答，所以从中午就在盼着家明能早点来。家明对如玉说："兰兰也在家里苦读备考，她的男朋友今年考取了中央财政金融干部学校，兰兰也立志要考到北京去。"如玉说："但愿兰兰称心如意。"

忽听到外面吵起来。父亲进来说："你李大娘的女婿又来了，吵着要带李嫣回去。"如玉起身出去看，刚一出门正好看到李嫣的哥哥把李嫣的男人从屋子里拽到院子里。那男人嚷着："想和我离婚没那么容易，你们二老也是为人师表，怎么不把自己的闺女管好？自从结婚后就不让我上床，还经常地连房门都不让进。既是这样不待见我，当初为什么非要嫁给我？现在是不是不守妇道在外有野男人了？"咚咚，李嫣的二哥把王庆祥踹到了地上，用手指着他说："你再胡说八道，把你打死，我给你偿命，信不信？"李嫣的二哥长得高大魁梧，在他面前王庆祥不是个儿。这时院子里围了许多人，都劝王庆祥赶快走，有事好好商量，不能胡说八道，更不能胡闹腾，惹老人生气。王庆祥赶忙从地上爬起来穿过人群跑了。

如玉看得心惊肉跳的，赶忙走进李嫣家里。李大娘一脸的无奈和气愤，她伤心地对如玉说："都是我害了我闺女。"如玉一边劝慰着李大娘，一边用眼睛满屋里找李嫣，看来李嫣没有在家。李嫣的二哥进门来安慰父母，如玉就回到了自己家里。见家明正在看数学题就说："李嫣真是挺可怜的，那么要强的一个人却嫁给了一个无赖。可真是'赖汉居仙女'。"家明好像没有听到如玉说什么，仍然在认真地看书本。

家明很快就帮着如玉搞定了几道数学题，他对如玉说："这几道题只给你讲运算原理，具体答案你做出来就行。"如玉说："嗯，好的。"

父亲一早就买回来许多的菜。如玉对家明说："你先坐着和爹说说话，饭菜一会儿就好。"

很快饭菜就摆上桌子。吃着饭家明对如玉说："一会儿我们去看电影吧。""电影名字是什么？"如玉问。"《清宫秘史》，1948年香港拍的，周璇饰演珍妃。"家明告诉她。"我没有看过周璇演的电影，只是在同学家里听过她的唱片，就是那种有个喇叭有根针的老式唱机，那个唱片有点老了，听起来不清晰。"如玉给家明说。

电影院里人坐得满满的，由于电影片子比较老旧，画面不是很清晰，再加上演员说的香港普通话，听起来费劲,观众时不时地还会批判几句,所以感觉乱哄哄的。不过还好,大体内容看明白了。散场后,家明和如玉在路边慢慢地走着。如玉说:"电影片子有点旧,看得模模糊糊,也听不清楚电影里面的人物说的啥。"家明说:"这电影票可是很难淘换的。"如玉说:"嗯,能看到香港早年的电影不容易。周璇唱的那首歌很好听,但还没有唱完就让批判的声音盖住了,我急得不得了,早不批晚不批,在这个时候批。"家明说:"就要在这个时候批,咱们是批判性地看电影,不能让有毒的东西进耳朵。不过周旋唱的就是好听,很多人喜欢听她的歌。"

两人边走边聊,来到了如玉的家门口。家明给如玉说:"最近就要去学校了,我想着提前回学校做功课,预习后面的课程,为下面的深造争取时间。你若是有空呢,可以去我家里。"他深情地望着如玉。如玉点点头。

时间不知啥时候偷偷溜走了,很快一年就过去了。一天如玉下班回家,在大门口遇见了东邻居张大娘家的五哥。"五哥,看你风尘仆仆的样子,又出门了?"如玉问道。她上下打量着五哥,看他的脸上带有倦色,一身的运动装,脚上穿的旅游鞋满是灰尘。"刚从南方回来。你我难得相遇,我一直想找时间和你聊聊,今天碰巧。这样吧,我先和你简单地说几句,回头再细谈。"五哥对如玉说。"何事?"如玉好奇地问。"我新盘了一处大点的店面,需要人打理,你看我经常需要到南方去进货,还要处理各种事务包括货物往来的销售。若是你能到店里来帮我管理日常的事情,就能减轻我的负担。"五哥给她说。如玉说:"我哪有时间?"五哥说:"你先考虑考虑吧。"说着人已迈进了他家的大门。

　　如玉的母亲在世时和五哥的母亲亲如姊妹,关系甚好。如玉的母亲去世后,五哥的母亲经常帮如玉家里缝缝补补,如玉视五哥的母亲如同亲娘般。五哥名叫张朝阳,兄弟五人他排行第五。母亲在怀第五个孩子时希望能生个女孩,但是生下来又是个男孩儿,母亲很失望。朝阳一岁多时,母亲给他梳起了两个小辫子。母亲抱着他在街上玩,人们都夸这小女孩长得真俊。那一年春节前母亲抱着朝阳去温泉浴池洗澡,澡堂里的女人们都说这小女孩真俊。朝阳好像是听懂了什么,猛地从浴缸里站起来,那些女同胞都啊了一声,原来是个小男孩啊。

　　长大后朝阳一米七八的个头,刚刚正正的男子汉。国家改革开放政策好,他辞去工厂里的公职,自己做起了服装和小家电的生意。他不辞辛劳有智慧,为人处世既厚道又讲诚信,和朋友们相处总是顾及别人,自己不怕吃亏,所以生意做得不错。店面扩大了,就想找一个可靠的人来帮自己管理。晚上朝阳给母亲说:"娘,我想请如玉帮我管理店面。""如玉这孩子倒是很沉稳,做事情很认真。她如果能帮你自然好,不过依我看她不会同意的。"母亲给朝阳说。"下午的时候我在家门口碰上了她,就先给她透了几句。"朝阳给母亲说。母亲说："我看她一心想的是做学问，听你陈叔讲，如玉的男朋友在医学院读书而且父亲是教授，如玉能做你这一行吗？朝阳啊，你们都长大了，各有心思，不比从前。从小她身体就弱弱的，喜欢读书而且总是一副忧愁状。是那种什么来着，那个词怎么说来着？"朝阳笑了："多愁善感。"母亲也笑了，说："你看挂在口头上的话给忘了。你不要有其他的想法。"朝阳说："娘想到哪儿去了，我从小把她当作妹妹一样看待。小的时候你给我一块糖我都想着留给她吃，在街上玩耍我总是护着她，生怕别的小孩子欺负她。我带她去玩，她总是拽着我的衣角不放手，怕我跑了似的。碰上小孩子打架，她就拽着我的衣服躲在我的身后。我们俩可是两小无猜啊！"母亲说："两小无猜和青梅竹马都是指有情人，这个词不能用在你和她身上。你也不小了，应该考虑自己的事情了，我还不知道你那点心思。"朝阳的母亲多少有点文化，人很是通情达理，心胸豁达，善解人意，遇到事情很会处理。朝阳给母亲说："娘，知子莫如母。"

朝阳忙得不亦乐乎，他原先那个小点的店面还是卖家电，新盘下的大点的店面用来做服装生意。他看准了做服装生意的前景。像广州、上海等地一些新潮的衣服，在他们这个城市里还没有。随着改革开放的进程，人们的思想在开放，眼界也不断放宽，特别是女人们天生喜欢打扮自己，因此选择衣服成了她们的必需。朝阳进的服装既有新潮的时装，更有端庄大气稳重的套装，很受女顾客的青睐，生意做得很好。

星期天朝阳约着如玉到店里来，如玉兴奋地说："五哥，你真行，店面布置得很好，这些衣服真漂亮。"如玉不住地赞赏着，把那些衣服仔细地看了一遍。她对朝阳说："五哥，你的眼光既新潮又传统，迎合了不同人群的需求。"朝阳看着如玉这么高兴，自己也被她的情绪感染了。他对如玉说："这做生意就要多多地研究，既要研究市场需求，又要研究服装价格。做生意不赚钱不行，但是又不能赚得太狠。""噢，你厚道，薄利多销。你雇佣的这个人费用不少吧，看来你是真的赚到钱了。"如玉问他。朝阳看着如玉深情地说："我以后会做得更好，我不是随便说。你如果能帮助我的话，会给我增添动力，再者说你原本就不喜欢你那份工作。现在改革开放人们可以自由选择职业了，辞职下海的人很多，很多人都挣着钱了，我们厂里有几位辞职单干的同事都成万元户了。你要相信我。""可是我没有经商的头脑，恐怕帮不上忙。"如玉给朝阳说。"你只要把店里的货物以及账目管理好就行。"朝阳说。"可是这财务管理我没有学过，恐怕管不来。"如玉很认真地回答。朝阳沉默了一会儿又看了看表说："只要你同意来，凭你的智慧和韧劲做这点工作不难，你过来后可以一边管理着店面一边复习功课。等明年若是考上大学你就走。想一想吧，我等你回信。我还有点事情要处理，你在这里多看看,回头我接你一起回家。"如玉点了点头。朝阳走后,营业员刘婕招呼如玉坐下休息会儿,递给她一杯茶。"谢谢!你来这里多久了?"刘婕回答:"时间不长。"如玉问:"是招工过来的吗?你以前做过营业员吗?"刘婕说:"没有,是别人介绍过来的。"如玉感觉这位姑娘透着聪明伶俐,有做营业员的潜质。如玉对她说:"你喜欢做营业员吗?"刘婕回答:"没有喜不喜欢,有活干有饭吃就行。"刘婕问如玉:"你和经理是同学吗?"如玉笑了笑:"我俩是邻居,从小一起长大,情同兄妹。""噢。""你忙吧,我走了,五哥回来你给他说一声。"如玉说着走出了店门。如玉边走边想,觉得自己还是有点动心。假如在朝阳的店里干活,最起码是在市中心上班,离家很近,不用每天起早摸黑地赶着上班。再就是这里环境干净,不像工厂里到处是铁板钢丝圆钢,夏天穿着凉鞋不小心就能把脚扎破。最终她决定和家明商量一下再定。

中秋的夜晚清爽宜人,李嫣没有回家过节。她一个人漫步在宁静的校园里,前面那片幽静的小树林吸引着她往前走。她抬头仰望天空,空中没有一丝云朵,月光直泻而下,整个小树林罩在月光之中朦朦胧胧。她站在披着月光的树林里犹如月下仙子。群星点点忽隐忽现,那无情的银河仍然阻隔着双星。这引得李嫣叹息起来,心中思忖:若有颗仙药让我服下,像嫦娥那样飞向月亮,了却人间这无尽痛苦与烦恼那该多好。这段日子,自己犹如死过一回,终于和王庆祥达成了离婚协议。李嫣在离婚协议书上签字，自己从娘家带的嫁妆都不要了。就连那张最喜欢的梳妆台也放弃了，那可是当年母亲的嫁妆。这两年自己省吃俭用存下了两百多元钱也都给了他，母亲说算是给人家的一种补偿吧，只要顺顺利利地把婚离了就行。如果对方不反悔的话，过几天就能拿到离婚证了。想到这里李嫣深深地吸了一口气又重重地吐出来。

前几天李嫣和金铭见了面，他还未娶妻。金铭约着李嫣星期天出去走走，她感觉不妥，自己离婚的事情还没有办利索，不能授人把柄，更不能引起他父母的误会，因此推辞了。

金铭也明白李嫣的苦衷，事情不能过急。他告诉李嫣，国家落实政策，家里被没收的房产都已经还回来了。锦屏胡同的那处院子，家里给他留出了一间，其余的房间准备租出去。"等有时间我们去那里坐一会儿吧？"金铭争取她的同意。李嫣点了点头。

转过来星期天下午，金铭在女生宿舍楼下等了好一会儿，见到李嫣从宿舍楼里走出来，金铭再次诚恳地邀请她，这样两个人可以不受干扰多聊一会儿。她也想把多年的苦衷诉给金铭听，争取得到他的理解。说句心里话，从知道金铭没有结婚的那一刻，李嫣就有了心思。不过她知道会阻力重重。

两人一前一后来到金铭家的院子，李嫣打量着这个四合院，由于多年失修，房子的雕梁画栋已经掉去了大部分，但是仍然掩盖不了当年的富有。进大门先看到的是东厢房的南墙，南墙前面有个椭圆形的池子，干枯的池子里布满砖头瓦块。院子里的地面是青砖铺就，坑坑洼洼的坏了许多。地上无花也无草，只有一棵老的梧桐树还在生息。金铭说："这座院落是当年爷爷和奶奶的家，落实政策后，我家收回房子，给房管局交了两千元钱。""为什么还要交钱？"李嫣问。金铭说："这房子年久失修，房管局曾经修缮过。"金铭的房间在北屋的东面，是一个大间，里面有一张旧桌子，还安放着一张木床，满是灰尘。"这怎么住？"李嫣问金铭。"平时住在学校里，周日住在父母家里。这间房是父母给我预备的，他们觉得我年龄大了，总是催促我的婚事，不过以后也不一定住这儿。"金铭回答。两个人沉默了一会儿，忽然李嫣说："这些年你为何没有结婚？"金铭没有回答。李嫣又问："有喜欢过女生吗？"李嫣看着金铭，金铭看着李嫣，沉默许久，然后说："嗯，有过吧，你结婚后我对于爱情有点失望，也有点看不懂，不明白什么是山盟海誓。"听着金铭的话，李嫣感到心在加快地跳动，扭转头走到窗前看着窗外的梧桐树，心想："凤栖梧，自己又将栖身于何处？"由于自己当初没有坚持住，而造成了两个人现在的痛苦，她悔不当初。金铭的情绪有点激动，想起中学时李嫣爱看自己在操场上打篮球，一场球下来李嫣总是递给金铭一块干净的手绢，这让许多的男生羡慕不已。为此,班主任曾经找李嫣谈话,严肃地告诉她学生之间不能谈恋爱。

记得有一年中秋节,李嫣约会金铭,两人见面后李嫣把带来的月饼、苹果统统地塞到金铭手里。那天金铭第一次吻了李嫣,从此两人定下了海誓山盟。想到这里,金铭走到窗前扳过李嫣的肩膀,看到她眼睛里噙满泪水,心疼地说:"我知道你这几年过得很苦,其实我和你一样痛苦。你现在自由了,咱们的年龄都不小了,希望你能嫁给我,圆了我们少年时的梦。"李嫣听到金铭真诚的诉说,情感顿时像溃堤的洪水。她伏在金铭的肩膀上哭起来,那哭声带着委屈带着痛苦带着无奈。李嫣止住哭声后,才发现自己被金铭紧紧地搂抱着。金铭用自己的脸轻轻地摩擦着李嫣泪水斑斑的脸庞,嘴里不断地嘟哝着:"都是我不好,我没有本事爱护你帮助你,你如此不幸,我却无能为力。"

李嫣看着金铭肩膀上湿了一大片,有点不好意思。她说:"金铭,我们是不可能走到一起了,我是结过婚的人。首先你父母不会接受,其次你的哥哥姐姐们,再加上你们家其他的亲戚都会反对的。若是真的那样,对你也是不公平的。""自己的事情自己做主。"金铭说。这也是他在农村里锻炼出来的。"话是这样说,从我本身来讲,刚离婚脑子比较混乱,别人也会说三道四的,人言可畏。你可以有更好的选择,何必娶一个离婚的女人呢?过去的事情已经过去了。"李嫣背对着金铭。金铭听到这里有点怔怔的,随后轻轻地说了一句:"人生若只如初见。"李嫣说:"初见又能如何呢?"金铭随后又说:"其实现在的情景是天公作美。"李嫣心里一怔,问道:"天公何以作美?"金明说:"你想想,你考上了大学又离婚了,恰巧这时候我也来到了学校,并且你我又相见了,你说这不是老天爷安排好的吗?"经金铭这么一说,她也觉得是这么回事。她没有接着话题往下说,而是问道:"在农村这几年有时间读书吗?"金铭说:"时间都是自己安排出来的,多读书,一是安慰自己的心灵,二是为了有一天能走出农村,做点自己喜欢的工作。心情不好时也看看诗词之类的书,随意翻一下。"李嫣说:"诗词的表达很有感染力,能够舒缓人低落的情绪。"金铭回答:"说实话我也喜欢婉约派的词,心情不好了会写点词宽慰一下自己。不要说容若如何如何,历代的诗人词人哪一个不写一点伤悲伤情的句子?就是官做到了宰相之职,不也是性情中人吗?"

李嫣说:"你说得有道理,文学作品就是要从多方面、各个角度去映照世间的人和事。"

金铭看着李嫣笑了:"看来你读的书不少。"李嫣有点不好意思了:"唉,随便说说,我是学中国历史的,见笑了。"

快到掌灯时分金铭和李嫣一起踱出了家门。金铭对李嫣说:"我送你回家行吗?"李嫣没有回答。金铭等了半天不见回音,接着又说:"若是你能到我家见见我父母最好,父母催婚有点急，让他们看看。"李嫣停下来看了看金铭说："你别那么着急，慢慢来吧。我们这不是已经有了联系吗，留点时间缓冲，看看我俩是否合适，你再斟酌斟酌。近期我们谁家也不去，专心学习，过些日子看情况再说，行吗？"金铭不置可否。

金铭的父亲过去是位实业家，曾经留学欧洲，回国后经营着一座炼铁厂。那时候金铭有位姨娘有孕在身，不知何因离家出走了。后来，金铭的父亲得知是大房赶走了二房很是恼怒，四处寻找她们娘俩却不见踪影。

原来那位姨娘离家后嫁给了焉姓人家，生下的女儿也就随了焉姓，名叫焉柳雨。柳雨长到十来岁时，父亲终于找到了她们母女，但是那位姨娘拒绝与父亲见面。

金铭知道这件事情后，受父亲的委托，到学校里去找柳雨，直接说自己是她的亲哥。柳雨第一次见到哥哥就心生亲切感，他俩挺投缘，能玩到一起。金铭有时候会把妹妹领回家，柳雨第一次跟金铭回家的时候心情是很紧张的，但是她很想见见这位强势的大妈，就怀着忐忑的心情去了。没有想到父亲就像迎接天神般那么隆重，大妈也不像自己想象的那么可怕，她的表现真的有点可亲呢。那几位哥哥姐姐都围着柳雨甚是亲热。以后的日子柳雨经常与他们来往，但是从来也不曾说与母亲知道，怕惹得母亲不高兴。其实母亲哪能不知道呢，只不过装糊涂罢了。从心里讲，孩子大了，也愿意让她认祖归宗。

第三章　选择

如玉经过一番思想斗争，最终放弃了工厂里的工作，去适应一个全新的工作环境。

毕竟工厂是自己踏入社会的起点，在困难的日子里它是自己生活的来源，给了自己生存的依托，是自己多年奋斗过的地方，在这个地方许多同事和领导的关怀给了自己温暖。所以她是眼睛里噙着泪花离开的工厂，甚至没有勇气去和杨副厂长告别，这是她最后悔的事情。

由于是转行，一切须从头开始。助理刘婕管理着店里的卖场，她精明能干又会跟客户打交道，可以说在销售的环节起了不小的作用。朝阳安排如玉先跟着刘婕熟悉情况，每天拿出点时间来复习功课。

一个多月后，如玉随张朝阳去上海看货。如玉从小到大第一次出这么远的门，当坐在通往上海的火车上时，她的心处于激动中，她感觉自己去的这座城市是那么神秘，又那么遥不可及。她从书中了解到这座城市里发生的太多故事，许多的人在这里遭遇挫折，因此很想去看看。她怀着一颗探索的心踏进了这座城市，几天下来她感觉到上海确实和自己居住的那座城市不一样。那外滩十里洋场，当年是上海最繁华的地带。如玉非常喜欢那里的建筑，有哥特式、罗马式、巴洛克式等。这些风格迥异的古典复兴大楼组成了旧上海时期的金融中心、外贸机构的集中带，被称为万国建筑博览群。她感叹这座大城市的风貌气势不同。如玉还去了百乐门，百乐门是1931年开工，一年后建成，号称"东方第一乐府"。据说当年的舞女月收入达三千至六千，是普通职工的十倍以上。张朝阳告诉如玉："听说1941年太平洋战争爆发后，这百乐门有一个最红的舞女，因为拒绝给日本人伴舞而遭枪杀。"如玉说："一个弱女子在上海混日子很不容易，做舞女就更难了。"朝阳看着如玉那神采奕奕的表情说："你是研究过上海吗？"如玉说："没有研究，这都是在书上看的。"朝阳说："你喜欢看书，痴心于梦想。""朝阳哥，从小你就疼我，你的母亲待我们姊妹如亲生女儿。我要是说感谢呢，就有点忒薄，我总想能有一份称心的工作，薪水好一点，将来成家后把大娘家当娘家走动。可你看我现在，反而依靠你吃饭了，想想觉得自己太无用了。"朝阳看着如玉说："我娘没有生下女孩很遗憾，把你们姊妹当作亲生女儿，她乐意着呢。"如玉说："大娘慈爱让我们姊妹有一种母亲在世的感觉。"朝阳说："我们两家也是有缘,陈婶婶过世以后,妈妈经常地给我们弟兄说让我们多多地帮助你们。我的父亲抽空就去找陈叔拉呱,给陈叔解闷。"如玉说："我们两家是前世的因今世的缘。"

两人在一家咖啡馆坐下,朝阳给如玉和自己各要了一杯咖啡。如玉品了一口咖啡说："这咖啡我是从来也没有尝过,喝起来苦苦的。以前只是从书中知道外国人经常饮用。上海确实比较前沿,我们家乡恐怕都没人见过这咖啡呢。"朝阳说："清末民初上海外国人聚集,咖啡在上海流行不稀罕,与之相比,我们的城市受地域文化的影响,跟上海这样的开放性的城市是有差别的。百姓接触新鲜事物少罢了,慢慢地我们家乡也会流行起来的。"如玉说："朝阳哥,这次我们来上海,你是特意带我来玩的吧?"朝阳说："主要是让你适应一下以后的工作状态,顺便也玩玩。"如玉说："你选中的那批服装很好,你是老客户了,看得出来他们很信任你。这上海的服装从款式到做工及选料都很讲究,何时我们那里的服装厂也能做得出来,我们就不用多跑路了。"朝阳说："以后慢慢地全国物流业搞起来,这进货和出货都很容易的。不过呢,我还是想在咱家乡建一家自己的服装工厂,这是后话。"

朝阳又问如玉："家明的公费出国留学批下来了吗?"如玉听朝阳问起家明,眼望着朝阳没有回答,陷入了沉思。前段日子她见到了家明,他告诉如玉留学名额已经批下来了。家明的意思是等他留学回国后完婚,若是两个人先结婚登记,以后想办法办理陪读也可以。如玉心里不想先登记,她有种失落感,觉得家明会一去不复返的。她心里感觉怪怪的,以前见到家明,她总是保持一份矜持,自从知道家明要出国了,心里油然生出了种种的不安和焦虑。想到这里,她抬头去看朝阳,朝阳也正在看自己,四目相对,如玉觉得自己有点失神,忙笑笑:"批下来了。"朝阳知道如玉心里有些不安,忙说:"回去以后你在家歇几天,帮他料理出国用的东西,若是有需要我帮忙的事情千万别客气。"朝阳说完见如玉仍是一副痴痴的样子,于是劝慰道:"如玉,我知道你心里不安,千万别折磨自己。你若是这般愁肠,家明在外会挂念你的。"如玉说:"我心里有事想说给你听。你看我与家明的差距太大,家明此番出国读硕士,可能还要继续读博士,这一去少说也要五六年的时间,若是全都读下来会不会就留在美国了呢?"朝阳说:"读博士期间你可以去陪读,听说读博士的奖学金完全可以供应你们两个人生活。"如玉说:"家明也是这样安慰我,我自己并不这样想,也不愿意那样做,考大学是我的愿望。若是去陪读除了做全职太太还能干什么呢?完全附庸于他,不光我自己不能接受,他的家人也会瞧不起我。"朝阳笑了,说:"如玉啊,我还不知道你那点心思,你觉得自己文化水平与家明相差太远,你觉得考上大学就能缩短与家明的距离,心里的落差也小了。其实男人并不在乎你有多么高的知识水平和学历，只要看着顺眼拉呱顺耳就好了。'爱'这个字无法用语言说明白，那是一种缘。"如玉叹了口气说："时间长了两个人的文化差距会阻隔感情。常言说，不同道就不同谋。五哥，不说我了，说说你吧。"朝阳喝了口咖啡，慢慢地说："我有何可说的？"如玉噘着嘴不高兴地说："每次问你总是这一句话，大娘可是说过多次，让我劝你快点把婚事定下来，你可是大龄青年了。刘婕对你一往情深，可别辜负了她。我看你对刘婕也挺好的。"朝阳这时忽然不耐烦地说："我的事情你不要管，把自己的事情处理好就行。"如玉愣了，有点委屈地说："怎么了，五哥？我说错什么了？"朝阳岔开话说："明天上午我带你去锦江饭店周围看看，那可是个花园式酒店，你一准喜欢那地儿。"

次日上午他们来到了上海锦江饭店，如玉对锦江饭店欧美式的建筑以及它的高贵典雅之气很是欣赏。朝阳告诉如玉："锦江饭店的创始人是近代知名的女企业家董竹君，同时她也是女权运动的先驱。1951年她把锦江饭店献给了国家，上海市政府在这里接待过许多的国家元首和政界要人。据说在当时锦江饭店价值十五万美元。现在它是上海市文物保护单位。"两个人边说着边往前走。如玉说："这锦江饭店名气不小。假如有一天我能在这座城市多住些时日，好好看看多玩几天足矣。"朝阳笑着说："你的要求并不高，这有何难呢？论起历史文化来，我感觉上海不如我们那座城市呢。"如玉说："五哥，你说得对。我们那座城市确实是历史悠久，文化底蕴深厚，传统的东西比较多。但是论起经济的发展速度来，我们那座城市还是有差距。"朝阳说："这应该与地理位置和人们的传统观念有关系，越是历史悠久的地方，接受新鲜事物越是慢一些，人们的思想观念比较保守。上海不一样，它是近现代才发展起来的城市，又靠近海边，交通发达，物资流通得快，受外来思想影响多。"两个人边说边走，来到一家糕点铺。如玉说："咱买些点心回旅馆吃，下午你还要去谈生意，这样可以先在旅馆里歇会儿。"

　　几天后，朝阳和如玉下了火车，在人群中快速地走着。走到出站口就看到刘婕在向他们招手，她接过如玉手中的行李边走边说："如玉，辛苦了！"然后又对朝阳说："我找李总借了一辆车，在外面等着呢。"朝阳说："先把如玉送回家，然后送我到店里看看。"刘婕说："你也回家休息吧，这几天挺辛苦的，有什么事情明天再说吧。"朝阳不置可否。

　　夜幕降临街灯初照，初夏的夜虽然比不得中秋之夜那么清爽宜人，但是较之白天要舒服得多了。带着一丝柔意的风拂面而去，给人留下了舒适的感觉。也许是傍晚的缘故，也许是人们都想利用刚下班的时间到商店里逛一逛，买点东西带回家，这时街上的喧嚣声更甚了，路边小商贩的叫卖声不断，马路两边一派热闹景象，熙熙攘攘的人群不断地进出着各家商场，使得整个大街很是闹哄哄。

张朝阳与刘婕来到办公室。朝阳刚坐下，刘婕从桌子上拿走杯子洗干净泡好茶递给朝阳。刘婕问："我出去给你买饭，想吃点什么？"朝阳说："别出去了，随便煮点面条吧。"刘婕转身离开，一会儿的工夫端来了两碗面条。"清汤面，凑合着吃点吧。"刘婕说着把两个煮鸡蛋放在了朝阳面前，两人边吃边谈。朝阳问："最近售出情况如何？你看能挪出点资金来买辆车吗？"刘婕说："春节前进的那批服装，前些日子李总全部买下发给他的职工每人一套。咱们还余下两套，我看也别再卖了，我们自己穿吧。买车的钱最近我就给你预备好。"说完她目光柔和地看向朝阳。朝阳和她的目光刚一接触，马上收回来说："这些事情你自己看着办吧。车买下后如果没有大的支出，尽量地把资金聚拢以备我做点大的投资。""你想往哪方面做呢？"刘婕问。"现在还没有想好，正在考虑着呢。"说着拿起桌子上的烟，刘婕递给他打火机。他点上刚抽了一口，就剧烈地咳嗽起来。刘婕看他咳得满脸通红，有点心疼。等他停止咳嗽后，刘婕慢慢地说："还是不抽烟的好，看你难受的，既是不会抽烟何必学呢，也不耽误做生意吧。"刘婕知道他学抽烟是为了生意场，劝说过几次没有效果。

"我想自己待会儿，你先回自己的办公室吧。"朝阳对刘婕说。刘婕走出来在门口站了一会儿，进了自己的办公室。她的办公室和朝阳的办公室紧挨着，里面有一张办公桌、一把木头椅子和两张简易布艺矮椅子。她平时很少来,基本都在财务室办公。她在软椅子上坐了一会儿,转眼看见了挂在墙上的琵琶,这把琴是去年朝阳从苏州给她买回来的。琴的材质很好,价格也不便宜。刘婕走过去拿下来琴,坐在椅子上调好琴弦轻轻地弹起来,她弹琴并不专业,只是喜欢罢了。但是熟悉的曲子还能唱两句,刘婕沙哑的嗓音却也可听。刘婕心里清楚得很,朝阳是爱如玉的,而且爱得很深。然而如玉并不爱朝阳,俩人虽然亲密无话不谈,可在如玉心里只是一种亲情罢了。刘婕愿意等,等到朝阳心灰意冷时。

朝阳在门口站了一会儿,刘婕请他进来。朝阳略微迟疑了一下说:"你继续弹吧,我回家看看父母。"说着就先走了。

周天如玉和慧兰刚刚走进百货大楼,外面就下起了雨。慧兰对如玉说:"外面下雨了,正好我们多逛一会儿,咱俩按图索骥,争取今天把我哥出国的日用品全部购齐。"两个人边拉呱边购物,不知不觉手里都提得满满的了。如玉说:"到此为止吧,再多我们也拿不动了,回去后若是还缺少什么再买嘛。"慧兰表示同意,转而又想了一下说:"再买个大点的行李箱吧。""不用了,我那店里有个大的箱子,是为朝阳经常出发买的,但是朝阳从来也没有用过,他感觉箱子太大,在国内出门用不着。"如玉给慧兰说。这时外面的雨还在下着,两个人没有带伞,只好坐在商场供顾客休息的椅子上等雨停。如玉看了看慧兰，只见慧兰满脸洋溢着光彩，人显得那么文静而空灵，不由得心生羡慕。"兰兰，国强经常给你来信吗？"如玉小声地问。慧兰说："是的，每逢周日他会往我单位里打电话。我每到星期天都盼着这个时间，那天我会早早地到单位守在电话旁。"慧兰满脸的幸福。如玉又问："你准备考北京的哪所院校呢？""中财。"慧兰毫不犹豫地回答。"你准备和国强同读一校？其实考到北京去就可以了，倒不必弄在一起的。你的英文很好可以考北外，说不定在英文方面以后能帮助国强呢。"如玉对慧兰说。慧兰看了看如玉说："北外也在考虑之内，国强倒是和你的意见一致，我呢还是想能天天见到国强为好，免得老是挂念。"如玉听后浅浅一笑，说："天天见面会腻歪的，倒不如有点距离有点挂念。"慧兰听后转身用异样的眼光看着如玉说："怪不得我哥老是想你，原来你是鬼心眼子一包啊！若即若离，把人坑苦了。我哥这次出国后你就不用耍花招了，想见都见不上了。"慧兰的直言快语把如玉说得眼泪在眼眶中直打转。见此情景慧兰岔开了话题："如玉，你还记得何静怡吗？"如玉一愣，说："记得，有时候还会想起她来呢。她现在的情况如何？"慧兰叹了口气说："静怡可真是红颜薄命啊！何妈妈给母亲说，那个男子拢合了一帮人经常打架斗殴，他自己是个小头领。什么为朋友两肋插刀啊，仗义啊，打抱不平啊，伤了不少人，已经几次进出公安局了，单位准备开除他。而且这个男子经常地当着他的那帮狐朋狗友搂抱静怡,让静怡忒难堪。静怡决定离开他,他纠缠着不肯放弃,并威胁静怡。"如玉叹了一口气说:"静怡想怎么办呢?已经到了这种地步她应该会做决断的。"慧兰说:"听说当年就是这男子让一个女孩爬到大礼堂房顶上贴大字报。由于房顶常年失修,那女孩从房顶上漏下来,担在了礼堂的桌子上,性命是保住了,却落下了终身残疾,下半身失去了知觉,这一辈子都要父母养活了。"

"静怡现在情况怎么样?"如玉问道。慧兰说:"她父母希望她回家住,但她觉得无法面对父母,就住在了姨妈家里。她的姨妈劝她忘掉过去,重新再来,年轻就是本钱。"如玉听着慧兰的讲述陷入了沉思。她记得上初中时外语老师是刚刚从师大毕业分配来校的,这位外语老师讲课很认真,很负责任,很敬业,而且和蔼可亲。课间休息时她总是抽空和同学们聊天,以便了解每位学生的情况。同学们都非常地喜欢她。如果遇到星期天没有其他事情的话,她还会约几个女生去她家玩。老师蕙质兰心,还有一颗童心。那时老师和父母住在一起,家里住的独门独院。她房间里的墙上挂满了自己的大幅照片,全部都是古装才子佳人打扮。其中有一幅照片是夜景,老师穿着古装相公的衣服站在窗前,用手轻轻推开一扇窗子,一钩弯月挂在窗前的柳树梢上,衬着老师那倩丽的侧影,真美。这个镜头很难抓准,也不好摆拍。

谁承想，后来这些照片成了她的一大罪状，造反派们把她打成牛鬼蛇神臭老九，说她搞自我欣赏，资产阶级思想严重，房间里不悬挂伟人的照片。她那么年轻又是刚刚从校园走出不久的女学生，哪能受得了。在那种境况下许多人都变得不可理喻了。

记得刚参加工作那会儿，有一天下午下班回家的路上碰上了老师，如玉赶忙停住自行车，那股兴奋的劲头自不必言说。当时老师推着一辆婴儿车，里面睡着一位漂亮的小宝宝，老师结婚了！真的为老师高兴。师生俩人亲切地互相问长问短。望着老师那双泪盈盈的眼睛，如玉知道老师对于过去的事情至今仍然不能释怀。

如玉陷入沉思中半天不说话。"你在想什么呢？"慧兰问她。如玉回过神来说："没想什么。"这时外面的雨已经停了，两个人起身准备回家。走出商场，街道上到处湿漉漉的，在雨水的冲刷下树上的叶子显得翠绿葱茏，地面上干干净净，就连马路两旁商店的墙壁都被雨水洗得面目全新，空气很新鲜，人在其中犹如置身于山川峡谷中的氧吧。"彩虹！"慧兰兴奋地喊起来。如玉也看到了，整个马路上的人都在看。如玉说："已经许多年没有看到这壮观的景象了，小时候在夏天里每逢雨过天晴都能够看到彩虹。""兰兰。"慧兰听到后面有人喊，扭转头看时，慧兰笑了，"真是说曹操曹操到。"原来是静怡伴着她的姨妈从商店里走出来了，两个人手里大包小包地提了不少的东西。慧兰说:"真是无巧不成书啊!静怡,你好!"静怡走过来说:"兰兰,许久不见,没有想到在这里碰上。"静怡的姨妈也走到近前对慧兰说:"兰兰,你买了这许多的东西,该不会是为了你哥出国留学准备的吧?"慧兰笑了:"阿姨,您说对了,是给我哥买的,您买了这么多的东西也是要出门吗?"姨妈看了静怡一眼,静怡面无表情眼睑低垂。随后姨妈说:"是给她买的。"慧兰扭头问静怡:"你这是要出远门吗?去哪儿?"静怡淡淡地说:"去香港投奔姑妈。"慧兰看静怡的样子是不想多说,随即用手指着如玉问静怡:"认识她吗?"静怡看到如玉愣了一下,如玉走过去伸出右手说:"我们曾经在一个单位工作,我叫陈如玉,你当时在油漆班,我在车钳班,两个班组紧挨着。我经常看见你的,你可能不大注意我。"静怡说:"想起来了。你和兰兰认识?"如玉说:"我俩是初中同学。静怡,看到你很高兴,你比在工厂那会儿更漂亮了。"静怡听后淡淡地一笑说:"谢谢!"她们边走边聊,走到停自行车的地方,就分道扬镳了。

  如玉和慧兰把买好的东西提回家,一进门慧兰就喊:"妈妈,我们回来了。"慧兰的母亲从厨房里走出来,看到如玉和慧兰两个人气喘吁吁地把许多的东西堆在了客厅墙角的长方桌上,对如玉说:"看把你累的,快坐下歇歇吧。"然后从茶几上拿起杯子倒上半杯水递给如玉。如玉忙接过来说:"伯母,我们买的这些东西等会儿您看看,若是还有没买到的，赶明儿我再去买。"这时慧兰假装不高兴了，对着母亲说："妈妈，您太不公平了！""怎么了？"慧兰的母亲诧异地问。慧兰噘着嘴说："我和如玉是一样的辛苦，妈妈只说她辛苦给她倒水喝。"说完还假装抹了一把眼泪。慧兰的母亲听后笑了，爱惜地刮了一下慧兰的鼻子。如玉赶忙给慧兰倒了一杯水递过去，如玉知道她在假装矫情。

家明在学校里有功课，因此没有回家吃饭。如玉留下来，和家明的父母及慧兰共进晚餐。慧兰给母亲说："我们下午在百货大楼门口碰上了静怡和她的姨妈，她们买了许多东西，静怡说她准备去香港投奔姑妈，不知道她姑妈在香港做什么事情。"慧兰的母亲说："听何妈妈讲，静怡的姑妈在香港有一家超市，他姑父好像在律师事务所工作。静怡执意不肯回家住，甚至想独自出门去闯一闯。她父母坚决不同意，因此他父亲才联系了他的姑妈。"慧兰的父亲说："静怡去香港很好，这有可能会改变她的人生。"慧兰的母亲轻轻叹了口气说："人这一生的命运是上天定好的，什么时候该走哪一步，哪一步顺利哪一步有劫难，是人力所不能为的。静怡给她父母说，到香港后她会努力做事情，要打拼出自己的一片天地，不管能否成功都不会再回来了，决不给姑妈添累赘。若是能混出来呢，会把父母接过去以尽孝道。静怡的母亲泪眼婆娑地叮嘱静怡，若是在香港待不下去随时可以回来。"慧兰的母亲讲到这里泪水从眼睛里珠串般流了出来。慧兰的母亲与静怡的母亲是远房亲戚，相互往来得比较密切，或许跟静怡的父亲与慧兰的父亲同在一所大学里任教也有关系。

慧兰见母亲伤心就想安慰她几句。这时家明回来了，见母亲伤心，就问："妈妈，您怎么了?"母亲看见儿子回家来了，眼睛里流露出深深的爱意，对家明说："没有什么，刚刚提起静怡这孩子，妈妈动了情。你一定饿了，给你留着饭呢，我去热热。"家明笑了笑，又看了看如玉，对母亲说："妈妈是菩萨心肠，不过这年龄大了自己还是要多开心少烦恼。年轻人的事情年轻人自会处理。"慧兰接过哥哥的话语对母亲说："是的妈妈，人谁没有遇到坎坷的时候。她还年轻，有机会调整自己，走错一步是个警示，后面的路途会好走的。妈妈千万别替古人担忧。"慧兰哄着母亲。母亲见一双儿女如此懂事，心下很是欣慰。

第四章　芳心无所依

　　绵绵秋雨被阵阵秋风吹打在玻璃窗上发出啪啪带节奏的声音，院子里那棵梧桐树上泛着黄色的片片秋叶，在风雨中带着无奈带着眷恋和着雨水沉沉地落下来，铺满了地面，似一片金毯。盆盆娇艳的花朵失去了往日的风采，它们经不起这风雨的侵袭而纷落砌下。窗前的秋景给如玉落寞的心情增添了些许的凄恒。这是世间万物遵循的轮回，造就了它们的宿命。曾几何时它们是那么艳丽多彩，那么娇美，用它们的多姿袅袅之容装扮着大地，给人们带来愉悦，带来美的感受，带来生活的乐趣。

　　几天来如玉的心情就像这秋天的雨、秋天的风、秋天的黄叶一样。她拿出日记本在上面写下几句话：

　　　　秋风带给人些许忧伤

　　　　冬雪会给人些许遐想

春雨或让你看到希望
夏炎总触动炽热情长

朝阳很知道她的心性，就在菊花盛开的时节，拽着她去公园里散散心。两个人各骑着一辆自行车，并排着往前行。秋风习习，天高云淡，虽然是在深秋的季节里，但是阳光照射在脸颊上面，仍然感觉到有些许的照晒。当然，比起夏天的阳光有着不同的感觉。

公园门口游园的人排起了长队在买票。这菊展每年一回，此时菊花盛开人流涌动。进入园子里，只见各色秋菊千姿百态。如玉对菊花还是情有独钟的，这是因为菊花开在了万花凋谢以后，给即将逝去的秋天带来了色彩。

如诗如画的"菊君"芳满园，游人如潮。如玉对朝阳说："入秋以来，百花先后都凋谢了，只有这菊花盛开，它给这落寞的节气带来了清新活力，带来了一种美感，带来了安慰。五哥，你看这盆菊花色泽美艳而不妖，花瓣伸缩有度，像不像一位舞者？"朝阳说："有那点意思。"如玉又指着一盆菊花说："五哥你看，这盆红色的菊花娇艳迷人，给它取的名字'贵妃醉'也很贴切。"朝阳说："嗯，确实花如其名。"他用手指着旁边一盆白色的菊花对如玉说："玉儿你看，这盆白色菊花是否更让人爱怜？它那么洁白无瑕空灵俊秀。"如玉一笑："五哥说的是，恰到好处。"朝阳循着花往左边走。两人几乎同时看到前边的一盆花里面一茎长出了两朵菊花，很像一枝并蒂莲。近前观之，只见标签上有名字"共结连理枝"。如玉说："五哥，你看这植物的世界竟然和人世间有相通之处呢。"朝阳说："是的，动植物都是世间的生灵，共同生长在大地上面，自然也就有着相通的一面。"在这"并蒂莲"的边上有一盆粉色的菊花，花瓣有粗有细有伸展有蜷曲似在舞动，很是别致。看着她的名字"飞燕舞"，如玉自语："太贴切了，'飞燕舞'，恰似赵飞燕在掌上轻舞。"如玉边看边沉思，不忍离去，不由得想起元稹的诗句"不是花中偏爱菊，此花开尽更无花"。花的世界是那么绚丽多彩，它们生来尽情绽放，凋谢却也无怨无悔，就是因为它们没有思想，所以也就没有忧愁。哪像人类总是白白地生出许多的事端来，生出许多的忧愁来，给生活带来那么多的烦恼。朝阳见如玉又在沉思就知道她又在发痴，所以用手拽了一下如玉的袖子说："我们到前面的亭子里坐一会儿。"

　　由于赏菊的人多而且相互拥挤，朝阳和如玉离开了菊展片区，漫步在泉水池边。池中的鱼儿自由自在地游来游去，好像在向游人展示着自己的无忧和幸福，从远处游过来几对鸳鸯，它们相惜相依恩恩爱爱。朝阳对如玉说："这鸳鸯比人更懂得珍惜，它们日日相随永不分离。"如玉略一沉思说："这鸳鸯成双成对不过是造物者赐给它们的一种行为，哪里就能与人类相比？再者说，人世间的分分合合也是正常的事情。"朝阳琢磨一下，没有说什么。

他们沿着水岸,边走边欣赏水中的秋荷——却是红妆褪去芳心苦。夏日里那映日荷花的盛况,已经被一片片绿中带着枯黄、无精打采低头耷脑的残荷所替代。这满眼的凄清和盛开的菊花形成了反差,使得如玉的心情忽喜忽忧。贺铸《踏莎行》中的"当年不肯嫁春风,无端却被秋风误"这阕词句引起了如玉的阵阵幽叹。朝阳看着如玉的痴呆样子说:"傻姑娘,什么时候不魔怔了就好了。"

算来家明已经走了一年半多了,这期间就收到了一封家明的来信,有时也能接到长途电话,但是这相隔重洋之苦是无尽无休的。再加上慧兰考取了北外,离家已经两个多月,如玉更感失落,这段日子去家明家里看望二老,感觉他们的态度有了微妙的变化,如玉觉得这与自己跟考大学失之交臂有关系。

如玉本打算今年和兰兰一同考到北京去读书,两人都报考了北京的大学。可是高考前如玉的父亲住院,情况危急,医院里下了病危通知书,一家人陷入恐慌,如玉就没有参加高考。她觉得考试可以等明年,父亲万一有个好歹那将是终生憾事。家明也支持她的决定。

"如玉。"一个清脆的声音把如玉从沉思中拉回来,如玉抬头,见李嫣正朝自己走过来,后面跟着金铭。倒是李嫣话语来得快,对着朝阳说:"五哥,您可是大忙人,怎有闲暇来赏菊啊?"朝阳和李嫣虽然也是邻居,但俩人并不熟悉,见李嫣问忙说:"这一年一度的赏菊盛事怎能缺席?"李嫣对朝阳说:"五哥也是爱花之人,爱花之人自有爱花之情。这是我的同学刘金铭。金铭,这是我们邻居张朝阳,张五哥。"金铭向前一步同朝阳握手,很客气地说:"您好。"朝阳也客气。李嫣用手指着前面的小亭子对大伙说:"我们不妨在那里坐着聊一会儿。"朝阳不想去,就要回绝,但是看如玉有意思,也就没有作声。亭子里有一张石桌四个石凳,正好坐下四人。如玉见金铭和朝阳天南海北地聊起来,于是就悄悄地问李嫣:"你们俩的事情定下来了吗?"李嫣轻轻地说:"算是吧,起初他们家上上下下都反对,我自己也不同意,我觉得对金铭实在是太不公平。无奈金铭执意坚持,最后他的父母及兄弟姊妹也就随他去了。我们两个商量着,金铭若是能申请下来出国深造的话,我就去陪读,然后在国外完婚。"如玉说:"金铭出国留学,你放弃在国内找工作的机会随他去?你毕业后找一份很好的工作是很容易的,毕竟你们是恢复高考后的第一批大学生,国家很重视。金铭的申请递上去了吗?去哪个国家?"李嫣说:"明年初办理,这需要经过严格的审核,现在已经不再把家庭出身放在首位了。国家百废待兴,现在正是用人之际,很注重人才培养。"如玉说:"他也是长在红旗下,也有一颗报效祖国之心。金铭聪明而且数学很好,他准备继续研究数学?"李嫣说:"是的,他父亲当初是留学归国的有志青年,对他有一定的影响。我智商不行也做不出事业来,索性做个全职太太。我说你忒固执,还考大学干吗？过两年你去美国陪读，照顾好家明，再生上个一男二女的多好啊！男耕女织，美满生活。"如玉回答："恐怕这两年还不能去陪读，时间上还是不够陪读的资格。只有读到博士学位才有陪读的可能。"如玉叹口气又说，"我心里矛盾得很呢，虽然我极其希望家明前途无量，事业有所建树，可是我又喜欢过那种'针线闲拈伴伊坐'的生活。嫣姐，我听说英国的奖学金不如美国多，如果是去英国读书，这陪读生活不怎么好过。"李嫣压低声音说："英国我去不了，金铭先过去读书，看情况再说。金铭打算在英国读硕士然后去美国读博士，读博的时候再考虑陪读的事。说说你吧，别心里没有掂量，我看五哥对你很有意思，这事情不能装糊涂的。你若是跟家明去美国也断了五哥的念想，于人于己都好。"如玉听后脸有点变色，随后说："嫣姐，可别这么讲，五哥和我可是从小哥哥妹妹的情分，你都是知道的。再者说，五哥与刘婕一唱一和配合得很默契，刘婕性格温柔贤淑，是五哥的好帮手，他们才是天生的一对呢。我不过是暂时在五哥这里，等我考上大学就离开了。"李嫣说："恕我直言，说句不该说的话，你们俩小的时候是亲如兄妹，长大后男女之间经常耳鬓厮磨，就是你不想，他还是会想的。正应了'当事者糊涂旁观者清'这句话，你若是不信就走着瞧吧。明年的高考情况不得而知，你现在为何不多考虑一下呢？"如玉沉默了一会儿说："我尽管努力就好了，后面的事情……"话没有说完,就听朝阳对她俩说:"天不早了,我们以后有时间再聚吧。"朝阳说着就站起了身。李嫣笑了笑说:"五哥,您是企业家,生意做得了得。金铭是个书呆子,您和他聊不来吧?"如玉用手刮了李嫣的鼻子一下说:"你这伶牙俐齿,总是嘴上不饶人,口无遮拦。"朝阳说:"嫣妹,不知你我何时结了怨?"金铭站在一旁只是笑了笑,他知道李嫣很想和如玉多聊一会儿,所以故意地调侃朝阳。

回家的路上如玉回想着李嫣说的话,她无论如何也不能认可,她觉得李嫣在无中生有。她想来想去也没有觉察出朝阳对自己有什么想法,于是决定不去理睬。如玉给朝阳说:"五哥,今晚你在我家吃饭吧。"朝阳不解地问道:"为什么?咱们家离得这么近。"如玉说:"今天看菊花心情很好,在公园里就默默地酝酿了几句词,吃完饭写给你看看,给评价评价怎么样啊?"朝阳兴奋地说:"好啊好啊!"

朝阳和如玉及父亲三个人正吃着晚饭,朝阳的母亲来了。如玉起身招呼:"张大娘,您吃过饭了吗?一起吃吧。"如玉的父亲也赶忙让座。朝阳的母亲说:"我吃过了,别忙活了,你们吃吧。"转身问朝阳,"五儿,我和你父亲在家里左等不来右等不来,敢情在你陈叔这里吃饭呢。"朝阳笑了:"娘,平时我不也经常地不在家吃饭嘛,娘怎么知道我在陈叔家里吃饭呢?"他母亲笑了笑。

饭后朝阳忙着洗刷碗筷,如玉的父亲不让。于是朝阳和如玉俩人进到如玉的房间。朝阳迫不及待地说:"想到了啥词？写来看看。"如玉坐在书桌前，拿起一本稿纸想了想就在纸上写道：

赞家乡

梓园筑于京师南

祥云华瑞一线天

曾是青山绕城去

半城芙蕖罩清泉

秋来咏菊起笔尖

春去伤怀落词间

词坛争芳百花艳

几人能如今二安

　　写罢她自己读了几遍，然后拿给朝阳。朝阳仔细地读了几遍，说："我不懂诗词，读来觉得甚好。意思就是咱们的城市和北京在一条线上，借助于京城的祥云所罩，城市美丽，有山有水，有花有草，有湖有泉，山水互映，装扮着这座城市；秋天赏菊赞菊是诗人的盛事，春天来去匆匆，引来了无数人的伤感，诗人们写出了许多关于春、秋的美好词句；在这人杰地灵的地方，出了两位大词人无人能比，他们流传至今。"如玉听完高兴地说："五哥解释得很棒，知音啊！"朝阳说："我是看字取意。"如玉说："以后咱们俩书信往来。"朝阳笑了笑。

店里近来生意不错，如玉早出晚归忙个不停。朝阳让如玉把店里的事情放一放，把精力放在学习上，争取明年一搏。她对朝阳说假如明年自己还是与大学无缘的话，从此以后就放弃读大学的念头，专心工作。朝阳很赞同她的想法，并且告诉如玉，他在上海托朋友物色了两间门头房，在静安区。静安区是上海的中心城区，门头房所在的位置是个闹中有静的地方，他准备先租下来开个茶馆加书店，以书店为主，店里的书可以出售、租借，也可以在店里边品茶香边看书。如玉喜欢呢，可以在那里管理并经营，无须计较盈利的事情。如玉知道，朝阳这几年在生意上做得不错，资金上还说得过去，而且在上海有几个很好的生意上的朋友，他们之间往来密切。

这件事情朝阳和刘婕商量过。刘婕很支持朝阳，在上海租门头房这件事情也是刘婕提出来的。其实呢，朝阳并不是想在上海落脚，他只是想着遂了如玉的心愿。

如玉虽然对于去上海这件事情很动心，但是非常放心不下老父亲，她思忖再三决定先与父亲商量，然后再去家明父母那儿看他们如何说。自己已经多日没有去家明父母那儿了，一来呢是心情不好，再加上最近店里的事情比较多，自己还要抽出时间来复习功课。如玉想着等下班后去商店买两份水果给自己的父亲和家明的父母。

傍晚下班后，如玉走进一家水果店。里面各种水果应有尽有，这在前几年物资匮乏时期是见不到的。她忽然闻到了一股子香味,这股子香味是很熟悉的,顺着水果架子走,如玉笑了,她看到了香蕉,小时候她是很喜欢吃香蕉的。她感到自己的胃在蠕动,同时咽下了涌动的口水。来到柜台前问好了价钱,售货员给她称好两份香蕉分别包好。当如玉付钱的时候,只听得旁边一位男子把钱递给售货员说:"我来付吧。"如玉一愣,回头看:"孟军。"如玉意外地见到孟军,别提多么高兴了。她简直是有点惊呆了,若不是男女有别,她真想上前去拥抱他。如玉自从离开工厂以后,就没有再和孟军联系过。虽然闲下来的时候也能想起他,但是很快就又被许多的事情盖过去了。今天偶然相遇,她怎能不高兴呢。如玉带着一脸的兴奋说:"孟军你好!真没有想到今天在这儿碰到你,你也要买水果?"孟军也很高兴,说:"不买,刚才在马路上看见你走进这家水果店,所以就跟进来了。玉姐,你一走就杳无音信,把我们这一帮子兄弟姊妹全都丢在脑后了。"如玉听孟军这么说,脸上带出了一些歉意,对孟军说:"你现在有空吗?不如你和我一起回家,说实话我那老父亲十分挂念你,常常问起你。"孟军听如玉这般说,略微一顿回答道:"有空,我也很想去看望伯父。"

两个人一路说笑着来到了如玉家,如玉进门就喊:"爹,看谁来看你了!"如玉的父亲正在厨房里洗菜,听到女儿的声音,忙甩着两只湿漉漉的手出来,嘴里说着:"谁来了啊?"孟军赶忙回应:"伯父,是我看您来了。"老父亲一见到孟军,那脸上立刻露出了慈祥的笑容。他赶紧在围裙上擦了擦手,拽着他往屋里去,说:"孩子你来了,咋老是见不到你呢?"说着两个人走进了屋里。如玉的父亲拿茶碗给孟军倒水,孟军接过茶碗说:"伯父您别忙活了,我自己来吧。"如玉接过话来说:"爹,让他自己来吧,他又不认生。以前的时候,他不是进门就自己倒水喝吗?怎的现在倒生分了呢?你们两个坐着拉拉家常,我去厨房做饭,吃完饭我还有许多的事情要和孟军聊呢。"如玉说着走进了厨房,扎好围裙做起了饭。孟军本来是有事情要办的,由于意外地碰上了如玉,再加上这许多的日子没有见到她了,也很想和如玉聊一聊,因此也没有推辞就留下来了。

如玉把饭和菜一一地端上了桌子,就招呼他们两个坐下来吃饭。如玉的父亲拿出半瓶景芝白干,给孟军和自己各倒上了一盅酒。孟军忙说:"伯父您是知道的,我不会喝酒。"如玉的父亲说:"是啊,我是知道的,但是今天你来了我高兴,你呢就喝一小盅,平时我一个人也没有兴致喝酒,就算陪我吧。"如玉见状给孟军使了个眼色。孟军忙端起酒杯对老人家说:"伯父,我敬您一杯,祝您老人家身体健康,福如东海。"如玉的父亲高兴地端起杯子呷了一口酒。吃饭间,如玉的父亲不断地往孟军碗里夹菜。如玉对父亲说:"爹,你自己吃吧,别管他,不然的话孟军更拘束了。"

饭后，如玉问起孟军的近况："你还在车钳车间吗？工作忙不忙？我看你比起我在厂子里那会儿瘦了一点。阿姨身体还好吗？叔叔还在外地工作吗？"她一连串地问了几个问题，让孟军不知道先回答哪一个了。孟军看着如玉说："我父亲已经回来了，单位上照顾到我母亲的身体状况，批准了我父亲的申请。前几天母亲还问起你呢。"如玉问："阿姨的身体好些了吗？"孟军的脸上带有忧愁地说："还不如以前呢，她现在每天抱着药罐子，中药西药不间断地吃。要是到了冬天病情会更差一些，因此我姥姥和大姨妈劝着我的母亲回广州老家去，那边比这边暖和，空气质量会好一些，于母亲的病情有好处。"如玉叹了口气说："阿姨和叔叔同意回广州吗？"孟军说："父母倒是都愿意，但是他们的工作不好调动。他们还没有到退休的年龄，不能放弃这边的工作，没有薪水这生活就没有着落了。"

　　如玉听了孟军的话，略停了一会儿说："孟军，现在改革开放了，国家的政策很好。有许多以前办不到的事情，现在都能办到的。你谈恋爱了吗？"孟军笑了笑说："如玉姐，我已经离开了厂子。"如玉听了并不奇怪，她觉得任何人离开那个厂子都很正常。如玉问："你为何离开那里呢？现在你在哪里上班？"孟军说："这两年厂里经营情况不好，产品不好卖，卖出去的产品又收不回钱来。没有钱厂里也就买不到原材料，没有原材料这生产就无法进行。这样的不良循环，致使厂子陷入困境，有时甚至连工资都发不出来。"如玉说:"记得我还在厂里那会儿,车间里生产的产品很好卖的,厂子里接的订单多,有时候买家为了尽早地提到货,都是提着现金蹲在厂里不走,催得很急。"孟军说:"是啊,此一时彼一时。现在这种小型的炉子不好卖了,以后还会逐步地被淘汰呢。"如玉问:"杨厂长还在厂里吗?"孟军说:"杨厂长也离开了。"如玉问:"去哪了?"孟军说:"政府招揽人才,把他调到政府的经济部门了。他调走的时候工人们都不舍,有的老工人都哭了,传达室的老太太也哭了。"如玉说:"是啊,杨厂长威信高,大伙肯定不舍得。我当初离开厂里时,想着跟他告别,感谢他几年来对我的关心照顾。可是呢,自己是辞职去干个体,这种情况羞于启齿,就不好意思见他,现在想起来挺不应该的,也挺遗憾的。"孟军说:"人生遗憾的事情太多了,曾经有过缘分就不错了。你还记得组装车间的冯师傅吗?"如玉说:"记得,他是雷明的师父,那时候听雷明讲,他的师父很有学问。五十年代中期清华大学毕业生,学机械制造的,就是因为头上顶着'右派'的帽子,才落魄到咱们厂里。"孟军说:"冯师傅时来运转了,前阵子他在美国的兄长,通过了外交部申请,准备回国内探望八十多岁的老母亲和亲兄弟。市政府收到这个消息后,派人给他们家重新安排了房子粉刷了房屋。同时落实政策,把冯师傅调到机械研究所去了。听说他的兄长在加利福尼亚州的旧金山,好像很有钱,做实业的。我与雷明去了冯师傅家里一趟，听冯师傅讲，他的兄长执意要把老母亲接到美国去，想在母亲的有生之年尽一下做儿子的孝心，他们一家有可能随着老母亲移民去美国。"

如玉为冯师傅一家的事情感到高兴，她想，人这一生最大的幸福莫如亲人团聚儿孙绕膝。这人的一生有着许多的变化，厄运不会长驻，幸福也不会不来。想着冯师傅的事情她的思绪忽然转到了家明身上，一闪念间她觉得自己应该随着家明而去。随后又想到了自己的老父亲，父亲是不会随自己去异国他乡的，他的乡情太重。

片刻之后如玉问孟军："你现在在哪里上班？"孟军说："我跟着堂兄干了。"如玉不解地问："跟你堂兄干什么？"孟军说："堂兄承包了郊区的一间机械加工厂，就把我拉过去了，我呢给他管理车工车间。"如玉说："厂子运营得怎么样？毕竟这样的小企业不怎么好做。"孟军说："这家厂子是村集体性质，以前是做机械加工到处揽活干。若是揽不到活呢就停工，所以厂子基本不转。堂哥接过来以后，从银行贷了一部分款，重新整理了厂房，又购买了两台大工厂里淘汰的旧机器。同时还聘请了一位工程师，帮助做技术改造和上新的项目。"如玉问："新做的什么产品？"孟军说："是压力容器，据堂兄做的市场调查，这种产品前景很好，将来在市场上的份额举足轻重。"如玉说："按说做实业是很好的事情，自古以来国家就是重农重工而轻商，可是现在商业流通正风起云涌，方兴未艾。不过,无论干什么只要认真、喜欢就行。"孟军说:"是啊,堂兄满怀激情地工作,并且经常讲他的宏图大志来激励我,就怕我没有信心。"

"如玉姐,你还记得郑芳菲吗?"如玉说:"是在技术科描图的芳菲吗?怎能不记得呢,我记得她好像是上海人,当年上山下乡的时候来到咱山东的,后来分配到我们厂里。"如玉看到孟军挺高兴的,就猜到了一半。孟军说:"我俩恋爱了。"如玉高兴地说:"芳菲是个很活泼的姑娘,性格比较开朗,人很善良。在厂里那会儿,我俩在一起相处了很长一段时间呢。"孟军说:"知道的,当年厂里成立文艺宣传队,你俩同时在宣传队里。芳菲每每提起那段在宣传队的日子,总是兴致很高。那时候你们是完全脱产,集中排练。"如玉说:"是啊,芳菲喜欢跳舞,各单位集中汇演时,芳菲的芭蕾舞《白毛女》跳得非常好。当时另外一个单位也有一位女生跳《白毛女》,她们两个人舞姿不分上下,而且都长得标致,令我们一帮姐妹羡慕。我们经常在一起吃午饭聊天,现在仍然很怀念那时候。"如玉说得非常兴奋。孟军说:"芳菲经常提起你,她说很想你呢。我们厂里请了技术人员制图,但是缺少描图人员,我就和芳菲商量让她也到我们那里去,她很犹豫,觉得辞职这件事情不是个小问题,让她丢掉端了多年的饭碗去一个没有根基的小厂子讨饭吃,在心理上还是不能接受。芳菲说上海正在研究上山下乡知青回城的问题,她父母很盼望自己的女儿回到身边，假如有此机会，她会回到上海的。她希望我也同她一起回上海。"如玉高兴地说："我赞成你也去上海。"孟军说："这件事我需要再考虑，我不能放弃这里的事情，毕竟我与堂兄苦心经营的事业不能丢掉。假如我去上海的话能干点什么呢？前一阵子我陪着芳菲回了一趟家。她家里的经济状况并不怎么好，住着弄堂里很小的房子，两个哥哥睡在阁楼上面。你没有见到那阁楼，又小又矮又黑暗，人从梯子爬上去需要弯着身子摸到床上去睡觉。在阁楼上想坐起来那是不可能的。我在她家的阁楼上住了一个晚上就回来了。她的两个哥哥再三地问我能挣多少钱，娶了他们的妹妹能养得起吗。而且还问我这次到上海带了多少钱，给他们的妹妹能买点什么。当时我心里那个烦呀！脸没有洗，牙没有刷，早饭也没有吃，什么也没有说，就奔向了火车站。"如玉听后说："哥哥疼爱自己的妹妹，担心妹妹跟着你将来受苦，是很正常的事情。因此你要更加努力地做事情，给芳菲家里一个安心。"孟军说："芳菲也是这么说的，她觉得她的哥哥都是为了我们两个好。但是我还是理解不了，上海人怎么这样不顾情面呢，很抠门，太小家子气。因此我更加不能去上海了。我要在自己的家乡混好，我有这个能力，等挣下许多的钱以后再娶芳菲，免得他们看不起我。"如玉听了孟军的一席话也觉得芳菲家里有点过分。她说："曾经听说上海人很会算计，不过这也无可厚非。人们的生活环境影响着人们的思想意识,而且会随其终生。地域的差别,文化的差别,价值观的差别以及生活条件的限制,使得人们在考虑问题的时候也会有些许差别。孟军,你生活在孔孟之乡,受传统思想的影响,自然你的思维和生活在上海这样的大都市里的人有所不同,那里的人会更看重钱。"如玉讲罢看着孟军,见他一脸的不快,就又说:"你别管她家里的态度如何,只要你与芳菲相爱就够了。"孟军说:"芳菲见我不高兴就劝我,让我放宽心,别跟她的哥哥们计较,说他们都是心地很善良的人,只不过表达方式太直白了。"如玉说:"芳菲很好,你要是再不能开释,就枉做男子汉了。"

如玉用手摸了一下孟军面前的杯子,水已经凉了,就起身拿暖瓶给孟军倒水。这时候如玉的房门被推开,随后走进一个人来,正是李嫣。李嫣看了一眼孟军,对如玉说:"有客人啊?"她清亮的声音很是悦耳。孟军起身对着李嫣很礼貌地点了点头。如玉说:"介绍一下,这是我在工厂的同事孟军。"又对孟军说,"这位是邻居李嫣姐。"李嫣看着孟军很礼貌地一笑。如玉请李嫣坐下聊会儿,李嫣推辞道:"如玉,我没有什么事情,我妈妈让我吃完饭别老是躺在那里看书,出来遛个弯。我呢为了不拂她老人家的意,就跑到你这里来了。既然有客人,那我还是出去遛弯吧。"听她这么一说,孟军站了起来:"如玉姐,我回去了,坐的时间不短了,以后再来看望伯父。"李嫣见状对孟军点点头,走出了房间。

孟军见如玉跟着李嫣出去了,也不好马上就走,只好坐下等如玉回来。他重新审视了一下如玉的房间,这小小的房间和以前相比没有什么变化,还是那么简朴。除了一张小床和一个小小的衣柜,就是面前这张磨掉油漆的三抽桌子和一把同样没有漆面的椅子了。窗户台上面有一盆文竹,这盆文竹看来是很精心地养着,绿绿的叶子一层一层的,错落有致,而且生长得很是旺盛。桌子的右上角摆了两摞书。他看了看,大部分都是高考试题。他心里想,如玉念念不忘的仍然是考上大学。他翻到最后一本书拿起来看了看,是一本简装的唐宋诗词,他不知道如玉喜欢诗词。随即打开书,看到里面有一阕,是宋朝词作家柳永的《凤栖梧》:"帘内清歌帘外宴。虽爱新声,不见如花面。牙板数敲珠一串,梁尘暗落琉璃盏。桐树花深孤凤怨。渐遏遥天,不放行云散。坐上少年听不惯,玉山未倒肠先断。"孟军读后觉得似懂非懂。他又往后面翻,翻了几页,看见书里夹着一张信纸,上面写有许多的钢笔字,字迹比较潦草,内容有改动的痕迹。他看得出这笔迹是如玉的。凭着感觉,他认为如玉心里一定是有了所许之人,并且为此事心事重重。思忖片刻,他把桌子上的书重新整理好,摆在了原先的地方。孟军觉得未经过同意翻看别人的东西有点不好。这时候如玉回到了屋子里,对孟军说:"你看,把你一个人撂在了这里,对不住了。"孟军笑了笑说:"我本应该回去了,只是不能不辞而别,你既是回来了,我就告辞了。"说着就站了起来。

如玉说:"你再稍稍坐一会儿,我还想再和你聊会儿呢。"孟军听如玉这样说,就又坐了下来。

孟军对如玉说:"刚才你出去后,我看你书桌上放着许多高考试题,玉姐,你是否还是想报考大学?"如玉说:"是的。"孟军沉默了片刻。如玉见孟军不说话,便说:"说句实话,我喜欢校园里的生活。能进入大学那是我梦寐以求的,因此我不想放弃。"孟军看着如玉,感觉她的气色不如以前那么红润,那么光亮了。他觉得很奇怪,刚才两个人谈话许久,怎么没有发觉呢。孟军问她:"如玉姐,我冒昧地问问你的婚姻大事行吗?"他有点不安地看着如玉。他弄不明白,自己为什么会紧张呢?

这时外面房间的座钟响起来了,当,当,当……连续敲了九下。孟军知道已经是晚上九点钟了,他见如玉没有回答,顿时感觉自己有点冒昧了。于是又一次站了起来,准备走。这时如玉对着孟军摆了摆手,示意他坐下,然后说:"别忙着走。"孟军说:"不早了,怕耽误伯父休息。"

孟军坐下来以后,如玉就把自己和家明的事情大致地说了说,也把最近去上海的事情对孟军讲了,她希望孟军能帮自己拿点主意。她知道无论何时,孟军对自己的友谊是不会有假的。即使他帮自己拿不出好的主意来,也会设身处地地替自己着想。这也是如玉再三挽留孟军的原意。

孟军站起身来,在这小小的房间里来回踱了几步,然后转向如玉，看了看面前这位自己曾经痴迷的女人，心里有种说不出来的滋味。他感觉如玉太理想化，是比较浪漫的那种人，这种浪漫是不切合实际的，于是就对如玉说："我刚才翻看你桌子上的书，见到里面有一本唐宋诗词，里面还有你填写的词句。我虽然不懂诗词，但是大意也能猜到一二，你的忧愁显然是在家明这一方面。我倒觉得你可以考大学，若是考上呢，自然不必细说。若是考不上呢，你就在朝阳这里静心地工作。日后若是有机会再换一份合意的工作。我倒不怎样赞成你去美国陪读，你和家明若是有缘的话，他会挂念你的，也会安排好你们的事情。依我看，家明是位研究型的人才。你们虽然是郎才女貌，却不是一个层面上的人。你呢比别人更敏感一些，恕我直言了。"如玉低着头在静静地听着，她还想继续往下听，可是孟军不说了。她抬起头来，望着孟军，眼睛里现出了还想往下听的意思。孟军和如玉四目相对没有再说什么。他转身走到外面的屋子里，见条几上的座钟显示已经九点半多了，就给如玉说："我要走了，天很晚了，改天我们有时间再聊吧。"孟军跟如玉的父亲道别后，走出了房门。

  如玉没有再挽留，她默默地把孟军送出了大门。竟然没有跟孟军说一声"再见"，她就慢慢折回了自己的房间。回到屋子里，如玉从水缸里舀起一瓢水倒进脸盆里，又拎起炉子上的坐壶往脸盆里加上一些热水。她洗完脸，又去刷牙，忽然她感觉鼻孔有点疼。这时候听到父亲说："玉啊，你怎么把牙刷捅到鼻孔里去了？"如玉愣了一下，用手去摸鼻孔，却发现手上有血。父亲见状心疼地说："这孩子又在发呆了。"忙从抽屉里拿出一块药棉来，用手捻成小卷，递给如玉，说："孩子，把它塞进鼻孔里，避免继续流鼻血。"

如玉躺在床上翻来覆去，怎么也睡不着。刚才孟军的一席话，深深地刺痛了如玉的心，她知道自己和家明不在一个层面上，这个问题从一开始就在心里绕。但是家明深深地爱着自己，这也毋庸置疑。如玉知道在事业方面，自己不能给他任何的帮助，而且日子长了两个人不可能总是卿卿我我。没有交流，没有共同的话题，这心就隔开了。这个问题自己也是再三地向家明提过，但是家明觉得这不是个问题。家明总是说："自古就没有这个道理，丈夫当官，难道妻子也当官吗？丈夫做生意，难道妻子也天南海北地跑吗？只要两个人心是相通的就好。"如玉并不同意他的说法，这距离感现在就有，以后的日子咋过？这种矛盾的心理，时常折磨着她。有时候她也觉得两个人相爱，并不一定要相守。若是把这份真挚的爱，藏在心底，在以后的日子里偶尔翻出来回味一下，也是很满足的。想到这里，她忽然觉得是不是自己不通情理。刚才在房门外，李嫣用手指头点着如玉的额头说："你呀，让我说什么好呢。早晚你会后悔的。"这句话如玉翻来覆去地琢磨了半宿，然后昏昏然然地睡着了。

第五章 他乡遇才女

昨夜思虑过度,早上如玉迟迟没有起床。父亲知道自己的女儿这阵子心思太重,也就没有叫她起床。过了一会儿张朝阳走进了如玉家的院子,他看见如玉的父亲在厨房里做饭,就悄悄地喊了一声"陈叔"。父亲见朝阳来了,压低了声音对朝阳说:"吃过早饭了吗?在这里吃饭吧。这孩子昨夜里睡得太晚了,这不,早上起不来了。你在这儿吃饭,我去叫她起床,免得耽误上班。"朝阳对如玉的父亲说:"陈叔,我吃过早饭了。我也没有什么事情,让如玉睡吧。这几天店里的工作比较多,挺累的,回头如玉睡醒了,您告诉她,让她在家里休息两天吧,调养一下精神。晚上下班后我再过来。"朝阳说着就往门外走,如玉的父亲也没有再挽留。

如玉这一觉睡到了中午。她躺在被窝里愣愣地看着房顶,心想,现在几点钟了?怎么太阳老高了呢?是不是自己睡过了头？于是赶忙起床，走到外间屋子里看座钟，座钟的指针已经指向了十一点。她意识到自己耽误了上班。她迟疑了一下，然后用两只手揉了揉太阳穴，又摁着头皮揉了几下，就走到桌子跟前，用手摸了摸茶壶，里面的水是温的，于是倒了一杯水先漱漱口，随后把杯子里的水咕嘟咕嘟地喝光了。

父亲从外面走进来，手里提着竹篮，里面盛着青菜和一块肉。见如玉站在屋子里喝水，父亲转身把篮子放到厨房的台子上，折回来对如玉说："玉啊，饿了吧？你稍等一会儿，饭在锅里焖着呢，我这就拾掇出来。"如玉对父亲说："爹，你吃过了吗？我不吃了，我要去单位了，到单位里正好吃午饭。"父亲说："今一大早朝阳就来了，他说你这几天挺累的，让你在家里休息几天，晚上朝阳会到家里来，看样子他好像有事情要与你商量。"

听父亲如此说，如玉犹豫了一下，随后就想自己还是不去单位了，留在家里吧。这一来呢，可以陪伴父亲吃午饭，正好把去上海的事情给父亲讲一下。二来呢，吃过饭自己也好看看书，做做功课。想到这些，如玉就对父亲说："爹，我来收拾饭菜，我在家里吃饭吧。等吃过饭，我想在家里复习功课，今天就不去单位了。"父亲听如玉这样说，脸上露出了笑容。

饭后如玉就把去上海这件事情大略地说与了父亲。父亲的意思是只要如玉喜欢就行，他在家里有哥哥姐姐照顾,她不用担心。父亲让如玉抽空去家明父母那里看看他们二老,顺便也把这件事情告诉他们,听听他们的意见。如玉点头答应着。

如玉拿起书准备做题,她的思路很快转入了书中。有一道数学题已经做了很多遍了,还是没能解出来。她想今天一定把它搞定。前几天都是因为事情太多又太匆忙,静不下心来,倒不是自己真的解不出。

"陈如玉,来信了!"如玉的精神高度集中的时候,猛然听到院子里的喊声,着实吓了一跳。她猛地从椅子上站起来又坐下。她知道这封信一定是家明寄来的。她感觉到自己的心在突突跳动,盼望的信件终于来了。一个人在盼望着一件事情的时候,总会坐立不安心神不宁。她急忙往外走,刚走到房门口,只见邻居家的小妹玲玲一头撞进来,两个人撞了个满怀。如玉一把搂住了玲玲:"小姑娘,干吗这么莽撞?"玲玲满脸红红地对如玉说:"如玉姐姐,你有信来了,邮递员在院子里都喊了好几遍了。陈大爷也没有在家,我一着急,就跑进来了。"玲玲说着用小手拉着如玉走到院子里。玲玲看到如玉姐姐去接信,就欢快地蹦蹦跳跳着跑去了。

如玉从邮递员手里接过信来,很抱歉地对邮递员笑了笑。因为是挂号信需要本人签字。签好字她回到了屋子里。信比较厚,信的封面上写着"美国康涅狄格州纽黑文市",中英文都有。她拿着信封端详了一会儿,然后把信放在了胸口上。片刻后方才打开了信封，一手漂亮、潇洒、刚劲的中文字体映入眼帘。

如玉见字如面：（看到这几个字如玉笑了，轻轻地说了一句"老夫子"。）

上次收到你的来信甚是欣慰，知道你在努力工作，并且准备来年的高考。但是字里行间露出些许的忧虑，使我心里深感不安。我希望你快乐，希望你健康。诸事都不要放在心里。说心里话，我时刻挂念着你。我懂得你的心思，我希望你放宽心怀，把自己的身体保养好。这世间任何事情都是缘分，千万不要思虑过重。

……

如玉一口气把信看完，她的眼睛开始模糊起来。她听见啪啪的声音，心里觉得奇怪。"什么声音？"她没有弄明白。透过自己模糊的视线，她看到手里信纸上面的字迹变得粗了、不清楚了。纸面上有水，水不断地滴在信纸上。她用手摸了一下自己的面颊，啊，是自己的眼泪。她赶忙拿起手帕擦了擦眼睛，又小心地用手帕蘸了蘸信纸，随后把信平整好晾在了桌子上。

其实如玉根本就不奢望家明会在圣诞节回国，她知道家明在学习方面非常认真、刻苦、顽强。他对自己喜欢的事业是那么执着，他会很好地利用假期多读书。家明的性格应该与家族有关。如玉很佩服家明这一点，佩服他追求知识的韧劲，也很喜欢他那细致柔情的一面。她觉得家明其实并不怎么了解自己。

如玉不明白，家明喜欢自己什么呢？古语说得好，"道不同不相为谋"。假使两个人日后走到一起，在日常生活中没有共同话题，会是种什么状态呢？她记得两个人曾经一起读李清照的词，家明说李易安的词作很好。自古以来，别说女人，就是男人有几人能和她相比呢？宋代的词人在词学史上留下了许多名篇，其中就有李易安的功劳。家明说自己虽然不学习诗词，但是有时间的话还是喜欢读一读。赵明诚在任期间他与李易安生活得很好，夫唱妇随，诗词相和。赵明诚过世以后，李易安的生活很是艰难落魄，其晚年的生活更是凄苦。家明却认为，作为一代文学巨匠在遇到境况不顺的时候，更能够写出好的文章、好的诗词来，李易安若是知道自己日后的名气如此之大，也应该欣慰了。家明虽然生长于医学世家，可是对于古典文学、现代文学还是很重视的，他的文学修养很好，只不过如玉并没有感觉到家明这一点。她觉得家明总是尽量地随和着自己的兴趣转，两个人在一起的时候，家明从来都不谈他的学业、他的工作情况。

如玉的思绪渐渐地模糊起来，好似在做梦，又好似很清醒，一会儿和家明逛公园，一会儿送家明去机场。在机场里，慧兰用手把自己往飞机上推，家明伸出手来把如玉往飞机上拉，如玉刚要抬腿准备上飞机时，忽然听到老父亲的声音："玉啊！怎么了？"如玉猛地睁开了眼睛。她看了看父亲，继续躺在床上沉了片刻，她意识到自己刚才是在做梦。

父亲见女儿睡醒了问道："玉儿，是不是做梦了？"如玉说："爹，我说梦话了？"父亲说："是啊，我进来想喊你吃饭，看你睡着了，我刚转身要出去，却听到你在说话，我回过头来，看到你嘴里嘟噜着，腿和脚蹬着床。"如玉躺在床上忆起刚才的梦，笑了。她问父亲："爹，几点钟了？"父亲说："六点钟了，天都快黑了，麻利吃饭吧。"父亲说着走出了房间。

如玉坐起身感觉头有点不舒服，她晃了晃头，晕得更厉害了，还有点头痛。她以为是睡多了，于是下床穿鞋，谁知站在床边两腿发软，特别是两条大腿有点疼，没有劲，站不住。她只好又躺在了床上，心想："这是怎么了？"看啥都转，房顶在转，窗户在转，桌子也在转。她闭上眼睛，感觉她人也在转。这时她听到了朝阳的声音，声音近了，似乎就在床边。接着有一只大手摁在了她的前额上。"啊，好烫！"这是朝阳的声音。她勉强睁开眼睛看了看朝阳，父亲也进来了，接着就听到朝阳对父亲说："叔，如玉发烧了，不轻快，得赶紧去医院。"如玉迷迷糊糊的，感觉朝阳把自己抱在了一辆三轮车上，随后朝阳蹬着车子飞跑。进了医院朝阳抱起如玉便大步跑,进了急诊室大声地给医生说:"急症!急症!"这时有一护士走过来让朝阳先去挂号,朝阳看了护士一眼说:"急症!"就把如玉抱进了急诊室,放在了病号床上。还好急诊室里没有病人,值班的大夫很快来到病号床前听诊,试表,随后让护士抽血化验。

一阵忙活下来,医生把朝阳叫到旁边说:"患者的白细胞很高,现在需要消炎加退烧,你们家属去交费吧。"朝阳这才想起来,光顾着急了都没有交费。他把衣服的口袋全部翻遍就连一毛钱都没有找出来。他连忙给医生说:"大夫,真的不好意思,由于来得急促,忘了带钱。您先给病人用药,我立马回家拿钱。"医生点点头表示同意。朝阳抱拳以示谢意。

朝阳急匆匆出了医院大门,正好看见如玉的父亲快步地走来。他看到朝阳忙问:"玉儿怎么样啊?是什么症候?"朝阳说:"大夫说是急性炎症,需要输液,我回家拿钱交药费。如玉已经输上液了,您放心吧。"如玉的父亲说:"我晚来一步就是因为没有带钱,又折回去拿钱了。朝阳,你回家歇着吧,我去陪如玉。"

朝阳陪着如玉的父亲折回了医院,去护士站开单子交费。回到急诊室看到药液正在输入中,他俩坐在了床边的凳子上。朝阳看了看表对如玉的父亲说:"陈叔您先回家吧,看样子要输一阵子呢。"如玉的父亲执意要朝阳回家歇着,两个人再三推让。病床上如玉对父亲说:"爹,你还是回家吧,你在这里陪我一宿会撑不住劲的,五哥年轻让他留下来吧。"父亲见如玉随着输液气色也是在变化,脸色比起刚才好了些,这心里也就踏实了许多。

如玉的父亲走后,朝阳给如玉倒了一杯水。如玉不想喝,但是朝阳再三地相劝,如玉拗不过喝了几口。如玉想和朝阳说几句话,朝阳说:"你还是休息吧,闭上眼睛睡一会儿。"这时医生走进来也嘱咐病人多休息少说话。

已是午夜时分,药液还没有输完。如玉看到朝阳的精神头不如刚才,有点困倦的样子,就指着旁边的一张床对朝阳说:"五哥,你在那张床上眯一会儿。"朝阳说:"等一会儿吧,等药液输完再说。"如玉说:"我刚才睡了一会儿,这会子也不困,我自己看着就行。有事情的话我会叫你。"

朝阳躺在床上不一会儿就睡着了,而且还发出了微微的鼾声。如玉侧脸看着朝阳沉睡的样子心里想:"五哥也是真的很辛苦,他做生意是那么认真执着,既讲诚信还得让顾客满意,他把企业的名声和自己的信誉摆在了首位。在对待朋友方面更是实心实意,乐于助人,同事和同学都非常信任他。朋友们遇到了困难或者遇到了自己拿不准的事情就爱找他商量,他会设身处地地帮助别人,他把别人的事情看得比自己的事情要重,正因为如此朝阳的朋友很多。这许多年以来,自己没有仔细地端详过朝阳,她只是觉得朝阳长得高大魁梧,心胸宽阔,善解人意,所以自己遇到不高兴或者是解不开的事情总是爱和他唠叨。朝阳每次都是认真地听自己诉说,宽慰自己。自己每次都能在朝阳的宽慰和指点下得以释怀。"现在她看着对面床上睡得沉沉的五哥,想起傍晚五哥看到自己有病时那股子焦急的劲头,以及抱起自己大步走进医院里的情景,如玉第一次对朝阳有了一丝别样的情感。

护士走进来看了看,调整了药液的滴速,随后给如玉说:"药液的滴速不能太快,你自己可不能随意地调整。"如玉笑了笑没有作声。朝阳听到有说话的声音睁开了眼睛,他看了看护士,又看了看如玉,然后对护士表达谢意。待护士走出病房后他转过身来对如玉说:"你可不能把滴速调快了,那样心脏是受不了的。"如玉说:"我只是想快一点打完回家,你也好睡个安稳觉。"

凌晨两点多钟药液输完,如玉对朝阳说:"五哥辛苦了,你可以放心地睡一会儿。"这时值班医生进来对朝阳说:"需要输三五天液,明天转到病房,还需办一下住院手续,今夜你们就在这里休息吧。"朝阳对医生表示了谢意,一宿无话。

早上如玉的姐姐惜玉来到医院,护士告诉她病人在夜里两点钟左右输完的液,这会儿正睡着。惜玉没有进急诊室,她把带来的早饭放在了走廊的椅子上坐了下来。因为这会子还早,医院里的医生和护士都还没有上班,走廊里显得很是清静。惜玉站起身来走到急诊室的门口，她想悄悄推开一点门缝看看如玉。她的手刚刚触到门上，门轻轻地开了。朝阳走出来看到惜玉站在门口，就对惜玉说："你来得这么早啊！"惜玉说："昨天晚上父亲就告诉我了，父亲说你在医院，让我今天一早做好饭送到医院里来。朝阳，真是辛苦你了！我带来了早饭，你先吃饭吧，然后回家休息。"

"姐姐。"惜玉听到妹妹在喊自己，就推门进到病房里。如玉看到姐姐很是高兴，说："姐，为何不进来说话呢？"惜玉说："刚才你还睡着呢，护士说夜里很晚才打完针。这是怎么回事？竟然进了急诊室，把人吓坏了。"如玉笑了笑，没有说什么。惜玉对如玉说："饿了吧，我带了早饭，一会儿你们俩趁热吃吧，我先去打热水给你擦擦手。"惜玉边说边拿出毛巾和脸盆要去打热水。这时朝阳从外面进来把脸盆从惜玉手里接过去。如玉说："姐，我还真的有点饿了，带了什么好吃的？让朝阳先吃吧，他辛苦了一夜，一会儿还要去上班。"惜玉看了如玉一眼，把带来的早饭端出来，有小米粥、馒头、葱花炒鸡蛋，还有一碟咸菜炒肉丝。如玉对姐姐说："好香！小米粥和那碟咸菜很吸引人哪。"姐姐说："你呀，真的不让人省心，这么大了，应该让咱的老父亲少为你操点心了。咱姊妹俩不是外人，我说句心里话，别整日里想来想去的。远的呢，太远够不着。这近的呢，可别不知道珍惜。否则的话悔之晚矣。"如玉听姐姐一番话就明白了她的意思。如玉刚想说什么,朝阳端着脸盆进来了。

朝阳把脸盆放在椅子上,把盆里的毛巾捞出来拧干递给了如玉。如玉接过毛巾一边擦着脸一边对朝阳说:"五哥,盆里的水很干净,热乎乎的,你也洗洗,我们一起吃饭吧。"朝阳点点头对惜玉说:"咱们一起吃吧。"惜玉笑笑:"我吃过了。"

护士进来说:"病人需要输三天液,一会儿病人转出急诊室进病房,你们记得去办住院手续。"护士说完转身走了。如玉对朝阳说:"五哥,咱们回家吧。我感觉已经好了,不用再打针了,无须住院。"朝阳没有吱声。惜玉说:"咱们还是听医生的话吧。"朝阳接过话来对惜玉说:"你说得对。刚才医生对我说如玉患的是急性肺炎,虽然输了液,高烧已经退去,但是肺里的炎症一时间还是消不了。若不及时治疗是不行的。"如玉听朝阳这么说也就没有坚持回家。

惜玉待他们两个人把饭吃完,一边收拾着碗筷一边说:"朝阳啊,你也累了一宿,快回去休息吧,我在这里就行了。"朝阳说:"好吧,等晚上我再来接替你。"朝阳走了以后,惜玉去办理了住院手续,两人就转去了病房。

朝阳从医院里出来就去了单位,今天有一桩要紧的事情要办理。朝阳来到办公室,刘婕已经把屋子收拾干净,茶杯里的茶水热气腾腾,用手摸一下杯体很烫手。刘婕见朝阳进到办公室，也跟进来。她问朝阳："吃过饭了吗？"朝阳点了点头："杨主任几点到？"刘婕看了看手表说："十点钟到，还得一会儿呢，你先喝杯水，看看那份文件。"她说着话从裤兜里拿出一块软软的小手绢去擦手表上的玻璃蒙子。朝阳看她擦手表那般细心，便笑着说："看你那么认真地擦它，等哪天得出空来给你买一块坤式罗马牌表，那擦起来也值得。"刘婕眯着眼睛看了看朝阳，继续擦手表，等擦好后对朝阳说："你还是省省吧，这块表就很好了。我听说坤式罗马表很受女士们青睐，价钱不菲。我们这里的手表店里很难买得到，即使货能进到商店里来，也都让商店内部人士给留下了。我的一位同学准备结婚，她爱人为了给她买一款坤式罗马表，托人找到钟表店的经理，那位经理很是尽心才弄到一块。据说还是托同行从上海弄来的。"刘婕说完以后看着朝阳摇了摇头，表示费那个劲干吗。朝阳说："这你就不知道了吧，前些时候上海的朱经理还问过我呢。""问你什么？"刘婕紧跟着问道。朝阳走到写字台前端起茶杯喝了一口水说："你为我们公司辛勤操劳，我们能有今天的业绩与你的付出是分不开的。这些年来无论是在经营上还是人际关系上，我想不到的你都能替我想到，我做不周全的你也能及时提醒。等过些时候重新梳理一下公司的股本，把给你的股份确定下来。这件事情我会形成文字。至于买表的事情呢，我早就嘱托朱经理了。上海比我们这里能好弄一些，你和如玉都有。"朝阳说完顺手拿起桌子上的文件看。

朝阳的一席话让刘婕有点怅怅的,自己多年来跟随朝阳风风雨雨地到处跑,早已把自己的生命和朝阳系在一起了,她从来也没有想过要公司的股份。在平时的财务管理上她是那么严谨,绝不乱花一分钱,总是精打细算,尽管朝阳给了她可以自主的权限。但是只要是应该花的钱也绝不抠门。所以朝阳把财权交给她很是放心。前年朝阳给买的这块手表她一直视若珍宝。她并不在乎手表的牌子,而在乎买手表的人。刚才朝阳说的那一席话她感觉有点生分了,所以心生了些许的惆怅。

朝阳低着头看那份文件并没有注意刘婕面部表情的变化。刘婕呆呆地站了一会儿转身往外走。"苗苗。"朝阳轻轻地喊了一声。刘婕听到朝阳叫自己的小名,就站在了门口,回过头来看着朝阳。这时她的心里五味杂陈,朝阳很少喊自己的小名。以前偶尔喊一回她心里会甜甜的,然而今天朝阳喊她却觉得不大适应了。

朝阳抬起头来看着刘婕说道:"你怎么了,有事情吗?你坐一会儿,有事情商量。"刘婕没有说话,转过身来坐在了朝阳办公桌对面的椅子上。朝阳看着刘婕说:"你不舒服吗?"刘婕摇摇头。朝阳又说:"你这一阵子太忙,等过一阵子把这些事情办妥,你就休息几天,想出去散散心也可以。"刘婕摇摇头没有吱声,而是用眼睛示意朝阳有事情就说吧。

事情是这样的，经委有几个下属企业生产经营不景气，企业的管理也比较混乱，致使企业职工工资发不出来，职工们聚集起来要求主管部门解决问题。领导们费尽苦心寻找解决企业困难的办法。有领导提议让张朝阳接管一个铆焊厂。朝阳在市里也是有一定的名声，他不仅在商业管理上做得很好，而且商业销售的水平也高。他依法纳税，在众多小企业里，他的纳税额总是排在前几名。他还是政协委员。今天要到公司来的这位杨主任就是准备和朝阳谈谈接管企业的事情。

朝阳对刘婕说："苗苗，咱们是做商业流通的，也就是进货和出货而已，对于工厂方面的生产技术和经营管理咱们都是外行。我还拿不准主意，若是不接管这个企业呢，领导们会失望的。若是接下来，弄不好领导更会失望，也不是我之所愿。我也不想背着负担愣愣地跑。"见朝阳犹豫不定，刘婕说："其实我也不怎么赞成做这件事情，那总归不是我们的本行。这隔行如隔山的道理我还是懂的。前几天我去了经委一趟，在院子里碰到了杨主任。在和他谈话间，杨主任启发了我。杨主任对你的能力很看好，他认为这经营工厂和商业流通本是两道，但是在企业管理方面，譬如人才的选拔任用、资源的配置以及企业的管理模式等都有相通之处。至于生产技术方面可以把本企业的工程技术人员的积极性调动起来，同时也可以聘请同行单位的技术人才，参与做一些技术改造、产品更新等方面的工作。至于市场营销方面，杨主任很是欣赏你的才干，他认为你有能力把企业弄好。领导们都对你抱有期望。"刘婕说到这里停下来看着朝阳。朝阳听了刘婕一席话，并没有表达自己的想法。他在想，一会儿杨主任来了还是要辞掉这份差事，他只想踏踏实实地做好现在的这份事业，做出点成绩很不容易，他不想在事业上分心，跨行业去经营工厂，现在自己还没有那个本事和精力，也没有那种愿望。不过也不能让杨主任乘兴来失望去，他准备把一位朋友介绍给杨主任，这位朋友本身经营着一个铆焊加工厂，工厂的状况还是可以的。朝阳觉得杨主任会比较满意的。想到这里他抬头看了看刘婕，刘婕一直在等朝阳说点什么。

朝阳对刘婕说："我想把王廷江介绍给杨主任，你看如何呢？"刘婕听到朝阳的话先是愣了一下，随后张嘴想说什么，却没有说出口。朝阳看着刘婕的表情，心下想，看来她有不同的想法。朝阳站起身在房间里来回踱了几步，然后对刘婕说："你想说什么？我非常想听听你的意见。"刘婕说："其实我也没有什么想法，你自己想如何做就如何做。我觉得王廷江你还是再考虑一下，总归他和你可不是一样的人。做企业非同小可，不是靠小聪明就能做好就能长远，还要有一颗善良的心、顾全大局的心。假如你这个伯乐没有做好，是否会辜负了领导对你的信任？"朝阳没有作声，他在考虑刘婕的话。这些年来他的许多事情都有刘婕的参与，刘婕做事周全是不可否认的。刘婕上学的时候是班级的优秀生，因此被老师列为重点培养对象。但是天公不作美，正在刘婕心存美好憧憬未来之时，"文化大革命"来了。

要说刘婕从小也是很不幸的，她父母年轻的时候在同一个单位工作，也是自由恋爱，婚后育有一儿两女，生活算幸福。她父亲有文化，在厂子里工作积极、表现优秀，被调到人事科做人事管理工作。后来人事科科长调到厂部工作，领导就提拔他做了人事科科长，也算是年轻有为。那年科里调进来一位年轻的女同事，由于办公室的面积有限，办公桌不好安放，她父亲就让那位女同事和自己坐对桌。两个人整天耳鬓厮磨日久生情。刘婕的父亲就提出和她的母亲离婚。这件事在厂里闹得沸沸扬扬的。后来这婚也离了，她父亲的职位也没有了。三个孩子归母亲抚养，父亲每个月给抚养费。其实抚养费就很少的几个钱。那时候的工资每个月也就几十元钱，她父亲自己还要生活，还要抚养和那个女人生的孩子。她母亲离婚后带着仨孩子离开了那个厂子，虽然日子过得艰难，但是看到孩子们就有了希望。

刘婕的哥哥初中毕业就早早地工作了，为的是帮助母亲减轻负担。刘婕的父亲知道儿子有工作了，就终止了仨孩子抚养费的供给。母亲当然不同意，告到法院去了。刘婕才十几岁的年纪，就上法庭和父亲要回了抚养费。

刘婕和王廷江是中学同学,"文革"初期王廷江积极参加造反派组织,参与打砸抢,批斗学校里的领导和老师。为此刘婕对他有看法,觉得这人有投机之嫌。因此不同意朝阳给领导推荐王廷江。

刘婕刚到朝阳的店里工作时,店面规模小,资金紧张,所以只聘了刘婕一位营业员。朝阳并没有感觉到刘婕有什么特别之处,只是看她工作认真,交代给她的事情总是一丝不苟地完成。后来朝阳发觉她在处理顾客退货的问题上,做得很是到位。朝阳开始对她刮目相看。渐渐地,进货的品种、花色以及价格等方面的事情都让刘婕参与。刘婕也尽最大努力做好,并且会和不同的人打交道,朝阳很满意。在国家的大好形势下生意越做越好,有了资金积累,店面也在扩大,人员也在增加,朝阳就让刘婕做了副经理,并且帮助管理财务。

其实朝阳是知道刘婕的心思的,他也很喜欢她,但是这种喜欢还没有到爱的程度。和如玉的青梅竹马情谊让他难以割舍,感情这东西无法解释。他就是爱着如玉想娶她回家,尽管如玉并不爱他。

朝阳正思索着,营业员小赵进来对朝阳说杨主任来了,朝阳迎了出去。

国庆节过后朝阳就和刘婕商量着定个时间启程去上海。朝阳的意思是刘婕也一起去,等到了上海把事情都安排停当后,刘婕就回来,毕竟家里的事情比较多。

十一月中旬朝阳带着刘婕、如玉抵达上海虹桥机场。上海的朋友去机场接他们，他们下榻区政府的招待所。晚上几位朋友在招待所里为他们一行洗尘。席间刘婕落落大方，举手投足间显出她的不同。朋友们赞许的眼光投向刘婕和朝阳。如玉从心里佩服刘婕，她认为刘婕从事商业经营活动有天赋，在这方面自己无论如何也比不上她。

早上，如玉醒来看到刘婕已经起床。自己可能是昨晚喝多了酒有点晕，再加上昨晚睡得较晚，这一宿竟没有起夜，直睡到天亮。

刘婕见如玉睡醒了就说："昨天把你累着了吧，你再睡会儿，天还早呢。"如玉仍然感觉有点不想起床的样子。她说："是的，可能是昨晚喝了点红酒所致，我平时不善酒，昨天晚上喝得有点多，回来后就感觉疲乏得很。"刘婕说："干我们这行当是离不开应酬的，不过呢，你若是不胜酒力，不要勉强自己。商场上也并不是非酒不能办事情，自己要斟酌而为。"如玉说："嗯，不过要是想把买卖干好没有酒场是不行的，酒场上不会喝酒大概是不行的。我看你的酒量比五哥要大得多呢。他们劝你喝酒，还说你只要喝下这杯酒生意就成交。"刘婕转过脸来看了看如玉说："我哪有他的酒量大，只不过是想着让他少喝一点罢了。我若是不喝酒，他们必定要朝阳多喝，我是替朝阳喝的。"如玉说："这些年你跟着五哥也是锻炼出来了，你是既给他挡风又给他遮雨。五哥这些年的打拼离不开你的协助,他今天的成绩有你一半。"刘婕听如玉如是说,心里高兴也很受用,她就是想让如玉知道自己爱着朝阳。两个人说着话,如玉下床准备洗漱。如玉看到床下有一双很漂亮的拖鞋,心里想,我忘记带拖鞋来,这政府招待所的服务还是很好的,给顾客准备这么好看的拖鞋。她穿上拖鞋感觉鞋底很软,脚踩在上面很舒服。如玉又看了看刘婕脚上的拖鞋,和自己的一模一样,就对刘婕说:"刘姐,这招待所硬件一般,服务却不错,这拖鞋穿着很舒服。"刘婕听如玉对拖鞋很满意,就打趣道:"嗯,招待所的领导知道咱们在此下榻,所以专门给预备好的。"如玉一听,觉得肯定是朝阳和招待所的领导熟识的关系,就说:"那是五哥特意嘱咐招待所的,这拖鞋很新,不像是每个房间里都有的。房间里也不会配备这么好看穿着舒服的拖鞋。"刘婕笑了笑说:"满意就行啊。"如玉不解地看了看刘婕,懒洋洋地走进了卫生间。

如玉从卫生间里出来,看到朝阳站在房间里和刘婕说话。朝阳见如玉满脸的倦容就对她说:"如玉,昨晚你没有休息好,待会儿吃过早餐你回来歇着,我和刘婕出去办点事情,中午回来接你到我们的据点看看。"朝阳原本是想仨人一同出去,但是看到如玉弱弱的样子,就改变了主意。他觉得如玉自从前一阵住院后身体一直没有恢复好。原本这次来上海是不打算让如玉来的,是如玉坚持要来,并且说这次到上海先待上一两个月试试看。

朝阳和刘婕两人先去了区房管局办理房产租赁手续，并且付了房租。这套房屋坐落在静安区，是一间临街的房子，房子的不远处就是南京路。

朝阳和刘婕两个人把房间打扫了一遍，然后把买来的各种书籍分门别类地摆在书架上。书架分三排，每排有四个书架。第一排的书架前面放有两张桌子，每张桌子配有两把椅子。另外在房间的东边安放了一个小吧台，以供来客茶水之用。

两个人一边收拾房间一边商量着书店的经营问题。这间房子比较老旧，在此之前好像是一间小的百货店。前些日子朝阳已经托朋友改造装修了一番。营业房间的后面还有一间房子，大约十八九个平方的面积，朝阳把它分成三段。卧室大约占去了十平方，厨房有四五个平方，卫生间两个平方。

刘婕对朝阳说："咱们给书店起个名字吧。"朝阳说："那就叫静安书店吧，或者叫新华书店、朝阳书店都行。"刘婕笑了："朝阳书店很好，不如把'店'字改成'屋'字。"朝阳赞同道："朝阳书屋，嗯，好！比较有新意。"

两张单人床已经安装在卧室里，朝阳把整个房间看了一遍，感觉卧室小点，自言自语地说："这两张床几乎把整间屋子占满了，若是再放上个衣柜就显得太挤了。"刘婕听朝阳这样说，沉默了一会儿，然后把两张床推了推几乎靠在了一起。朝阳见状说："这两张床靠得这么近，中间怎么能放得下床头柜呢?"刘婕环视了一下房间说:"房间虽然不大,但是衣柜是不能少的,这两张床挨得近一点才能空间大一些。"朝阳说:"床前没有床头柜,没有地儿放书,放水杯,很不方便的。"刘婕看了一眼朝阳说:"你为如玉想得忒周到了,这样吧,等明儿找个人帮忙做一个敞开式的小书架,钉在两张床中间的墙上面。书架的下面,离床头近一点的墙上再钉一块板,这样也有放茶杯的地儿了。"朝阳连连点头表示赞同。

两个人回到招待所已经近傍晚,朝阳看看刘婕说:"你累了一天,回房间休息一下,一会儿我让服务员把饭菜送到房间。"

大家一宿无话。第二天清晨吃过早饭,朝阳给如玉说:"一会儿我们去看看书屋,你看看还需要置办什么,我去安排。明天晚上我和刘婕就回去了。你什么时候想搬过去住自己决定。那边都安排好了,所有的用度一应俱全。"

算下来朝阳他们回去有十几天了。如玉搬到书屋也有几天了。她每天都是早早地起床,把房间里里外外收拾一遍,然后梳洗完毕,做早饭。上午基本没有来客,比较清闲,正是看书学习的好时光。下午会有零零星星的客人来,有的人会买书,也有人选本书坐下来看,这时候如玉会端杯茶送过去。

书屋初开业,门面不大,顾客稀少。毕竟有兴趣到这样的小书屋里来看书买书的人不多。如玉觉得要想把书屋办好，首先，书的种类要多，能吸引顾客。其次，还要在门口做一下宣传，介绍一下书屋里各种书籍的情况。再就是进门来要给人一种适宜清雅的感觉，要让顾客感觉到书屋里面的环境雅致、主人知性。如玉知道这几年读书无用论还在一些人心里作祟，但读书学习是人的需求，人的心态会慢慢扭转过来的。

但是受到条件的限制，这许多的想法还不能实现，还需要等朝阳来商量。如玉觉得刘婕能来更好，这些小事刘婕的设计与规划会更好。

傍晚如玉关了店门，简单地收拾一下，就在琢磨去南京路上走走看看。南京西路在静安区这边，是上海比较繁华的地儿。儿时看电影《霓虹灯下的哨兵》，知道上海有条南京路。白天没有空闲，她想借晚上的时间慢慢地欣赏一下霓虹灯下的南京路。

如玉悠闲地漫步到了南京路，夜幕降临华灯初上，街面上一片辉煌。行人中有匆匆过客，也有优哉游哉的闲客。擦肩而过的上海人三三两两地说着吴语，你侬我侬的听不懂说的啥。

她边走边欣赏南京西路两边的建筑和霓虹灯下热闹非凡的商店。她看到一间点心铺，门口牌子上写着"红甜心点心店"。如玉以为是卖糕点的铺子，想着买一些糕点带回去吃。进到店里才知道没有糕点，有面、馄饨、汤圆之类的,原来是一家面馆,她心想在自己家乡面馆与点心铺是有区别的。

她走出点心店,继续朝着上海国际饭店方向走去。她知道上海国际饭店是上海年代最久的饭店之一,有三十年代"远东第一高楼"之称,于三十年代中期落成,是美国摩天楼的翻版。历史上该饭店是名流汇聚之所。据说当年宋美龄、张学良是常客。不少的名流、学者为饭店留下了诗、书、字、画等珍品,成为饭店的传世之宝。

如玉边走边想,不觉来到了国际饭店门前。举目望去,好大好高的建筑。在夜幕下大楼被金光闪闪的彩灯所包围,尽显这座楼的华贵。她听说大楼的外观,上面逐层收进呈梯形。虽然灯光明亮,但是在夜幕下看得不是那么清晰。她心里想,等五哥到上海的时候一定让他带自己来这里吃顿饭。

想到这里,如玉觉得有点饿了。"走得有点远了,再折回去吧,在路上随便找一家面馆吃点饭,不然的话恐怕走路有点费劲了。"她心里想。说也巧旁边还真有一家面馆,她抬腿进去,小店倒也整洁,里面有几桌坐满了人。她在一个小几子边坐下来。一位中年女服务员过来叽里咕噜说了一通上海话,如玉没有听明白,但是猜得到服务员是在问她想吃什么。如玉说:"要一碗面。"她怕服务员听不懂北方话,还特意说了普通话。见她点头离去,如玉知道她听明白了。

如玉一觉醒来，天已经大亮，她感觉睡得很好，精神还不错。昨夜走得比较远回来后很快就入睡了，一宿都没有翻身。她起床洗漱做饭加吃饭很快搞定。

等收拾好屋子，她拿一张大的宣纸铺在茶台上，把自己带来的砚台和一块墨拿出来，砚台里滴上点水就和着墨研磨起来。磨墨也不是一件容易的事情，她几次用毛笔试着蘸墨写字，感觉墨水淡淡的，水多墨少，几番用力研磨终于搞定。

她在纸上写了两行字：朝阳书屋欢迎顾客光临，屋内各种书籍品类齐全，任您选购选读。写罢自己看了几遍觉得不够满意，于是费尽心思琢磨怎么写更好。

片刻后毛笔又落在纸上：朝阳书屋欢迎各位惠顾，屋内书籍品类齐全，任您选购选读，茶水免费，备有各种零食，物美价廉。写罢自己端详了几遍，感觉还可以。她找来一块比较大的长方形的三合板，把板子的四周打磨了一下，然后用抹布擦干净。等了一会儿，木板上的水印干了，就把四边涂上胶水。为了一次粘贴成功，她把纸张轻轻地卷起来，先把纸的上端粘在板子的顶端，然后慢慢地往下把纸展开粘在板子上，一边往下粘贴一边用手小心地从上往下捋，最终纸张粘在板子上非常平整，没有一点褶皱。如玉对自己的工作感到很满意。

下午整个街道很安静，行人稀少。小书屋也没有客人进来，如玉在专注地看书。

一会儿店门被推开了,进来两个年轻的女孩子,如玉从书中回过神来招呼她们。两个女孩子很有礼貌,问了一句有没有自己要看的书,然后就在书架上浏览起来。

如玉泡好茶,等她们坐下来看书。如玉端详着其中一位女孩,感觉那么眼熟,琢磨一会儿觉得这女孩很像金铭同父异母的妹妹焉柳雨。虽然只见过柳雨一面,还是在家乡逛书店的时候,当时碰上了李嫣,李嫣身旁有个女孩,李嫣介绍说女孩是金铭的妹妹柳雨。印象挺深的,这女孩清纯可爱,一笑两个酒窝甜甜的,很是好看。

两个女孩手里各拿一本书坐了下来,她们慢慢地看着。

如玉端起两杯茶水给她们送过去,她们很有礼貌,轻声地说谢谢。

看她们安静认真的样子,如玉不好打搅,自己也就继续看书,但是没有先前那么专注了。如玉在想,等一会儿问问柳雨到上海来做啥以及金铭和李嫣的情况。

这两位女孩子好像是被书中的情节吸引住了,许久都没有一点声音。屋子里静得就连一根针掉在地上都能听得到。在这种状况下如玉倒是感觉有点闷得慌。

如玉索性不看书了,细细地端详柳雨。这女孩长得貌美不是主要的,主要的是她安静、沉稳,身上自带了一种平和,且伴有书卷气。虽然她的母亲生她的时候流落在一户穷人家里,但也是善良达理的主家。最主要的还是祖宗的原因，基因遗传不可小觑。

如玉正在想着，这时两个女孩的眼睛离开了书本，在低声地说着什么。如玉见状就端着一盘小点心走过去说："歇一会儿吧，还要注意眼睛。"两个女孩谢过。如玉就搬个凳子坐在了她们对面。如玉看了看柳雨轻声地问："刘金铭是你哥吗？"焉柳雨略微一怔马上点头说："是的，您认识我哥？"如玉笑了笑说："柳雨，你不记得我，我可记得你。"柳雨没有想到这位店主竟然叫出了自己的名字，她的眼睛里露出了不解。如玉说："我和李嫣既是好朋友也是邻居。"柳雨听罢眼神充满了喜悦："我们是他乡遇故知了，李嫣姐经常说起的如玉姐姐是您吗？"如玉点点头，兴奋的样子有点可爱。

这时候旁边的女孩给柳雨说："你们先聊着，人在外能遇到家乡的朋友真是幸事，我先走了，宿舍见。"说罢向如玉点点头离去。

柳雨站起来送女孩到门口叮嘱她："晚上别太晚了，明天有早课。代我问伯母好。"如玉给柳雨重新倒上茶水："听这姑娘的口音是上海人。"柳雨说："是的，我们在一个宿舍住，星期天她要是没有什么事都会陪我，她觉得我一个人离开家乡在外求学容易孤单。"如玉说："是啊，一个人远离家乡能遇到一位合得来的姐妹是幸运的。柳雨，你在哪个学校读书？"柳雨说："交大。"如玉听到这个校名心生一股羡慕之情。柳雨的哥哥也是去英国最有名的帝国理工深造，所以柳雨能考上交大也是很正常的。如玉又问："读的什么专业？""生物。"柳雨回答。如玉说："你很棒，女孩子中能学习生物的都是很聪明的人。"柳雨站起身来看了看整个房间说："如玉姐，你啥时候来的上海？还开了这一间书店，就你一个人在这里吗？""来了不久，我们服装店要学习上海的经验，学习上海的服装设计、经营之道等。为了节省成本就在这里租了一间房作为店里人员出差的落脚地，同时经营这家书店，看看能否有点收入作为费用的补充。"如玉回答。柳雨曾听李嫣说过早前如玉在一家工厂上班，她一心想考大学就离开了那家工厂，怎么又做起服装生意来了？是不想考大学了吗？她想问个究竟，但是话到嘴边又收回去了。柳雨尊重别人，不会贸然问别人的事情。

这时店里进来了顾客，如玉过去招呼。柳雨站起身要走，如玉不让她走。如玉说："咱们难得在异乡相遇，一会儿你在这里吃饭，我做两个菜。"柳雨推辞。如玉说："我一个人也挺寂寞的，吃饭懒得做，你在这儿，我就有了做饭的动力，吃得就好一点。今天是星期天，你的时间是自由的，就算陪陪我。"说完望着柳雨，很是诚恳和期待，柳雨便不再推辞。

待客人选好书付完款，两个人就忙活起来，择菜，洗菜，上锅。一盘胡萝卜条炒肉丝，一盘黄瓜炒鸡蛋，一盘芹菜炒豆腐皮，菜的香味充满了整个屋子。柳雨说："如玉姐,你做的菜挺香的,你这平时准备的菜还挺丰富的,看到这些菜就好像回到了家一样。小时候最喜欢吃我妈妈做的菜了,在乡下的时候是吃不到妈妈做的菜的。"两个人边吃边聊。如玉说:"听李嫣说你前几年下乡去了,当时你哥哥金铭可是舍不得你去乡下。那时候你的年龄不大,你哥为此很是挂心。"柳雨说:"是啊,那时候哥哥也分配去农村插队,他不舍得也没有办法。我们在两个家庭,他代替不了我。当时与弟弟两个人,按政策要有一个人下乡,弟弟比我小,自然我是应该走的。我的养父找到办事处要求让我留城,弟弟下乡。办事处的人不同意,说弟弟还小。我也不同意弟弟下乡,就坚持自己走。还算幸运,插队的那地儿离咱们的城市并不是很远,妈妈和父亲有时间也能去看看我。"如玉说:"你在农村待了几年?考大学是在农村报名的?"柳雨说:"是在农村报考的,待了四年多的光景。在乡下那几年得空就看书,煤油灯下,晨昏之中,从没有荒废时间,为的就是有朝一日再去读书,改变人生。那时候灯油供应紧张,必须要节省,用得多了也没有钱买。不过村里的老支书很好,他看我为节省灯油往往早上鸡刚刚打鸣就起床在院子里看书,因此隔一段时间就给送点灯油过来。他的儿子齐志刚为了让我有更多的时间学习,有时候还帮我出工。我怕别人说闲话,不愿意让他替我出工,自己紧出时间来看书。有一次在割麦子的时候,我晕倒在麦田里,同学们慌了,大喊'来人',事后得知是他背我去镇上的诊室。大夫号脉说我虚弱,是营养跟不上导致的。从那以后隔几天他妈妈就做点有肉的菜送过来,我觉得很不好意思,很感激他们一家。志刚也是生产队队长,他经常带着村里的年轻人突击任务修堤筑坝。"如玉说:"你遇到贵人了,有贵人相扶诸事可得。"柳雨说:"恢复高考后,心情很激动。那年分配到我们那里一个报考大学的名额。这个名额当时轮不到我,有个男孩子很优秀,还是干部家庭出身。当时是报两个人的名字,二选一。村委会给我和那个男孩子报了名。过政审关时我的家庭有问题,说我母亲曾经是资本家的小老婆。我给老支书解释从娘胎里我就来到了养父家里,是跟着养父长大的。

"老支书和他儿子志刚找到当地的有关部门把情况说明,还介绍了我在村里的表现以及发奋读书的情况,给我争取了一个名额回来。有了这个得之不易的名额,我默默地念着阿弥陀佛,不能负了老支书的期望,所以更加拼命地学习。也感谢国家的政策好,不唯出身论了。

"当时志刚给我说:'你去参加考试吧,考上大学能有个好前途,若是考不上再回来。'"

如玉听得入神,柳雨却停住了。如玉顿了顿说:"老支书和他儿子真好,可别忘了人家。"柳雨笑了笑没有吱声。如玉心里想,是不是两个人恋爱了?但不能问,毕竟柳雨不是李嫣,哪能随便问。

如玉从柳雨这里知道金铭已经出国了，李嫣快毕业了，还知道了他们两人在金铭出国前办理了婚姻登记。虽然他们是恢复高考后第一批面向各界招收的学生，但毕竟是老三届的学生，年龄都不小了。

柳雨离开如玉这里后就奔学校去了。不过柳雨的一番话引起了如玉的联想，在那个上山下乡的年代，由于自己自动退学，没有得到学校的分配。毕业的那年夏天，市里的各个学校毕业班级的学生全部分配到各地市的县级工厂，或者去林场还有军马场。如玉成了没有人管的状态。父亲找到街道主任看看能否给分配工作，毕竟那时候街道层面分配工作的权力在办事处和街道主任手里。街道主任答应有名额的话会考虑如玉，但是有一条，如玉要出示学校的退学证明，方可进入街道办事处的招工分配名单。如玉当时没有退学证明，去学校里找也没有人管这事，为此愁得不得了。

马立英是低一个年级的同学，她们经常一起玩。有一天她去家里找如玉，如玉就把自己没有退学证明，街道上不给分配工作的事告诉了她。马立英说："晚上你跟我去一个地方，我想办法给你办退学证明。"傍晚如玉半信半疑地跟着她去了。其实那个地方也不远，就隔着两条街道。进了大门直奔西屋的一户人家，家里的门没有关，也没有人在家里。房间靠墙的地方有一个梯子，上面还有一层。马立英领着如玉爬上了梯子。上去以后如玉看到房子里有暗淡的灯光，灯光下床沿上坐着一位差不多年纪的男生。这个男生两只眼睛炯炯有神，圆圆的脸面，黑黑的皮肤。由于灯光很暗，周围的一切看不清楚。这位男生看见她俩来到，面无表情，也没有打招呼。马立英开口了，第一句是喊那个男生的名字，如玉没有听清楚。接下来就说："这是我的同学陈如玉，你给她开一张退学证明吧。"那个男生啥话也没有说，马上从他的军用背包里拿出一张稿纸，写了一张退学证明，又从包里拿出公章和印泥盖上。自始至终那男生都没有开腔。马立英接过办好的退学证明，拉着如玉下梯子走了。出来后如玉给马立英说："怎么感觉晕晕乎乎的，是真的吗？太容易了吧？"马立英告诉如玉："这男生是咱们学校里的学生，是学校革委会的主任，革委会的公章平时在他挎包里放着。"如玉问她："这男生怎么听你的话呢？"马立英说："我俩在恋爱。"如玉感慨地说："天助我也。"马立英说："不是天助你，是我助你。"

别说，如玉把这张退学证明交给街道办事处，一切顺利，没有丝毫的异议。

后来听街道上的邻居说，街道主任的儿子要结婚，许多人家都送礼物。父亲觉得自己不能落下，于是就找亲戚借了两元钱送过去。当时街道主任很高兴，她对父亲说："你闺女是好孩子，等办事处下来招工名额先推荐你闺女。"

等来等去最终还是没有等到办事处的招工名额。父亲找到一位远房亲戚的儿子，他在房管部门工作，按辈分如玉喊他表哥。表哥答应帮忙，并且找人找关系很是上心。

过了一阵子，表哥告诉父亲，临近年关各处都很忙，朋友答应过了年就给安排工作。年二十八那天如玉的父亲买了两斤点心让如玉给表哥送去。父亲说："他虽然是你表哥，可是远亲的。过年了，这礼数不能没有。"

吃过晚饭，如玉把两斤点心放到布兜里去表哥家。刚下过小雪还没有融化，路上走得很慢。一路上还有些小孩子在放炮仗，这些孩子没有准头，点着了炮仗乱扔，她怕一不小心让炮仗给崩着跌倒在地，把点心摔碎了。这可是父亲为了女儿工作的事情，连过年的带鱼都没买（带鱼是政府发下来凭票供应的春节福利），省出来的。

到了表哥家里，表嫂很热情，她正在忙年。灶上油锅沸腾，炸出来的藕合金黄喷香，表嫂夹起一块放到盘子里让如玉尝尝，如玉推辞了。如玉给表哥说："过年了，爹爹让我过来看看表哥表嫂。"

表哥半晌没有吱声，之后站起身拿起桌子上的点心给如玉说："妹妹，你随我去老王家里。"那老王家距离表哥家并不远，一会儿就到了。表哥领着如玉走进一个小院子，院子里有一层薄薄的白雪，地上有点滑。如玉四处打量了一下，院子里也就住着三四户人家，都亮着灯，看样子都在忙年。表哥敲了敲北屋的房门，里面传出了声音，紧接着木门吱呀一声打开了。女主人看到表哥，热情地往屋里让，并冲着里屋喊："老王啊，老尹来了。"这时候如玉看到里屋的门帘掀开了，走出一位比表哥年龄大许多的男人来，他礼貌地请表哥坐。女主人给如玉搬个凳子，让她坐在了表哥一侧。表哥和老王寒暄几句，就说："这是我表妹，工作的事还需您多多照应。"老王说："嗯，上次你说了以后我记着呢。本想过了年再告诉你，既然你来了现在就说说吧。劳动局要招收一部分临时工，都是分配到区管集体工厂。过年后第一批是分到西郊龙腾山锅炉机械厂和另外几个厂子。这几个厂子活挺多的，因此急需一部分工人。你看看是等第二批还是跟第一批呢？第二批可能是到国营企业。"老王说完看了如玉一眼。表哥也没有争取如玉的意见，直接就说跟第一批吧，第二批招工还不知道是啥情况。"嗯。"老王点点头。表哥说："这临时工需要签合同吗？签几年合同？"老王说："这你不用担心，现在没有招收正式工的名额，只好走临时工的路子，第一批临时工签合同一年，月工资二十二元钱。等一年过后就转正，这是局里定好的章程。"表哥听了简直比如玉还高兴。

在回家的路上表哥给如玉说，有机会就要抓住，不然稍纵即逝。如玉很明白表哥的一片心意。

那年春节过后如玉如期去龙腾山锅炉机械厂报名，那天雪下得好大！

那几年，父亲的工资由原先的七十八元减到三十八元。这三十八元钱维持一家四五口人的生活,每天吃的都是窝窝头咸菜,粮食本上的白面都换成粗粮。那年月用粮食本上的白面换玉米面很容易,若是用玉米面换白面那是不行的。父亲说吃白面吃得多,白面不禁吃,只每个月买点白面给姥姥吃。那时候姥姥住在家里,父亲很孝敬她。一家人吃粗粮的话,这一个月的口粮基本能凑合下来,否则到了月底就没的吃了。有一年如玉过生日,父亲给了她两毛钱说:"妮妮,今天是你的生日,去买两个烧饼吃吧。"那时候烧饼六分钱一个,还需二两粮票。如玉拿着钱和父亲给的六两粮票买了三个刚出炉的烧饼,用小筐子端着,边走边闻,真香。迎面来了一男子问如玉:"小姑娘,你买的什么?我看看好吗?"如玉打开筐盖让他看,没承想那个人伸手拿起一个烧饼就跑,边跑边吃那个抢来的烧饼。如玉是又气愤又害怕,知道追赶那人也无用,自己也追不上,就赶紧把盖子盖好,把小筐子紧紧地搂在怀里,唯恐再被别人抢走。愤怒之余她想,那人肯定饿极了,不然怎么会抢别人的烧饼呢,也就不恨那个抢烧饼的人了,可是仍然心有余悸。

这些事情虽然过去多年,但是在如玉的生活中留下了深深的印痕。她时常会翻出来咀嚼一番,提醒自己凡事要知足。

第六章　张朝阳挑重担

这几天朝阳忙于找厂址，准备建立服装工厂的事宜。他看了几个地方，还没有最后定下来。同时他也在考虑与上海那边商量帮忙看看设备的情况。他多日没有到店里来了，进店里看到顾客挺多的，进进出出络绎不绝，收款员的算盘不停地响着，倒是一片欣欣向荣的景象。看到刘婕在和一位顾客说话，朝阳没有打招呼，径直来到了财务室。看到他进来，会计范颖说："经理来了。"说着拿个杯子给他倒上茶水。朝阳说："咱们最近的生意好像不错，前面人流不断。"范颖说："这一阵出货还是挺多的，每天的营业额差不多有四位数，原先进的那一批货基本上卖完了。女人们都喜欢那种一步裙套装，有腰有胯穿起来既显身材还显得人利索干练。"范颖既是财务出纳同时也兼管仓库商品的账目。"嗯，现下比较流行那种套装。后面咱们还需要在女装上下功夫，这种套装是职业性的穿戴，穿起来虽然尽显女士身材，可是不怎么舒服。随着社会的不断发展，女装还会有新的变化，还要往舒适型、美丽型、大方型转变。但是男装也不能小觑，过去男士的衣服在场合上以中山装为主，平时老百姓也就是穿件对襟褂子。现在南方的城市在做西装了，还有男式休闲服装，男士立领衬衣、T恤衫，新式的夹克装也在上市。那些衣服穿起来挺精神又舒适。"范颖说："经理说得极是，听说国外的人平时穿着很休闲很随意，休闲服装设计多样化，舒适闲逸，适合在多种场合穿戴。"朝阳听着范颖的话，觉得这位小范懂得挺多的，思路也挺广，是位商业人才。

朝阳回到办公室，刘婕也在。看她有点疲乏的样子，朝阳说："你回家休息吧，这几天你挺累的，生意做得好，别把人累着。"刘婕是有点撑不住了，她确实感觉很累。

朝阳在思考着厂址选择的问题，同时在考虑工厂如果建起来，生产的问题，产品品质的问题，以及学习南方沿海城市经验的问题，想来想去还是问题多多，要建立起一间工厂何其容易！首先要充分认识到市场竞争的激烈，以后怎么样能使企业稳固发展，使产品站稳市场。他把范颖喊过来告诉她："咱们营业额在增加，利润也在增加，税金一定要按时足额地缴纳，不可马虎。我们的企业在全市商业圈里虽然规模不大，但是经营状况还是不错的，领导对咱们企业挺重视的。"范颖说："经理您放心，这些事情咱们都是走在前头，做得很好。噢，还有一事，前几天市经委的杨主任找您,让您回来后去他办公室一趟。"朝阳问:"杨主任没说有什么事吗?"范颖摇摇头。

下午朝阳离开店里,想着去看看如玉的父亲,他买了两份水果,一份给父母,一份带着进了如玉家的院门。走到屋门口,他看见如玉的姐姐惜玉在屋门外小厨房里洗菜。惜玉见朝阳来了,边小声说着"朝阳来了,屋里坐",边撩起围裙擦着沾满水的双手,随着朝阳进屋。

屋里如玉的父亲躺在床上似乎是睡着了,朝阳进屋老人家并没有动静。见此,朝阳就从屋里出来了。他一是觉得在屋里说话影响老人家睡觉,再者想着问问惜玉,是不是老人家哪里不舒服有什么症候。惜玉随后也从屋里出来了。朝阳问她:"叔不舒服吗?"惜玉说:"这几天爹爹总觉得没有精神,吃饭也不好,今天总共喝了一碗小米稀饭,蒸的鸡蛋糕吃了一半就不吃了。"朝阳说:"那怎么行啊,得去医院看看,这样吧,一会儿叔睡醒了我带他去医院。"

惜玉说:"昨天就和爹爹商量去医院的事,我们家那口子借了一辆三轮车想着拉爹爹去看医生,他就是不肯。说没有啥事,在床上躺几天就好了。"朝阳心想叔是不是想如玉了,就问惜玉:"最近是你在家里照顾叔吗?"惜玉说:"是的,怕爹爹一个人在家里,晚上若是有点事情身边没个人不行。"朝阳说:"我认识一位老中医,一会儿请他来给叔号号脉。"惜玉点点头。

傍晚老中医给如玉的父亲号脉，老人家躺在床上没有睁眼睛。大夫把脉后来到外屋写好药单，走出房门来到院子里，对惜玉说没有大问题，有点思虑过重，脾胃不和，吃几服中药就好了。

大夫走后，朝阳给惜玉说："叔可能是思念如玉的缘故。这几天我给上海那边通个话让如玉回来吧。"惜玉说："那怎么行啊？她回来了谁在那边？你铺这摊子不容易。看样子爹爹也不一定是想如玉了，年龄大了容易想得多，过一阵子就好了，总归是有我在这儿呢，你别担心。"朝阳说："上海那边的事不重要，可有可无，不影响企业的生意。"惜玉说："既是这样为什么费钱费力地弄这个事情？"朝阳说："如玉曾经说过喜欢上海这个地方，想着在上海多待些日子。我呢就想制造条件让她在那里待一阵子开开眼，多感受一下那里的新鲜事物。"惜玉听得呆呆的，她心里思忖着：这朝阳也算有心，对妹妹这么好，可是他明明知道如玉心里有家明；妹妹也是的，家明那里现在是摸不到够不着的，倘若和家明姻缘不成，又耽误了朝阳这边，岂不是……唉！若是父亲真的是因为想念妹妹病倒的，妹妹以后怎么能到国外生活呢？真希望妹妹和朝阳成就好姻缘。

第二天上午朝阳到了市政府大门口，在传达室登记后直接去了办公楼的三楼。朝阳来到杨主任办公室门口敲敲门。"进来！"里面传出声音。朝阳应声进门，看到主任坐在沙发上和客人说话。主任站起来让座,朝阳见状说:"主任有客人,待会儿我再来。""不用不用,你先坐下。"杨主任让朝阳坐下来。工作人员进来给朝阳倒上茶水。那位客人说了一会儿话,就起身告辞了。杨主任边往门口送边说:"这件事很快会上办公会的,形势不等人,领导非常重视。现在各行各业发展劲头很足,上上下下的观念都在更新。虽然困难很多,办法还是有的。"

送走客人,杨主任坐下来说:"朝阳啊,在上海的事情办得还顺利吗?"朝阳说:"还好吧。"杨主任说:"我去拜访你两次都没有见着,还挺想你的。知道你很忙,干点事不容易。我想着给你提供一平台,让你有更好的发展。"朝阳不解地看着杨主任,杨主任继续说:"听说你要建立一家服装厂,不知道选在了哪里做大本营啊?你去上海也是为了办工厂的事情吗?"朝阳点点头说:"是的。就是苦于选址,看过了几个地方,觉得路有点远。服装厂还是距离市区近点好,职工们上下班方便。"杨主任说:"嗯,很好,我就喜欢你做事情周全。言归正传,前几天市里开会研究了几个厂子的经营亏损问题,咱们服装一厂和二厂的状况很差,职工们三四个月没有发工资了,工人们都在闹情绪。过去咱们的服装厂可是生产经营很好的,也给市里做了不少的贡献。谁家的学生能分配到服装厂工作,那可是高兴得不得了啊。改革开放市场放开,企业都面临着挑战。新事物兴起,物流发展,南方沿海城市的服装进入咱们的城市，对咱们的服装企业和服装市场冲击很大。南方的服装新潮样式多，深受人们的喜爱。特别是女装，那花色品种亮人的眼睛。许多商场都去上海、广州进货。你别说，人家的服装就是好，做工细致，用料讲究。我闺女托人从上海捎来一件雪花呢子大衣，她喜欢得不得了，在家里穿上走来走去，美得不得了啊。一件呢子大衣花了整整六十元钱。真贵，差不多是我一个月的工资了。你们的服装店也是从上海订货，听说卖得很好。"朝阳说："是的，南方沿海城市的人在穿着上原先就比较超前，比如说上海广州等地是港口，那里外边的人进来得多，老百姓也是见多识广重视穿戴。生活富裕了，人们都想着穿得好一点，这不光显得人好看，还有更多的成分在里面。比如说，体现了城市的现代文明，人们的精神面貌，生活的宁静祥和，以及城市发展的程度。"杨主任频频点头。他觉得朝阳这个人不仅会做生意，还有大局观，如果把他放到重要的位置，会做得非常好，而且此人有心胸，有尺度，有经济头脑，有事业心，更重要的是有人品，现在政府正积极地招贤纳士引进人才，这不现成的嘛。

杨主任想到这里就说："朝阳啊，听了你的一席话，很有感触。咱言归正题，市里领导让我招揽人才，经过多方考虑和研究，决定让你把服装厂接下来，现争取你的意见。"朝阳听了杨主任的话并没有很意外，但是有点蒙，便没有吱声。自己想成立个服装厂自产自销，慢慢地建立起一套生产管理体系,形成生产销售一条线,不再依赖于从南方进货。这可是私有的。干公家的厂子,自己从来也没有想过。朝阳干咳了几声说:"主任,这个任务忒重,我干不了。我也没有管理工厂的能力,怕是让领导失望了。"说罢不吱声了。杨主任说:"我就是怕你不同意。你不是自己还要办工厂吗?那也不是件容易的事。现下政府提供场地,而且两个厂子都在市区,现成的厂房设备,再加上领导的支持和帮助,以你的能力会把企业搞好的。你这也是为领导排忧解难。"朝阳说:"我自己办厂压力小,企业盈亏是我自己的事,即使干赔了也是自己的事。咱们的服装厂可是市里的老企业了,里面的许多老职工都是干了很多年的,他们为企业做的贡献很多。况且退休的职工很多,经济负担重。要是接管以后干不好,职工们仍然吃不上饭,没法交代啊。"杨主任说:"你的顾虑可以理解,领导也想到了这些问题。现下企业主要是没有钱,没有活干厂子转不起来。不过呢,资金的问题我可以找银行先帮着解决。后面企业的生产经营、销路等一系列的事情就需要你来想办法了。市里领导会在各个方面予以支持。你先回去考虑一下,不着急答复,一会儿我还有个会。但是也不能耽搁久了,时间不等人啊。"

朝阳从杨主任那里出来直接回家了。母亲见他回来有点不解,就问:"五儿,怎么这时候回家了?店里不忙?"朝阳见母亲坐在椅子上织毛衣,就搬个马扎坐到母亲边上看着她。从小他就喜欢依偎在母亲跟前和母亲拉呱,在外面遇到难办的事情也总是愿意在母亲身边坐下来待一会儿。母亲看着他乖乖的样子,就知道他是有难办的事了。母亲也不问他,但是手里的毛线织得更快了。

半晌,朝阳说:"娘,有件事儿子不知道该怎么办。""啥事?"母亲问。朝阳说:"我爸去哪了?""去公园溜达了。"母亲回答。朝阳说:"我去把爸爸找回来吧。"正说着呢,就听到院子里父亲和邻居说话的声音。母亲说:"省得你跑路了。"父亲进屋,手里提着买的菜,看见朝阳在屋里就说:"今天不忙?正好中午在家吃饭。今天排队买肉的人还真不少,都想着要肥一点的肉,等我排队到近前就只有瘦肉了,你看这块肉一点肥的都没有。唉!"母亲说:"瘦的也行,炖肉的时候就别放油了。都想买肥一点的,还不是为了炼点猪油留着炒菜吃。发下来的油票不够吃,咱每次去打油都是打二两,怕吃多了。前几年,一个月都吃不上一点肉,现在知足吧。中午炒土豆丝再放上点青椒。"朝阳把菜接过来放到了厨房里。

朝阳说:"爸,你先坐下,有点事情说给你们二老听。"父亲坐在了桌子右侧的椅子上。朝阳就把和杨主任的谈话内容告诉了父母。屋子里很静,半晌没有人吱声。

父亲开口了:"朝阳啊,这个事呢,得你自己拿主意。我说点意见供你参考。"朝阳用期待的眼神看着父亲。父亲继续说:"你生意做得很好,也挣钱了,我和你娘也跟着你享福了。这几年你很不容易,辞去了公职干个体,就这一点很需要勇气。风里雨里整天地奔波,我和你娘看着也心疼。做生意要本分这一点你做得很好,不贪利,为人诚恳,所以才有许多的朋友愿意和你来往。没有朋友的帮助,这生意也不好做。自己能挣到钱很好,可是还要给国家做贡献。政府也不容易,时时刻刻地想着为老百姓谋福利。大家和小家一样需要钱,没有钱啥事也做不成。现在的好日子都是因了改革开放。政府把这重担交给你,足见对你的信任,对你能力的认可。至于你想怎么办自己琢磨琢磨,掂量着看吧。无论你怎么选择爸爸都支持你。"

朝阳听父亲一席话,明白父亲是希望自己去接管服装厂。他深情地看了看父亲没有说话,起身去厨房做饭。母亲起身要跟过去,父亲阻止说:"你别动,让他做饭。"

吃着饭,母亲说:"儿子,不是做娘的絮叨,你这一天到晚地忙个不停,就不能抽出时间来把婚姻大事考虑考虑呢。都三十来岁的人了能不能不让爹娘着急啊?"朝阳说:"娘千万不要为了儿子的事情操心,我这太忙了,没有时间考虑这事。娘放心,儿子一定给您老带回来一位满意的儿媳妇。"母亲说:"这得等到啥时候,我还急着抱孙子呢。"朝阳说:"慢慢来吧,这事急不得。再说了,娘不是有几个孙子了。"母亲说:"个人是个人的。你哥的孩子成不了你的孩子。"

一周以后朝阳如期去了经委主任办公室。主任见到朝阳，第一感觉是他可能同意了那件事，但是并没有急于确认朝阳的想法。主任递过去一支烟，给朝阳点上，两个人闲聊了一会儿。稍后朝阳说："主任，我思忖再三决定接下两个服装厂。"杨主任说："嗯，我知道你会。"朝阳说："我也没有多大的把握能把工厂搞好，摸索着来吧。如果干不好的话我及时退出，免得耽误事。我需要一些时间把店里的事情处理好，一旦接手工厂就没有时间和精力再去管理它了。"杨主任说："你会处理好的，这一点我不担心。"朝阳说："还有就是，两个厂子要整合归一，人员设备都要有所调整。现下我进到厂里需要一部分资金，先把欠职工的工资发下去，稳定军心。然后想办法开工。"杨主任说："现在厂子里没有钱。听他们的老厂长说，仓库里还有些布匹，有职工曾提出来把这些布匹分发给工人抵工资，老厂长不同意。这位厂长人还是挺好的，只是脑筋老化不转弯，适应不了改革的大潮。"朝阳说："是的，老领导的许多经验还是要借鉴。这些布匹等开工以后还是能派上用场的。我想请杨主任出面在银行里借一部分款子，不然的话工厂转不起来。""嗯，这个你不用担心，我们都考虑到了。"杨主任说。

　　杨主任又从桌子上拿起烟来递给朝阳一支，朝阳给他点上烟，自己抽了两口就咳起来了，脸面通红。杨主任说："不能抽烟就熄火吧，看把你憋的。资金的事我同上面汇报一下，由我出面找银行，你只管进厂以后把职工的情绪稳定好,先开工,让机器转起来,把生产和产品质量搞起来,把销路打开,并推进改革。"

几天以后服装厂召开全体职工大会。经委的杨主任还有一位副主任,老厂长加上朝阳坐在台前。老厂长开场,杨主任讲话并宣布新任厂长张朝阳到任。台下顿时一片嗡嗡的声音,同时伴有寥寥无几的掌声。杨主任请朝阳讲几句话。

别看朝阳自己的生意做得很好,平时接触人很多,在生意场上那也是能说的人,但是在一个濒临倒闭的工厂里,在众多员工的面前讲话还是头一遭。他听到了在场职工的质疑声。朝阳定了定神说:"各位领导以及在场的全体职工朋友们好!我姓名张朝阳,之前是做服装生意的。受上级领导的委托和信任来到咱们厂,接下来的日子我将与大家同舟共济,把咱们的机器先转起来,尽最大努力让企业从困难中走出来。当下最主要的是钱的问题,没有钱说啥也白搭,只有干起来才可能有饭吃。"这时人群中有人大声说:"干起来?怎么干?都仨月没有领到一分钱了,厂里全线停产好长时间了,哪有那么容易啊?"朝阳听了这人的话点点头,继续说:"这些情况我都知道。我接任伊始首先要筹措资金补发拖欠职工的工资,然后利用咱们现有的资源和技术以及人力把机器转起来,后面一系列的工作我带头做,还要依靠大家的支持,依靠大家的智慧和力量为企业的兴旺做贡献。"听到这里,有人就嚷嚷:"先发工资好啊！我们家里都快揭不开锅了，只要拿到钱填饱肚子，就跟着新厂长干！"工人们有的鼓掌，有的持怀疑的态度。

会议开得时间不长，也没有必要长。刚散会就有许多职工围住了朝阳，有的问发工资的事，有的问开工的事。总之职工们对企业是很关心的，都希望企业重新发展起来。

等大家散去，两位主任也走了，朝阳和厂里的两位副厂长来到办公室，同时把财务主管及仓库保管请过来开会。朝阳简单地说了几句，然后问财务主管："咱们账上有没有钱？"主管说："多少有一点，是用来支付少量的水电费和传达的看管费的。"朝阳心里想，这企业也不是太小，说不行就不行了。又问仓库保管："现下仓库里有些什么？"仓库保管说："有一些布料，纯棉的，颜色比较单一。还有一些成品衣服，这些衣服的样式老旧，市场上没人买，一直压在库里。"

朝阳知道老式的纺织技术织出来的纯棉布料，做出来的衣服穿起来容易起褶皱，假如漂染不好就容易掉色。现在南方用的是新工艺，有纯棉和棉纤的，还有纯化纤的，质地细腻不起褶皱。随着纺织技术的发展、服装设计师的精心研究、设备的更新，我们被远远抛在了后面。

朝阳来到车间里，由于停产的缘故，到处又乱又脏，有许多的地方还出现了蜘蛛网。他给两位副厂长说："请秦厂长下通知，明天全体职工到位打扫卫生，并且请维修人员检修设备。"又转向高厂长说："咱们厂的贷款申请是杨主任出面协调，应该问题不大，但是审批有个过程。这样吧，你明天和财务主管去一趟'雅兰服装店'找经理刘婕，带上我写的条子去办理一下借款手续。咱们需要先把拖欠职工的工资发一部分下去。"两位副厂长很是感动，他们知道这笔借款是不付利息的，还有可能还不回去。

第七章　情断

如玉回到家里已经是晚上八点多了。父亲见她回来了,就把锅里的菜还有馍馍端上了桌。如玉问:"爹,你吃过了吗?"父亲说:"下午我吃过了。""你吃吧,饿坏了吧?这一阵子你们都忙,工作也没有早晚了。"如玉盛了一碗稀饭,端给父亲,父亲说晚上不再吃东西了。

如玉吃过饭正在收拾,姐姐来了,看到如玉在洗碗就问:"饭吃得这么晚,爹爹呢?"如玉说:"出去了,可能是去遛遛弯。"惜玉说:"妹子,你从上海回来后,咱爹的精神头好多了。""嗯。"如玉应着。姐姐说:"你看咱爹现在还能给你做饭,你不在的时候爹连床都下不来,话也不说,连饭也懒得吃。当时可把我和咱哥吓得不轻,多亏了朝阳想得周到,把你调回来。"如玉没有吱声。她知道这几年哥哥姐姐都结婚离开了家,自己和父亲两个人相依为命,自己再一走,父亲孤独。自己去上海不过是临时性的，没有想到对于父亲会有这么大的冲击。姐姐问："这阵子你们店铺的生意挺忙的？吃饭也晚，不过呢，回家再晚父亲也是心安的。总是人在眼前，看得见摸得着，咱们几个里，从小父亲最疼爱你。"如玉说："是啊，我还想着要是考上大学，不论在哪里读书都要把父亲接过去。"姐姐说："这不现实，好像我和咱哥不是亲生的，非你不可了。"如玉笑了，说："其实咱爹也不是离不开我，当初去上海爹爹是同意的，并没有不高兴。再说你和哥都离得不远，时常过来。主要是爹爹年龄大了，我乍一离开，晚上他一个人在家里孤独感加重，这时间长了就好了。"惜玉说："这倒也是。可你终归是要嫁人的，咱爹不还是一个人在家吗？我想等你嫁到美国去，我就搬过来和爹住，让你安安心心地去美国生活。朝阳现在忙公家的事，店里的事还能顾得上吗？"如玉说："朝阳基本不管这里的事了，临走前开会，刘婕全管，我辅助。有大事我和刘婕商量着办。他说工厂里的一切经营活动都与商店没有瓜葛，免生嫌疑。"惜玉说："朝阳能舍弃自己辛苦经营的事业，去干公家的事情，得有何等的觉悟！有很多的人替他惋惜，还有人说他傻帽儿，更有人说他有抱负有野心。"如玉说："这些都不重要，重要的是朝阳愿意干。人啊，只要是认准了的事情干就是，管别人怎么想呢。"

惜玉说："咱不谈他了，说说你的事情吧。"如玉问："说什么？"惜玉说："最近家明有和你联系吗？"如玉说：

"有。"惜玉问:"从美国寄来一封信需要好几天吧?"如玉说:"这一阵子他都是电话打到店里去,基本上是早上九点钟左右来电话。"惜玉说:"唉,这什么时候是个头?你也是快三十的人了,家明比你还大一点,人家父母也是盼着儿子娶妻生子。"如玉说:"他的父母是很开明的,孩子的婚姻问题基本上都是由儿女自己做主。家明在国外上学,慧兰在北京读书,平时就老两口在家。"惜玉说:"你要抽空去看望他们陪着说说话,再忙也不能失了礼节。"她们正说着话父亲回来了,看惜玉也在,就坐下和她们聊起来。惜玉说:"爹爹的精神很好。晚上还是不出去走动为好,免得有个小砖头瓦块的羁绊一下。"如玉说:"姐姐说得是,爹爹还是白天活动晚上居家,免得我们担心。"父亲说:"没有啥事,小心点就行。"惜玉问:"妹子,这段时间你的功课没有耽误吧?"如玉说:"耽误了,最近这么忙,哪有时间看书?"惜玉说:"高考就在眼前了,看你好像不急了。"父亲看着如玉,并没有吱声。他觉得女儿最近好像有点变化,不像过去只要是有空就抱着书本看了。半响,如玉说:"我不准备考大学了。"爹爹和惜玉同时问:"啊?不考了?这是啥时候的决定?"如玉看他们那诧异的样子,不由得笑了一下说:"不考了,准备去上省电大中文班。"惜玉和父亲相互看了看,都有点蒙。惜玉还想问点什么,张了张嘴又合上了。她觉得如玉这个新的选择,应该是经过慎重考虑的。不知道和家明的事她是怎么想的,既是上电大这两年就不会出国和家明相聚,再耽误几年不光家明等不得,就是她自己也耽误不起。想到这里她问:"妹子,读电大得读几年吧?"如玉说:"也就三年。"惜玉说:"爹爹,你听听她说的,也就三年!三年以后再去美国结婚?人家不等烦了才怪呢!"父亲说:"她要是考上大学,不也得四年吗?"惜玉说:"那不一样的,电大是土生的,外国学校认不认不好说。若是考上名校,在读期间可以申请去国外读书。再者说家明在外读书也可以帮她申请。家明的伯父不是在美国的一所大学做教授嘛,都能帮忙。"如玉听姐姐这样说有点不高兴:"为什么要别人帮忙?自己有能力考出去那很好,没有能力就不出去。"惜玉说:"是啊,你不出去家明等到你何时?"如玉不作声。父亲说:"让她自己斟酌吧,大玉啊,天不早了,回去吧,这以后再说吧。"

如玉心情沉沉的。前几天去看望家明的父母,老两口都已经退休了,在家里也没有什么事。家明的伯父捎来信说准备让家明留在美国继承他的家业,老两口一辈子也没有个一男半女的,侄儿就如儿子一样。同时,他们邀请家明的父母也去美国住,这样呢四位老人在一块儿有个照应,心里踏实。听家明的母亲的意思,他们也有心过去。

从家明家出来,如玉这心里可是翻腾起来了。当初自己可是希望家明学成回国工作,家明也是跟自己这样承诺的。家明说国家培养一位学生投入很多,国家百业待兴,自己会回来报效祖国。倘若他的父母都去了美国，他就不可能回来了。想着问问家明吧，他最近也没有电话打过来。以前去看望他们二老的时候，家明的母亲会问一下自己的学习情况和家里的情况。最近他母亲在谈话中不再涉及如玉本人的事情了，也不问家里的情况了。和自己谈话的内容少了许多，基本上不留自己在家里吃饭了。如玉困惑是自己敏感了还是二老有了变化。

第二天，如玉早早地到了单位，一会儿要进的货比较多，有男装夹克衫、立领衬衫，也有休闲装和几套男士西装。还有女式连衣裙、衬衣、T恤衫以及中式仿古装。听刘婕说好像还有男女各式风衣，女式风衣的样式非常新颖，适合都市知性的女士穿。这都是刘婕去上海、广州看的货。刘婕对市场需求有了解有研究。如玉正在收拾着办公室，女营业员进来说："陈经理，刚刚刘经理来电话说一个小时后到货，让我们做好收货验货的准备。"如玉嗯了一声，继续她的工作。

购进的货物如期而至，如玉和员工们一起把货物往仓库里运。员工小郑看如玉身体比较瘦弱，就不让如玉搬运，说："陈经理，您在库房里指挥就行，我们很快就干完。"

如玉拿着进货清单，清点货箱，每箱货物都要打开清点数量。员工小郑既是营业员也兼任库房保管员，她给如玉说："按照过去呢，还需要逐套衣服检查看看有没有残次品。"如玉说："是的，这么多货一时半会儿也查验不过来,总不能耽搁前面的卖场。咱们随卖随验也行。设若衣服真的有残,总是有合同在那里,供货方也不会赖账。咱们是多年的合作关系,相互还是信任的。"小郑说:"好,这样节省了人力,节省了时间。"

下午刘婕回到店里就奔如玉办公室,敲敲门没有回应。刚想离开里面传出声音,"请进"。刘婕推门进去看到如玉有些疲倦的样子就问:"你怎么了?哪里不舒服?"如玉说:"没什么,昨晚没有睡好,刚才在打瞌睡。"刘婕说:"这几天盘点,下班晚点,累着了吧。明天在家里休息吧,总是自己的企业也不能太拼了。""不用,不累,要说累你比我累多了。"如玉回答。刘婕说:"好吧,你自己掂量着,可别硬撑。我身体比你壮实,经得住摔打,这可是生就的骨头。"两个人正说着话听到外面有吵吵的声音,刘婕说:"我去看看。"

到了前面营业厅,看到一位女顾客正在和营业员嚷嚷。见到经理过来,营业员不再说话。刘婕问:"怎么回事?"那位顾客看了看刘婕,仍旧继续吵吵。营业员没有理她,转向刘婕说:"经理,这位顾客前几天买了一件真丝上衣,当时我和她一同验货,没有质量问题。当时她很认真也很仔细地查验的。这都过了几天了,又找来说衣服右边的袖子开线了,还有点损坏,要么换一件要么退货。"刘婕把衣服拿过来仔细地看了看,然后对顾客说:"这位大姐,按照买卖规矩,当面验货后如果没有质量上的问题，就是成交了。后面若是想退换货也行，需要保证货物原有的样子不能有破损。你这都过了几天了，有点不合道理。"那位顾客听了刘婕一番话自然是不肯罢休。刘婕又说："这件衣服已经有点损坏，我们不能再卖出了。如果您执意要退货的话，您这件衣服由我买下，我付您钱。"那位顾客听到刘婕要买下这件衣服，那表情既尴尬又有点不好意思。刘婕又说："没有关系，我买下后找人织补一下穿起来没有问题。"顾客看看刘婕说："你为何自己承担？"刘婕说："这里面有规章制度的问题。这位营业员把残次品卖给顾客，不管是否属实，都给店里造成了不好的影响，她是要承担责任的。营业员一个月工作下来也不容易，薪水有限，如果有工作上的失误还要扣工资的，她们很辛苦。作为经理要体恤她们。"那位顾客停顿了一会儿，然后说："既是这样你们给织补一下，如果织补得看不出来也行，我就不退货了。"刘婕说："织补没有问题，但是费用您要听着，您可想好了不要反复。"于是让营业员办理织补手续。

如玉看到了整个过程，回到办公室就对刘婕说："刘姐，没有想到那位顾客听了你的处理意见会选择织补。"刘婕说："那件衣服在售出的时候应当是没有问题的，这位顾客心里明白。人在灵魂深处都有善良的一面，当事情触及那个部位，都会做出善良的举动。"如玉是真的佩服刘婕。

如玉买了两份蛋糕和两份水果，准备晚上去朝阳家看看朝阳的父母。回到家里屋门开着，父亲不在。再到厨房里看看，厨房的小柜子上有一盖垫水饺。啊，今晚吃水饺，这水饺可是自己的最爱。如玉心里很高兴，转念一想父亲可是没有自己包饺子的习惯和耐心，平时只有姐姐来的时候才吃得上，这个活由姐姐全权包揽。莫非……正在琢磨，父亲回来了。如玉说："爹爹去哪了？屋门也没有关上。"父亲说："你张大娘送来了水饺，我把她的盖垫腾下来送过去了。"

吃过饭，如玉给爹爹说："很久没有去朝阳家了，我去看看朝阳的爸妈。"

自从朝阳接管厂子以来，如玉基本没有和他谋过面，偶尔通个电话，也是匆匆的，心里有点想他了。在如玉心灵深处应该有他的一隅之地。只不过这块地藏得忒深，连她自己也没有开发过。尽管自己在人前否认这一点。

到了朝阳家，他母亲正在和老伴拉呱。

如玉说："大娘，您包的饺子真好吃，这芹菜馅的饺子就是香。"大娘说："我是知道你爱吃饺子的。你小时候可没少吃我包的饺子。我现在呢不如从前劲头足了，不然的话我会经常包饺子给你吃。"如玉问："五哥没有回来吃饺子吗？"大娘叹了口气说："唉，这孩子自从干上了公家的事，忙得几乎吃睡在厂里。我和你大爷这一阵子很少见到他。偶尔晚上很晚回来，我们都睡了。早上，我们起床时他已经走了。这比干自己的营生还忙呢。都怪你大爷,不然朝阳能去干那事吗。"朝阳的父亲在一边不高兴了:"老婆子,别动不动就赖我。孩子这么大了自个儿有主意,我只不过说点意见而已。"大娘撇撇嘴:"还二一咋不二六。"如玉笑了:"二老都是为了五哥好。五哥心善,经不得领导找他,也看不得厂里的工人没有钱发。"大娘又问如玉:"你在店里累不累啊?朝阳把这担子撂给你,我真怕累着你。"如玉说:"大娘,您别担心,店里刘婕为主,我给她当帮手。"大娘说:"即使做帮手也不轻快,这么大的店铺做得那么好真不容易。我看刘婕这孩子挺好的,踏实肯干。朝阳经常说她是位好帮手。"如玉说:"是的。"大娘说:"玉儿,你五哥也三十多岁的人了,整天地忙来忙去的,自己的婚姻大事从来都不考虑,我和你大爷也是着急得很呢。你得空劝劝他,促成他和刘婕的婚事。你们都是年轻人,又有打小在一起玩的兄妹情分,能聊得来。"

  如玉听了张大娘一番话心里有点不是滋味,还有点醋劲。这要是搁往常她会附和大娘的话。现在不一样了,她的心底已经起了涟漪。她已经下决心和家明分手,这主要是,一来她不会去美国定居,也不想耽搁家明的婚姻。二来家明的父母也没有邀请她和他们一起去美国的意思。前几天她买了不少的日用品给家明的父母送过去,让他们带上到了国外用。他们很有分寸地谢谢如玉,并且说在国外这些东西都不缺,让如玉不要费心。三是二老始终也没有告诉如玉他们启程的日期。

如玉看得出来，今非昔比，过去的已经过去了。他们二老已经觉得两家门不当户不对。而且如玉现在还是个卖服装的个体户工作者，和家明的事业比，那是格格不入。两个人不同道所以不能同谋。

张大娘看如玉呆呆地坐着似有心事，就说："玉儿，怎么了？是累了吧？天不早了，回家休息吧。"

早上如玉在仓库里和保管员查看货物。有人喊："陈经理，您的电话响了。"如玉放下手里的活回到办公室，拿起电话，她感觉是家明打来的。由于是国际长途电话，声音的传送有延迟，如玉说了声"您好"，过了一会儿才听到声音，果然那边传来家明的声音。家明首先道歉说最近课题研究很忙，没有给如玉电话，然后问了如玉生活工作的情况、如玉父亲的身体情况等。家明又说："再过十几天我父母就要来美国了，这几天你去家里看看，帮他们打点行李，送他们到火车站。"如玉应着。家明说："他们需要先到北京，由北京再到洛杉矶。"如玉说："我送伯父伯母去北京吧。"家明说："北京那边有妹妹他们接站，你送到火车站就行了。"家明说半年以后自己要回国一趟，同行的还有导师，他希望在回国的日子里能和如玉办理婚姻登记，让如玉做好准备并和家里商量好。如玉听着半天没有回答。家明那边问："玉儿，怎么不说话呢？"如玉说："听着呢，你回国是因为学校里的事吗？还是专为登记的事回来？"那头家明说："两者都有。更是想念你，想见到你。"如玉又问："咱俩登记以后你就留到国内了，还是再回去？"家明说："自然是回美国了，我的学业还没有完成呢。我俩登记以后你就可以随时申请来美国探亲了。""噢。"如玉答应了一声。家明问："你怎么了？好像有点沉闷？"如玉觉得在电话里说不明白，就回答："没有什么，我的感觉是你不会回来了。"家明说："我们办理婚姻登记以后，就少了许多的障碍，不然的话咱们很难在一起的，起码近几年不行。回国是一定的，不过那是后话。最近我在准备申请读博士的事情。这位导师在学术界很有名气的。能不能读上他的博士还是个未知数，很不容易的。希望你能听我的安排，不要固执，不然的话会分散我的精力。"如玉说："咱们的事情你不要挂心，你先把申请读博士的事情做好，总是事业不能耽误。"两个人又聊了一会儿就挂电话了。

　　如玉也没有心思干活了，刚才电话里想给家明讲明白就此分手的事，听到他在申请读博士，怕影响他的情绪，试了几次都没张开口。再说了，电话里说这样的事情，未免太不重视也不应该。就家明对自己的感情来说，自己如此草率真的对不起他。他是那么的希望自己跟着他去国外相聚。如玉觉得还是等他回来后再讲明白吧。分手对于家明来说未必不是件好事。家明是仁义之人，他不会先提出分手的。如玉的心里乱腾腾的，无比烦恼，不知道此时应该干点什么。

  刘婕进来了,她没有注意到如玉的情绪变化。刘婕说:"姊妹,昨天我去商业局办事,在政府大院里看到朝阳了。他可是瘦了一圈,不过精神很好。朝阳看到我可高兴了。和他聊了一会儿,他竟然一句也没有问咱们的经营状况如何。本来我还准备去工厂看望他,给他汇报工作呢,现在看来还是再等一段时间吧。"

  如玉就等着刘婕说朝阳还问到自己呢,等了半天刘婕也没有说。如玉有点失望。刘婕说:"如玉,下班后咱们俩去下馆子吧。这一阵子总算是忙得差不多了,咱俩也偷个闲,在一起好好聊聊。"如玉很痛快地答应了。她托营业员下班回家的路上给父亲捎个信,以免父亲不吃饭等着自己。

  店铺附近就有一家名叫悦来餐馆的铺子,虽然店面不大生意却很红火,老板与刘婕也比较熟识。刘婕俩人进去,正好老板在厅里,他赶忙招呼:"二位今天咋有空了?里面请。"刘婕说:"韩老板,给我们找个静一点的地方,我俩说说话。"老板把她们领到一个有屏风遮挡的空间,里面有一张小桌四个凳子,看着比较干净也清净。老板说:"这是我们这间餐厅里最不吵的地方,就此一地别无他处了。"

  两个人坐下后老板自己提个茶壶给她们倒上水。"请问二位吃点什么?"老板问。刘婕说:"你看着上两个菜,一荤一素,再来两碗面条就行了。"然后问如玉,"你看着行吗?"如玉笑了:"你都点好了还来问我干吗,吃啥都行。"

刘婕也许是渴了,一连喝了两三碗茶水。如玉说:"何以渴成这样?"刘婕看着如玉,没有吱声。一会儿菜端上来了,两个人慢慢地吃起来。过了一会儿服务员又端来一盘青椒炒肉丝。如玉说:"我们要了两个菜,你弄错了吧?"服务员说:"没错,老板送一个菜。老板说了,请二位以后多多照应。""谢谢了!"如玉说。刘婕笑了笑对如玉说:"这老板想拉咱们下水呢。"

刘婕说:"姊妹,咱们电器的铺面里可售的商品很少,像电风扇之类的电器虽然现在已经有许多家庭在用了,可它们毕竟是季节性的。那一些小的家用电器也卖不了几个钱。电视机可以提高家庭的生活质量,可是光这进货就不容易,渠道不那么顺畅。据业内人讲,过几年像是冰箱、空调、电视机等家用电器都会进万家的。最近听说有的人托关系从广州买了空调回来,可供电局不让安装,主要是电力能源不足。我想啊,随着咱们国家的发展,总有一天咱们家家会用上空调、冰箱和高质量的电视机。"

如玉听了刘婕的一席话,觉得她好像有新的打算,所以只是听她讲,没有说话。

刘婕的话锋一转说:"和你商量一下,咱们暂时把电器的铺面改为销售鞋子为主。我考察了一下,现在鞋子的市场非常好,各式各样的休闲鞋、运动鞋穿起来非常舒适。女士的皮鞋样式也很多,高跟的、半高跟的、矮跟的可以尽情挑选。像咱们俩,为什么不能穿得更好一些,打扮得漂亮一点呢?前几天我在家里试穿了邻居家姐姐新买的高跟皮鞋,穿上以后真的感觉不一样,走起路来挺胸翘臀,一下子这人就变得整个线条都美起来、性感起来。这鞋子可是人们日常生活中不可或缺的物品,它的需求量大且源源不断。"

如玉表示认同,就说:"刘姐,咱们所经营的商品种类变更由你来决定,毕竟你在这个行业干了许多年。在许多方面朝阳哥也是非常重视你的意见。"

刘婕又说:"前几天我买了两台鸿运牌电风扇。这种风扇吹出的风比较柔和,风量不是很大,适合老人用。给你家伯父一台,给朝阳父母一台。一会儿你拿回家去。"如玉说:"谢了,为何不给你家老人买呢?"刘婕笑了:"我母亲已经用上了,是我哥买的,我看着好才让哥哥又买了两台给你们。"如玉说:"今儿我先把朝阳哥家的送过去吧。"刘婕说:"朝阳家的那台昨天我已经送过去了,主要是两台一次拿不了。"

刘婕给如玉说:"昨晚去朝阳家,他母亲说朝阳和我都不小了,让我们抓紧时间把婚姻大事办了。"如玉听了心里酸酸的,不过嘴上表示赞同:"是啊,张大娘也给我说过,还让我劝五哥和你尽快成婚呢。"刘婕说:"现在他这么忙,等他忙得差不多了再说吧。听他说厂子里现在生产进入了正轨，销售产品这一块还需要加强。厂子里最近更新了部分设备，还要添置一些更先进的特殊设备。唉，看到他如此的费心思，真是心疼。"如玉问："你和五哥商量过何时成婚吗？"刘婕说："别看他妈妈催得急，我们没有正式说过这事。朝阳还说不知道你啥时候去美国，准备给你送行，他让我准备好送给你的礼物。"如玉听了刘婕一番话心里酸楚得很，她知道不能把自己的打算告诉刘婕，更不能让朝阳知道自己准备和家明分手。对于朝阳来说刘婕更适合做他的妻子。一旦朝阳知道了自己和家明分手，对于他和刘婕的婚事会有一定的冲击。虽然刘婕知道朝阳的心思，但是多年来她一如既往地爱着朝阳。刘婕看如玉半晌没有说话就问："如玉啊，你准备何时去美国？朝阳也想知道呢。"如玉说："有可能过几个月家明回来一趟，我们俩完成婚姻登记手续，后面再看情况申请出去团聚。"刘婕听如玉如此说，有种如释重负的感觉，不由得长舒了一口气。如玉看得明白。刘婕说："等家明回来的时候，叫上朝阳咱们一起坐下来叙谈叙谈。"如玉苦苦地一笑，没有说话。

一个月后，晚上吃过饭，如玉坐在桌前拿了一本书在翻看。上午的时候，她在单位接到朝阳的电话，朝阳说晚上要到家里坐坐。说实话如玉也很想见朝阳，自从他离开店铺就很少见他了，心里常常想他，有种说不出的惦念之情。有几次去厂里找他，走到半路又折回了。

如玉拿着书翻来翻去的，那状态正是：静候伊来心潮涌，倚银灯，一半儿翻书一半儿等。

忽然她听到了院子里的脚步声，嗯，是他，他来了，有种等候白马王子到来的感觉。不知道怎的，过去经常和朝阳在一起的时候只是觉得很受用，坦然地享受他给予自己的一切关怀和温情，没有他念。近些日子自己变化了，变得自己也不懂得自己了。

朝阳轻轻地叩门，然后推开房门进到屋里。如玉起身招呼他，手里拿着的书不小心掉在了地上。朝阳帮她捡起书放到桌子上，问："叔出去了？"如玉说："嗯，今天我哥请父亲去他家里吃饭。"朝阳问："你怎么没去啊？"如玉说："你说呢？"朝阳又问："你吃饭了吗？"如玉说："吃了。"朝阳拿起那本书看了看，是《夜深沉》，他问："你怎么看这样的书了？看这种书会耽误你考大学的。"如玉没有回答，反问朝阳："你看过张恨水的书？""没有，但是我知道张恨水是专写鸳鸯蝴蝶的。"朝阳回答。朝阳有点纳闷，许多日子不见，如玉显得拘谨了。他从桌子上拿起暖瓶倒了一杯水喝起来。又问如玉："你喝水吗？"好像他是主人似的。如玉摇摇头。如玉说："五哥你这么忙，怎么有空来我家了？"朝阳看看如玉说："心里还真有点想你了，以前天天见面没有觉得什么。现在难得见面就挂念得多了。玉儿，你给刘婕说家明过一阵子就回国了？"如玉点点头，又摇摇头说："回来办事，还要回去的。"朝阳问:"家明回来的时候你们就办理婚姻登记手续了?"如玉不吱声。朝阳又问:"你们登记后你是否就随他走了?"如玉说:"再说吧,没有想好呢。"朝阳看看如玉,有点不明白了。

如玉说:"说说你自己吧,啥时候吃上你们俩的喜糖?大娘一再让我劝你和刘婕早结良缘呢。""不谈这个事,这事还没有提上日程呢。"朝阳回答。朝阳见如玉噘起嘴巴,就说:"你前脚出国我后脚结婚。"如玉笑了:"这是哪里的话,非要我出国你才结婚?假如今生今世我不嫁人呢?"这是一句玩笑话,朝阳听了却不一样了。他好像是觉察到了什么,随口说道:"那么我今生今世也不娶妻。"如玉忙说:"快别开这样的玩笑了,我担不起。让大娘听到,我岂不成罪人了。你还是别让父母操心,抓紧成婚,婚后安心做事业。五哥,听说市里领导看到你把厂子搞得很好,准备把一个压力容器厂交给你管理,有这事吗?"朝阳点头:"有这事,还在运作中。"如玉说:"领导把你当作万事通了,那种机械类的工厂你不懂的,也没有做过,怎么能行呢?"朝阳说:"我也是这样想,也给领导提了。领导说用我的管理模式,技术方面有技术人员做。"如玉说:"五哥,你这要是答应下来岂不是更累了?"朝阳说:"累是肯定的了,领导信任加鼓励难以推辞,就试试吧。现在各项工作都在摸着石头过河,改革的大潮推着人们不断地向前走,一切都在探索中。"如玉深情地说:"刘婕心疼你，我也一样。"

　　朝阳站起身在屋子里来回走动，他想再次地证实一下如玉真的要去美国成婚并定居。"玉儿，你说实话，真的要走要离开家乡了？"朝阳问。如玉听了没有回答，她是绝对不会说实话的。她想的是等朝阳婚后自己就离开店铺，至于去哪里工作到时候再说。朝阳在切切地等她回答。如玉点点头，没有说话。还没有等朝阳再说什么，门吱呀一声响，如玉的父亲回来了。他看到朝阳在，很高兴："朝阳啊，有阵子没看到你了，我去你家里几次愣是没见到你。"如玉说："爹，你白天去他家怎么能见到五哥呢，他不得上班吗？"如玉的父亲说："晚上也去过，还是见不到啊！"三个人同时笑了。如玉的父亲很喜欢朝阳，也曾把两人往结婚的方面想过，无奈觉得自己的女儿对朝阳没有爱恋的意思。他老人家哪里知道女儿现在的心思呢。朝阳和父女两人说了一会儿话就告辞了。

第八章　三年后

如玉读电大毕业了，由于她读的是汉语言专业，毕业后就想着去机关或者学校做一些文字工作。如玉参加了省一级招收文秘工作人员的考试，没有被录取。然后又报名参加了市一级的招聘考试，自己感觉考得不错。在等待录取消息的同时，她在考虑自己后面的生活和工作，这有两个原因。一是自己应该离开店铺了。这几年上学紧张，没怎么上班，刘婕却一直给自己发工资。朝阳说，不能让如玉没有了生活来源。二是，当初在朝阳面前说自己已经和家明婚姻登记了，等毕业后就去美国团聚，实际上俩人已经分手了。这件事情只有如玉、父亲和姐姐知道。就这事朝阳问过如玉的父亲，得到了肯定的回答。因此朝阳隔了一年与刘婕完婚，两人马上就要喜得贵子了，张大娘乐得合不拢嘴。如玉觉得不能再隐瞒了，只要是朝阳问到自己就实话实说，而且要远离他们。

父亲有时候也说，既然你选择了放弃，为父只能盼望你将来顺心幸福了，往后的事情别太任性。

如玉心里知道以后不可能遇到像家明和朝阳这样的人让自己动心了。过单身的日子也不错，还可以陪伴老父亲。

电大的许多同学离开了原单位，选择了新的职业。毕竟新形势下新的发展给有知识的年轻人提供了许多的就业机会。

前几天和同学史婷婷在一起聊，婷婷说她们家所在街道办事处的主任找到她，问她想不想去街道办事处工作，说办事处的工作在加强，原有的人员不够用，而且他们的知识水平有限，需要一批高学历的年轻人充实到办事处里。还说街道办事处将来必定是政府部门的重要组成机构。婷婷没有答应去街道办事处工作，她觉得做街道工作没有意思，整天地与那些老头老太太打交道，婆婆妈妈的事情多。如玉和她有同感，也不支持她去。婷婷没有参加机关事业单位的招聘考试，她想去比较大的图书馆或者去博物馆也行。婷婷的想法让如玉开了眼。不过如玉不敢多想，自己能干个文秘工作就不错了。即使干不上文秘工作，在机关里干点别的也行。如玉曾听婷婷说过，他的叔父是"文革"前山大历史系毕业生，分配到省博物馆做文史研究。婷婷想去博物馆工作是受叔父的影响。

如玉回到家里，父亲告诉她："玉儿，听说咱们这一片要拆迁。"如玉问："啥时候拆？"父亲说："不知道，只是听街坊邻居们说已经冻结了户口的迁入。""嗯,拆了好,咱们这一片都是老房子了。虽然说在过去是个繁华的地儿,可是住户密集,设施老旧,下水道不通畅,下大暴雨的时候几乎家家都泡汤,再不改造跟不上国家的发展了。"如玉说。

如玉看到父亲买了鱼、肉,还有几样青菜,就问:"爹,买这许多菜家里要请客吗?"父亲说:"今晚你姐一家三口来家里吃饭,说是祝贺你学业有成,一并祝你找工作顺利。"如玉问:"哥不来吗?""你哥出差了,你嫂子回娘家了,说是过几天你哥回来再补上。"父亲回答。"噢,还有,朝阳晚上也过来。"父亲补充一句。如玉问:"爹呀,他为什么过来啊?"父亲说:"今儿一早,出去买豆浆碰上朝阳,他说的。自从朝阳结婚住在家里,你大娘一天到晚忙这一家四口的饭,过几天又要忙月子了。这老太太也不容易。"如玉说:"这是她自己揽下的活,人家两口想出去过生活,大娘还不愿意呢。"父亲嗯了一声,随后说:"还不是做父母的疼爱老疙瘩嘛。"

如玉心想朝阳过来一准问自己啥时启程的事情,不然他这么忙,怎么会跑过来吃这顿饭呢。应该告诉他了,不然接下来自己工作的事怎么给他讲呢。

下午惜玉早早地来到了家里,一进门看到父亲在忙着收拾鱼,就说:"爹,你别忙活了,歇着吧,我来干就行。"父亲说:"你怎么下班早啊?"惜玉说:"我请了一会儿假,想着早点过来做饭。"父亲说:"锅里的红烧肉差不多炖好了,里面还放了妮妮爱吃的面筋。""妹妹呢?"惜玉问。"她出去了,说是一会儿回来。"父亲回答。惜玉又说:"爹,如玉大学也毕业了,工作的事一旦定下来就要催促她的婚姻大事了,可不能由着她的性子来了,这都三十多岁的人了,再耽误就嫁不出去了。"惜玉边择菜边和父亲聊着。

"是谁嫁不出去了?"话音先传过来,人随后进来了。"啊,朝阳!"惜玉惊了一下,不知道该怎么接茬。父亲忙说:"朝阳啊,今天下班早啊。"朝阳说:"让别人排队买了魏家的烧鸡,去得晚了就买不到了。我马上就走,等下班后再过来,不过大家千万不要等我吃饭,我的时间没有准儿。有时候要下班了又来事情了。"父亲说:"朝阳啊,我们等等你吧,等不来就不等了。"朝阳说:"叔,咱现在就说好了,我不来吃饭了,别等我了。"

晚上一家人围着桌子吃饭,惜玉的女儿妮妮很懂事,给姥爷夹菜。如玉说:"妮妮,听你妈妈说你的学习成绩很好,小姨今天祝你学业有成,将来找个好工作。"妮妮说:"谢谢小姨。"如玉嗯了一声,又说:"有什么业余爱好?"妮妮摇摇头。如玉的姐夫任亮说:"学校里业余活动不多,孩子们大多数都没有特殊的活动。学习是第一位的。有极少数体育尖子生受到特殊的培养。但是这些孩子的学习成绩会下降的。"惜玉说:"妹妹就是问问罢了,你却说了一大堆。"如玉说："某一项能拔尖，就是学习成绩不怎么好也能进入重点学校。我当初考实验中学没有被录取，事后班主任给我说，是一名乒乓球运动员把我顶下来了。实验中学也是想着各方面都要出成绩，实现全面发展，但是我觉得无论如何还是要把功课放在第一位。"任亮说："这话对，学习第一，将来靠文体吃饭更难。"任亮又说："如玉，你这次考机关事业单位，有思想准备吗？"如玉问："啥准备？"任亮说："既是聘用就不是正式编制。"如玉说："知道，不过现在机关事业单位比较缺员，需要招收有一定学历的人员补充进去，只要是考进去的，在工作中积极肯干会转正的。"任亮说："我给打听了一下，你应该是在录用范围之内了。"如玉听了并不激动，因为她已经进入了谈话阶段。

一家人正聊得高兴，朝阳来了。大伙忙着安排座位，父亲去厨房拿干净的碗筷。朝阳说："叔，别忙了，我吃过饭了。"如玉说："为何不来家里吃饭呢？"惜玉看看如玉说："朝阳如果能来家里吃饭，他不会客气的。"朝阳也看看如玉，笑了笑没有吱声。任亮递一支烟给朝阳。如玉知道朝阳经常咳嗽，就阻止他们点烟。任亮问朝阳："听说你已经上任经委副主任了，可是仍然管理工厂的事情。"朝阳笑了笑："是的，我本就分管经济这一块。上级领导说工厂里有些事情我还不能撂下，还得管理，还要处理一些事情。"任亮说："对对，经济和企业是分不开的，不过你会更辛苦的。"朝阳又笑了笑。

惜玉看得出朝阳今晚是来找如玉的，等吃得差不多了，就给爱人说："妮妮明天还要上学，你先带着孩子回家，我收拾好了就回去。"如玉见姐姐要姐夫先走就说："姐，你们一起回吧，我收拾就行了。"父亲也说："大玉忙了半天了，回吧。让玉儿收拾。"

屋子里静下来，就只剩朝阳和如玉俩人了。朝阳说："咱俩出去走走吧。"如玉没有挪动，她不想单独和朝阳出去。沉默，沉默很煎熬。如玉倒了一杯水递给朝阳。半响朝阳开口道："玉儿，我真的弄不明白了，你就给我说明白吧。"如玉说："有啥不明白的？"朝阳说："原以为你毕业就走了，没有想到市里招聘工作人员你报考了。这到底是怎么回事啊？"如玉不说话，随手拿起书来乱翻一阵子。朝阳见状起身在屋子里走了两步，停下来："你既然不想说就算了，我是不该问了，我走了。"朝阳说着就到了屋门口。

如玉见朝阳如此说话，心想这些年来他对自己还没有这么不耐烦过，心下不忍就说："五哥，你别不高兴，坐下来听我慢慢地说。"朝阳坐下来看向如玉，如玉接着说："五哥，三年多以前家明回来的时候，你和他见过面的。但他没有告诉你，我俩并没有办理婚姻登记。"朝阳听到这里眼睛瞪得大大的，嘴巴张开却没有说出话来，眼眶里明显噙有泪水。"当时为什么不告诉我？"朝阳嗓音似有哽咽地问。

沉默，沉重的沉默。

"当时我问过叔的，得到了确定的答复，我觉得叔不会骗我的。这一切到底是怎么回事？"朝阳又一次哽咽在喉。

半响如玉看着朝阳慢慢地道来："五哥，咱们俩从小一起长大，你就像我的亲哥一样保护我爱护我，比我亲哥还好。那时候我对你的依赖程度，你我的家里人都看得清楚。在我心里你就是我亲哥，甚至当别的孩子欺负我的时候，我就告诉他们我会让五哥揍你们。长大以后情窦初开我恋的是家明，这你知道。可是你在我的心里一直以来都占有一隅之地，我觉得这块地是亲情而不是恋情。你对我所有的爱护以及关照，我都觉得很正常。曾经李嫣也说过五哥你对我有意，但是我不信，说李嫣瞎琢磨，无中生有。五哥，这些话你能听明白吗？"朝阳听如玉这么说并不完全认同。他说："你说的这些是前面的情况，后来你是有变化的，我能看不出来？你喜欢知识分子型的人，喜欢那种高知家庭氛围我也知道，你怕和家明不相匹配这我也知道。你对爱情的向往，对家明的崇拜，都让你不能割舍。我不能说家明以后会变心。但随着时间的推移，随着家明出国求学，你们的感情会有变化的。我非常明白你们俩并不适合。他的家庭会有门第观念的，他的父母迟早会觉得你配不上他们的儿子。他父母对你态度的变化你也能感受得到。我在等，等到你放弃家明。我也觉得你会放弃的。"

如玉听着，感觉一股热流涌上心来，随后哽咽着说："五哥，刘婕很爱你，我也一样。只是我的爱对于你来说是迟来的爱。相比之下刘婕更适合你，刘婕为你所做的一切我做不到，刘婕对你的付出也是我所不能比的。"朝阳问："三年前家明回来的时候，咱们坐在一起聊的时间也不短，我还问家明你们准备何时完婚。他虽然没有答复，但是也没有说你和他分手了。"如玉说："我嘱咐他不要告诉我周围的任何人我们分手的事。"朝阳说："这是我想不到的。"如玉说："如果你知道我和家明分手，就会伤害到刘婕，那么好的人是谁都不忍心伤害，特别是你和我。"朝阳说："刘婕从一开始就知道我对你的情意，她觉得你不会放弃家明而选择我，所以她也在等。"如玉说："五哥，已经过去了，只是人生长恨水长东。好好珍惜刘婕，等你和孩子见了面，一切的事情就迎刃而解了。"

第九章　新的工作

　　如玉顺利地被对外经贸委聘用。外经委是新成立的部门，是把经济委员会的一个外贸处分出来成立的，这也是顺势而为。新增了部门自然人员不够用，一切的工作也还在摸索中。如玉开始被分配到办公室做内勤，管理来来往往的文件，负责会议纪要等文字性的工作，还需要和别的单位打交道。每天忙忙碌碌，不觉将近一年过去了。

　　这天早上开完了周一例行的办公会，领导把如玉留下来说："小陈啊，和你商量一下，咱们财务上需要再调配一个人，原先的出纳小黄调出，想调你去财务科做出纳，你看怎么样？"如玉说："行，只是出纳这份工作我没有做过，怕做不好。"领导说："你先干着，纪会计先带带你，在工作中学习。后面有机会就去参加财政厅举办的学习班。"

　　做出纳工作主要是和钱打交道，每天收钱付钱记账，还要管理一台保险柜。保险柜里的现金每天要核对，柜子里既要有储备金,还不能存有大量的现金,以防风险。遇到单位里有需要出差的同事,还要跑银行取现金。

有一次如玉去银行取现金跑了好几趟才办成。第一趟,银行的柜员说支票上的公章盖得靠近边缘,缺少了一点。又跑了一趟,那个柜员又说公章盖得不是很清楚,也不行。如玉说:"明明公章盖得清楚,你这不是找茬吗?"那个柜员就是不给办。无奈之下如玉找到他们的经理,经理看了看支票让那位柜员给办了。虽然有一些事情办起来很不顺利,但是她已经适应了做事不顺利的境况了。

时间又过去了几个月,这天单位办公室接到通知,省财政厅举办为期三个月的财会培训班,请单位酌情派人员参加。于是单位通知如玉参加学习班。

周一如玉骑着自行车去了财政厅的培训大楼,这一路上坡不少,还是颇费力气的。进了大楼,如玉找到报名办公室报名,领取学习材料和课程时间安排表等。

学习的时间是周一至周六,上午两节课下午一节课,时间上并不紧张。所学习的内容还是比较多的,会计核算这一块有一定的难度。机关里的财务工作不过就是收收付付,它和企业里的财务核算完全不一样。如玉喜欢学习核算这一块的课程。另外还要学习打算盘,一般情况下打算盘也还行,但是算盘需要考级,在一定的时间内把卷子里的加减乘除全部用算盘算完,就有难度。特别是珠算的除法不大好弄,即使能在算盘上算出答案,速度不行也保证不了时间。

第一天上课就在教室里看到了郭颖，太意外了！如玉在座位上看到郭颖走进教室就伸手打招呼。郭颖也没有想到会在课堂上见到如玉。如玉拉着郭颖坐在了自己旁边的位子上，俩人都为这不期而遇快乐得不得了。如玉说："久别重逢，你还是那么精神，没有变。"郭颖说："你也一样，没有变老，依旧挺甜美。"

这时上课了，一位花白头发的老师走进教室，郭颖悄悄地说："这位老师在财政厅资格挺老，业务很棒，退休后厅里返聘他回来负责培养年轻的业务骨干，咱们能听他讲课也是很荣幸的。"如玉点头问："你也干上财务工作了？咱们厂里情况怎么样？"郭颖还没有回答，就听老师在讲台上说："请同学们认真听课，不要交头接耳。"

下课后郭颖给如玉讲自己结婚了，婚后调出了工厂。如玉说："恭喜，可惜你没有通知我，耽误了我吃喜糖。敢问妹夫在何方高就啊？"郭颖说："我倒是想着告诉你，但不知你在何方。你离开工厂后就没有和我联系过。"如玉说："是我的错，等见过妹夫请你们二位下馆子。"郭颖说："行啊，我可是等着吃请呢。我爱人在兵工厂。"如玉问："在兵工厂上班，是军人吗？"郭颖说："不是军人。""噢，家里给你介绍的？"如玉问她。郭颖说："也算吧，他的父亲是将军，战争时期立过不少的战功，当时介绍人是这样讲的。他们家就这么一个儿子，他还有两个姐姐都在部队里。"如玉问:"他的姐姐都在部队里,他为什么在兵工厂里上班呢?"郭颖说:"那位介绍人说这男孩从小有心脏病,所以不能当兵。我妈妈听到男孩有心脏病,不同意这门亲事,不让我去见面。爸爸说给朋友个面子见个面也无妨。"如玉听了郭颖的话不住地点头:"噢,是这么回事。"如玉又问:"你为什么找一位有病的男孩?这种病很麻烦。"郭颖说:"见面的第一眼给我的印象是这人气宇轩昂,不同一般,一米八几的个头,像个将军的儿子,根本看不出他有心脏病的样子,当时我在想是否医生给弄错了,误诊了。"

郭颖继续说,"回家告诉父母自己想和这男孩子交往,父母劝我,说这种病还不知道能活多久,人生漫长,到了后半辈子独守空房就苦了。我给母亲说这男孩不像是有病的样子,就算是真的有病,只要他能活过五十岁就行了。爸妈看我这样讲,就嘱咐多斟酌一下,不可草率行事。"如玉听下来感觉郭颖是有点欠考虑。如玉问:"你们相处的过程中他没有讲他的病情吗?"郭颖说:"当然讲了,他人非常正直、诚恳,后面的相处中知道了他是先天性的心脏病,没有家族遗传史。他听妈妈说小的时候病情比较严重,医生说他活不过二十五岁,并且不能结婚。他的母亲长期以来也是战战兢兢地看护着他。"如玉说:"医生也不能给一个人下生死判定的,你们这不生活得很好吗?"郭颖说:"还行吧,医生嘱咐酌情房事。他父亲已经去世,我俩跟他母亲住在那栋小楼里。他的姐姐们很关心弟弟，时常回家看望并一再地嘱咐我俩。"如玉听得心里不知道是啥滋味，又问："你俩怎样打算？能要孩子吗？"郭颖说："他们家里都不让要孩子，他自己认为既是结婚了就得要孩子，有个孩子就有了传承。""唉！"如玉替郭颖发愁了，真想着说她几句，又不知怎么说，就问她："你想要孩子吗？"郭颖说："只要是爱人想要就要，人来到世上转一圈，还是应该留后的。"

郭颖说："哎，别光问我了，你情况咋样啊？"如玉说："我还是老样子。"郭颖问："老样子是啥样子？姐夫在哪里上班？孩子几岁了？你还是干个体吗？"郭颖一连串的发问让如玉有点尴尬。如玉说："我哪像你能和将军之子结连理，至今孑然一身。"郭颖说："也别这么说，你不与将军之子结合是想着攀将军不成？"如玉说："你的嘴还是那么不饶人。"然后把自己的情况大体地说给了她。郭颖听得张着嘴巴合不上了，说："我怎么觉得你这人云雾缭绕的呢，当年在工厂里的时候还觉得你和杨厂长会珠联璧合呢。你离开工厂也是瞒着杨厂长，他还问过我你去了哪里。你当初一走了之，手续都没有办理，神秘得很。后来才传出你干个体了。我今天听着你好像还在驾云呢。"如玉让郭颖尖牙利齿地一顿数落，不知道后面说什么了。郭颖看如玉的样子有点难堪就说："如玉，咱俩相处多年，你是知道的，我不会拣好听的说。不过今天要是不说你几句，对不起咱俩多年的情分。"如玉说："你说到了我的要害之处，当初离开工厂去干个体，主要是不好意思告诉你们，害怕你们特别是杨厂长笑话我。我至今都觉得对不起咱们的姐妹之情，对不起杨厂长。不过这云已经驾起很难下来，慢慢地走吧。"郭颖说："我可不希望你落单，人生在世需要有个相知相爱的人结伴同行。不然有悖常理，别人会觉得你有问题呢。"如玉说："郭颖，你说的话我会放到心里。至于别人怎么想我是不会去理会的。"

如玉每天回家第一件事就是在算盘上噼噼啪啪练手指头。父亲说她："你练习打算盘的劲头挺足的。"如玉说："爹，算盘考试须要四级以上才能合格。现在我连五级都不够格呢，要是培训班结束后拿不到合格证，怎么给领导交代，多么难为情啊！""嗯，是啊。"父亲点头。两个人说着话就听到屋子外面有人敲门，如玉过去开门。刘婕在门外站着，如玉有点意外："刘姐，是你，进屋吧。"自刘婕婚后如玉很少和她见面。如玉看到刘婕抱着孩子进屋，心里也是很想看看孩子长得啥模样。当初刘婕生产的时候和月子里都是姐姐过去看望，自己虽然也想过去看看，总是心里有个坎，再加上新的工作比较忙也就算了。如玉把孩子抱过来："孩子还挺沉的，长得很结实。让姑姑看看长得像爸爸还是像妈妈。"刘婕说："家里人说孩子长得像奶奶。""嗯，的确像他奶奶，不过呢，孩子的爸爸长得就随母亲，所以孙子长得像奶奶就是正常了。"如玉说。

如玉的父亲把孩子抱过去，老人家也喜欢这孩子。如玉问刘婕："看孩子累吗？"刘婕说："哪能不累？朝阳那么忙，多亏了住在家里，有老太太帮忙，最起码不用我做饭，我呢可以吃上热乎乎的饭菜。这要是自己单独过活，朝阳整天不在家，我怕是招架不了的。恐怕是连饭也吃不上了。"如玉说："是啊，张大娘人好脾气也好，做事情干净麻利，那么疼小儿子。你有福气。"刘婕说："嗯，是的。如玉啊，你在机关里上班紧张不？"如玉说："工作比较紧张有序，现在在外面参加财务培训，目前的工作环境和单位的同事们较之前有着许多的不同。和之前相比工作是全新的，与咱们的店铺相比又是两种性质的工作。"刘婕认真地听着如玉讲话，她觉得如玉有很大的变化。最大的变化就是由于热爱这份工作，整个人精神状况很好，说话淡定平稳。

如玉问："咱们的店铺经营情况怎么样？现在国家的经济政策很好，只要勤恳挣钱还是有道的。企业里很多的管理方式和业务都在向国际接轨。我在省财政厅培训，老师讲到会计核算和会计科目以及各种报表也在和国际接轨。"刘婕说："嗯，确实是这样。咱们的店铺最近要盘出去了，原本房子也是租的街道办事处的，所以不牵扯不动产权的问题，做起来也很容易。"如玉问："就是说你不再经营店铺了？"刘婕说："是的，朝阳也不想让我干个体了。"如玉说："是啊，他是政府官员了，夫人自然不能干个体了。"刘婕笑了笑:"倒不是因为这个,干个体也没什么不好。他是让我在家里把孩子看大以后再说。婆婆年纪大了,不能全靠着她老人家看孩子,怕累着她老人家。"如玉说:"五哥孝顺,想得也周到。"刘婕说:"如玉,恕我直言,你应该把自己的婚姻大事提起了。"如玉看了她一眼没有作答,岔开话题说:"你看,也不知道我爹爹把孩子抱到哪里去了,你去找找吧,别把孩子磕碰着了。"刘婕说:"刚才我就看见陈叔抱着晨曦在对面家里玩呢。我再说几句话就回家了。当初你的选择也是瞒过了所有的人,后来的一切都是命中注定。自从朝阳知道你离开家明了,他一直挂念于你,你一天不结婚他就一天不安宁。如玉啊,既然前面你已经选择了退出,希望你重新选择幸福。"如玉听了刘婕一番话很不高兴,她知道刘婕在暗示什么,也知道刘婕来家里的用意了。自己也不想和她说什么,于是说了一句:"请你不要费心思了,快去抱孩子回家吧。"

第十章　六年以后

　　惜玉早上起床把昨晚熬好的鸡汤在炉子上重新热了一下，盛到保温桶里，然后又蒸了鸡蛋糕，炒了西葫芦，拿上几个小蒸包，前去医院送饭。她推着自行车刚出院子，正好碰上张大娘手里提着买的早餐往家里走，张大娘看到惜玉这么早出门就问："大玉，你昨晚来的吗？你父亲的病好点了吗？"惜玉说："这几天我在家里住下了，咱这里距离医院近，方便一些。"张大娘没有多说让惜玉赶紧走了，怕耽误惜玉送饭。老太太知道惜玉的父亲这回病得不轻快，前天晚上还让朝阳去医院陪护了一宿。老太太听儿子说如玉的父亲状况不是很好，医生让家属做好思想准备。"唉！"老太太边走边叹了口气。回到家里，老头子已经起床了，正在浇花。她把买的豆浆还有豆腐脑、烧饼摆在桌子上，然后把昨晚留出来的菜热了热，老两口坐下来吃饭。老太太说："前几次如玉的父亲都挺过来了。这回若是挺不住,如玉这孩子一个人过活可咋办呢?"朝阳的父亲说:"老婆子,你往好了想,我看他这次肯定能挺过来。这老陈头一个人不容易,几十年来虽然有儿女陪伴,终究不如老伴,生活没个人照料。虽然儿女孝敬,终归不如眼前人。""是啊,早些年再找个人来陪伴就好了。俗话说半路夫妻比儿女强。"老太太给老伴讲。老头子说:"不好说,那得碰。当年也有人给他牵线,老陈头为了儿女不肯续弦。""唉!"朝阳的父亲叹口气摇摇头。老太太说:"这老陈头心里挂着如玉,如玉这孩子往四十奔了还是一个人,你说能不让老人操心吗?""嗯,这倒是个事。"朝阳的父亲说。

门外响起了清脆的童声,张大娘忙答应着起身走到门口,看到小孙孙晨曦在前面跑,刘婕在后面跟着就来到了屋门前。小晨曦进到屋里就奔向了爷爷,爷爷高兴地把孩子搂在怀里。奶奶问:"吃早饭了吗?"刘婕说:"吃过了。"刘婕看到桌子上的碗筷还没有收拾,就收拾碗筷去厨房洗刷。奶奶问:"晨曦今天怎么没有去上学?"小晨曦噘起小嘴说:"奶奶,昨天晚上我感冒了,妈妈一个人带着我去看病。今天妈妈给请假了,妈妈也不去上班了,要陪着我。""噢,那今天感冒好点了吗?"奶奶问。"好了,就是还咳嗽。"晨曦给奶奶说。奶奶问:"昨天晚上你爸爸没有在家吗?"刘婕走过来说:"妈,朝阳出差去了北京,走得有点匆忙,没有来得及给二老说一声,他让我今早来家里告诉一声。""嗯,好啊,那你们娘俩今晚在家里睡吧,正好下午包饺子。"老太太说。刘婕说:"妈,一会儿我去医院看看如玉的父亲,回来的路上把肉、菜买回来。"

医院里如玉的哥哥陈玉明在陪护,他正在和医生说着什么。刘婕看到老人家睡着了,就轻轻地把买的水果放到一边。看了看病房里住着三位病人,她怕影响病人休息就退出病房,在走廊里站了一会儿。陈玉明走过来说:"谢谢!你这么忙还挂着过来看看。"刘婕问:"老人家情况怎么样?"陈玉明说:"不是很好。"刘婕说:"你们如果人手不够的话,让我哥过来替补一下吧。朝阳出差了,他还挂着老人家呢。"陈玉明说:"现在还行,妹夫值了一夜班。我今天要连轴转了。朝阳很忙,尽量不去麻烦他。"护士过来说家属最好不要离开病人,病人输液需要家属时刻看护。陈玉明边答应着边给刘婕说:"放心吧,要有困难我会请你帮助的,请回吧。"

刘婕走出医院在菜市场买了肉和芹菜。她边走边想,如玉的父亲若是离去,剩下她一个人生活是有点让人不放心,朝阳会更加挂着她。其实挂着她也无所谓,只是自己心里不舒服。可终归他和如玉是从小的感情,朝阳会始终照顾她,自己的公婆也是拿如玉像女儿一样相待。除非如玉结婚,朝阳才会放心。

中午如玉来到医院,进到病房看到父亲的病床摇起了45度,哥哥正在给父亲喂饭。她去卫生间洗了下手,说:

"哥，我来吧。"然后走到近前去接哥哥手里的碗。父亲摇头示意让哥哥继续。父亲吃得很少，哥哥不断地哄着父亲让他多吃一点。饭后如玉给哥哥说："哥，你回家休息吧，我在这里就行了。"哥哥不同意，让如玉看看父亲就走，该干吗干吗去。如玉说："下午我没有事了，请好假了。你回家休息，下半夜再来。我上半夜在这里。"父亲听如玉这样说就冲着儿子点了点头。

  哥哥离开病房前把父亲的病床放平，然后叮嘱如玉看好输液瓶及时换药。如玉一一答应着。哥哥离开病房后，如玉坐在床前握住了父亲的手，父亲的手瘦骨嶙峋没有力气，她不由得想起小时候父亲带着自己出去玩，自己的小手被握在父亲那只温暖有力而且肉嘟嘟的大手里，感觉那么安全那么踏实。这一转眼的工夫父亲老了病了，看看眼前的父亲，这心里真是受不了。父亲看到如玉眼里似有泪水，说道："玉儿不要担心，爹爹没有事，这人老了总是容易生病。倒是你让我挂心，爹希望在有生之年能看到你成婚。"如玉把泪水憋了回去："爹，你快点好起来吧，我会很快如您所愿。到时候咱还是在一起住，天天拉呱。"爹爹脸上露出了少有的笑容。

  爹爹还是走了，带着挂心和不舍走了。这让如玉陷入了极度的悲伤以及深深的自责。她责怪自己那么自私，那么不理解父亲的心，让父亲带着遗憾离去。处理好父亲的后事，她一直待在家里没有上班。姐姐陪着她，怕她一个人吃不上饭。姐姐包了韭菜馅饺子,煮好端上桌子:"玉儿,吃饭了。""嗯。"如玉答应着没有动。"吃吧,凉了就不好吃了。"姐姐又催她。"笃!笃!"有人敲门。惜玉问:"谁呀?"门外答应:"我!"如玉猛然站起身说:"爹爹回来了。"惜玉惊呆了,看着妹妹不知如何是好。如玉赶过去开门,开开门却愣在了那里,嘴里嘟囔着:"怎么是你?"惜玉看到朝阳在门口站着,忙说:"朝阳快进来,玉儿,你怎么连朝阳也不认识了?"如玉说:"怎么不认识,刚才就是听着像爹爹的声音。"惜玉把刚才的情况说给了朝阳听。朝阳看看如玉说:"玉儿思念父亲太甚就有了幻听,也正常。"朝阳看到桌子上摆着热气腾腾的饺子,就拉着如玉坐下和姐俩一同吃饺子,边吃边对如玉说:"玉儿,你领导给我说这都十几天了,你仍然缓不过劲来,单位里有许多事情等着你这财务主管处理呢。""嗯。"如玉点点头。朝阳又说:"惜玉还要上班,家里还有许多事情。玉儿,你暂时住到我家老太太那里,这是老太太的意思,让我转告你。过些时候你想回来就回来,你看行吗?"如玉沉默了一会儿,看看姐姐说:"姐,谢谢你,明天我就去上班,你也该回家了,吃完饭你就回去吧。"惜玉不同意:"哪能行啊,等你上班后,我就晚上过来。我那里有你姐夫还有孩子的奶奶,没有问题。你要是同意去张大娘那里住几天也行。"如玉说:"好吧,明天下班我去张大娘家里住。"

如玉一上班就进入了忙忙碌碌中，银行找她，税务也找她。这马上年底了还要集中精力做年终核算。一系列的报表在办公桌上放着，她必须打起精神来工作。

如玉前几年在机关办理了停薪留职，被调到大开发做财务工作。由于她的勤奋好学、不辞辛苦加上她热爱这份工作，所以工作卓有成效，干上了主管。开发公司的财务核算采用了改革开放以后新的核算制度，由开发性质所决定，核算周期比较长。其中成本的界定和费用的分摊以及预收款都有新的规定。年底报给领导的财务分析，都要着重地写上几笔。

忙忙碌碌的工作分散了她思念父亲的心绪。

晚上下班她去了张大娘家里，因为是第一天在大娘家里住下，她想着早点到，帮大娘做饭。可是进门看到他们老两口都已经把饭做好了，桌子上用盘子扣着两盘菜还有一盆汤。大娘对如玉说："闺女，累了吧。你歇一歇，咱就吃饭了。"如玉说："不累，本想早点回来由我做饭呢。"张大娘说："玉儿，你在这里不要客气，小时候你不是也经常过来吃饭吗？从今往后这里就是你的家，你就是我的闺女。"张大娘几句话让如玉眼眶红红的。

饭后，如玉收拾碗筷洗刷干净，把桌子以及地面都收拾了一遍，然后坐下和两位老人拉呱。如玉说："大娘，快到年底了，工作特别忙，每年都是这样的。从明天起晚上就要加班加点地干。这样呢，晚上我就不回来吃饭了，二老别等我了。你们按时休息，早晚我回来睡觉。"张大娘说："玉儿，你尽量地回家吃饭，家里热汤热水的。大娘也知道单位忙，实在回不来，要照顾好自己。"如玉说："晚上单位食堂不做饭了，在饭店订饭送到办公室，大娘放心就好。""嗯，好，要紧吃好饭才能撑得住繁忙的工作。你去里屋歇着吧，床铺都给你收拾好了。"张大娘说给如玉。

如玉进到房间，这间房是以前朝阳两口子住的。她看到床上铺的盖的都干干净净的，好像都是新的，没有人用过的，心里感觉很温暖。她坐下来从手提兜里拿出几份报表刚准备看，就听到外间屋里有人进来。啊，朝阳回来了！如玉听到他的声音，心里有点热乎乎的感觉。接着听到朝阳的母亲问："五儿，吃过饭了吗？""吃过了。"朝阳说。又问："娘，如玉来了吗？"朝阳的母亲说："玉儿在里屋呢，她累了一天，休息了，你别去打搅她了。"朝阳没有吱声。如玉也不想出去。朝阳在屋里和父母拉呱。如玉在里间屋里也没有心思看报表了，侧着耳朵听他们聊些啥。就听得朝阳的母亲问："刘婕最近好点了吗？""嗯，还行吧，医院里给她又调整了用药。"朝阳回答。如玉心里一咯噔，刘婕病了？没有听说呢。又听朝阳的母亲说："你工作那么忙，这家里家外的都是她忙活。不然就让她娘俩回来住吧，咱还空着一间房，你们回来住，家里人多热闹。"朝阳说："刘婕觉得你和爸爸年纪大了，家里人多了就操心劳累，也休息不好。"朝阳的母亲说："人年龄大了就是愿意家里人多，你看如玉在这里能帮娘洗刷碗筷，收拾家里，我就觉得轻快了许多。做饭不是啥事，我和你爸总归也是要吃饭的。你们来了，再加上如玉在这里，做饭还是事吗？"如玉听着他们娘俩说话，心里想要是朝阳三口都搬过来住，自己还真的不适应呢。其实呢，这时候朝阳也在想，若是自己三口都搬过来住，刘婕没有问题，恐怕如玉是会退出的。但是这话不能告诉母亲，也怕如玉听到。

转天，办公室里同事们都在各自忙着。如玉从外面回来往自己办公室走，后面跟着一位税管员，他一边走一边催促如玉尽量早点把税款交上，不要耽误年终的上报数据。如玉边走边点头。进了办公室看到银行的信贷员小史坐在软椅子上，如玉笑了："史老师来了，您是无事不登三宝殿。"小史站起身说："陈主管，打搅了，您知道，每个单位都是年关难过。"说完无奈地一笑。如玉走到办公桌前放下手里的东西，去给他们倒水。银行的小史说："陈老师，您看先把利息给我们吧，我们这些信贷员年底考核需要看业绩，拿不到利息就没有奖金，没有奖金事小，不好给领导交代事大。"如玉说："年底资金紧张都不好过，不过我们会尽量地筹集钱给你们。"正说着话，经理办公室的小马过来请如玉去趟经理办公室。那位税管员和银行的信贷员都站起身，如玉对他们说："二位请回吧，你们的事不会耽搁的,这几天就把款子给你们打过去。"她边往经理办公室走边琢磨,马上年底了,肯定是施工方找领导要钱的事。果不其然,经理办公室里坐着一位施工方的负责人,他见如玉进来,起身打招呼。崔经理给如玉说:"来来,小陈坐下,咱长话短说,这不人家来催工程款了,你看看咱账上还有钱吗?先付给他们一部分款子让人家过年吧。"如玉笑了笑,看了看这位负责人说:"钱还是有点,但是不多,这不催税的、要贷款利息的刚走,他们的钱是不能拖延的,特别是税款。"崔经理说:"小陈,你给他挤出一部分来吧,不能让人家白跑一趟。""行,我尽量地给你们匀出一部分钱来,期望值不要太高,我们也是该收回的钱收不回来。"如玉对着施工负责人说。崔经理点点头。那位负责人说:"陈主管,我知道大家都在想办法度过年关,多多关照。我什么时候能拿到款子?"如玉说:"三四天以后您到财务室找出纳就行,到时候您提前打个电话确认一下,现在还不能确定具体的数目和准确的时间。"

晚上陈玉明回家,进门就闻到满屋子的香味,看到儿子趴在桌子上写作业,就走过去看了看,然后就进厨房了。妻子史可心正在炉火旁忙着,见丈夫回来了,就拿起保温桶一边往里盛汤一边说:"你回来了,咱先吃饭吧,孩子也饿了。"陈玉明说:"好香啊,煮的鸡汤?""嗯,吃过饭你把这鸡汤送到如玉办公室。她这阵子很忙,吃不好也休息不好,给她补一补身体。"史可心跟丈夫说。陈玉明说:"你这嫂子做得很好,知道关心小姑子了。""你这话说得没有道理,好像是我过去不关心似的。过去孩子的爷爷在,如玉回家有热汤热水的,现在老爷子没有了,她一个人生活,加上工作忙肯定是自顾不暇了。"史可心看了丈夫一眼说出这些话来。吃着饭史可心说:"前几天我去单位找她,想着给她介绍对象,男方在部队,是副师长,老婆去世了,有个女儿也大了。我想如玉也快四十岁的人了不能老是单着,应该有个伴相互照应,男方条件不错,人也长得挺好。"陈玉明看了看妻子说:"你这媒人做得咋样啊?"史可心说:"在她办公室里,我坐了半天也说了半天,如玉愣是一个字也不说,真急人。我离开的时候让她考虑考虑给我个信。这不,许多天了也没有等到她的信。"陈玉明说:"傻婆娘,如玉不给信就是不同意呗。"儿子宁宁听他们说话就问:"妈妈,你要给小姑姑介绍对象吗?让小姑姑住在咱们家里不好吗?"史可心看着儿子嗯了一声。陈玉明又说:"可心,如玉的心思你不懂,我也不懂。依我看如玉宁愿一辈子独身也不会随意地和谁在一起,你也别操心了。"

其实陈玉明早就看出了朝阳对如玉的一片心。他认为,如玉爱恋家明的学识渊博,爱恋家明温文尔雅,爱恋他的举手投足,还爱恋他的家庭门第,根本没有考虑朝阳的意思。陈玉明不知道如玉后来真的爱上了朝阳。

如玉后来之所以爱上朝阳，是感觉到自己其实和家明并不适合。这种不适合来自家明的父母，还有两个家庭生活环境的差异、文化的差异、思想意识的差异。虽然家明觉得这些都不是事，如玉却觉得这确实是个事，和家明的相爱是那个时代的错觉，就是有了这种错觉，自己才失去了应该得到的爱。

朝阳不一样，如玉与他从小朝夕相处，相知相依竹马青梅。曾几何时，如玉觉得这种相依是基于兄妹之情，但是随着年龄的增长，还是发觉有所不同。再加上家庭的亲密往来，其实自己与朝阳才真的是珠联璧合天生一对。朝阳虽然没有高的学历，但是他身上有着家明所没有的特质。朝阳是实干家，并且还有宽广、豁达的胸怀，对人对事物包容，他是粗中有细，自己和他结合才能得到真正的幸福——朝阳更懂自己。

年底一切工作终于圆满完成，如玉也松了一口气。她给同事们说："后天就是元旦了，大家连日加班加点很辛苦，咱们休息三天，下午早收工。本来领导说今晚犒劳犒劳财务人员。我觉得近两个月咱们确实挺累的，就推到过节以后再说。"同事们听了都表示赞同。

晚上嫂嫂邀如玉去家里吃饭，元旦期间在他们家住几天。她准备途中去果品店买几样水果带上。

史可心精心地准备了菜。陈玉明看到厨房里那么多的菜就说："可心，今晚不就如玉一个人来吃饭吗，弄这么多的菜干吗？吃不了浪费。"史可心说："还请了两位贵客。""是谁？"陈玉明诧异地问妻子。可心说："先不谈是谁，先说说你们家房子拆迁的事。"陈玉明说："不是前几天告诉你了吗？"可心说："你想想，按照拆迁的政策，你们兄妹三人可以分到两套大两室的住房，三个人怎么分呢？"陈玉明说："不是定好了吗？玉儿没有成家得给她一套房，另外一套咱们和大玉分。"可心说："一套房子两家如何分？"陈玉明说："分下房子来再说嘛，着什么急！""你找找拆迁办把其中一套两室的房子换成两套一室的房子。"可心对丈夫说。陈玉明听了妻子的话心里琢磨，可心讲得有道理。不过这一套两室房换成两套一室的房子，肯定面积就增加了，超出了应得的面积范围，恐怕不好说。他把顾虑说与妻子听，可心说："找找看，不行的话，多出的面积按市场价格拿钱也合适。""嗯。"陈玉明答应着。随后又问："今晚你还请的谁？"可心说："我们单位的同事秦兰英和她哥哥秦师长。""噢，知道了，你在给如玉介绍对象，如玉知道吗？"陈玉明问。

　　两个人正说着话就听到有人敲门，史可心赶紧去开门。客人进门，史可心一一介绍。这位秦师长的确是相貌堂堂，一副军人的气魄。不过也不年轻了，起码得五十岁左右了。陈玉明心里有点责怪妻子，为什么瞒着如玉搞这名堂，就不怕自己下不了台吗？唉，没有办法只能应付着和人家聊一聊。他一边聊一边害怕妹妹来了不高兴，让大家都难堪。

厨房里史可心在拾掇菜,秦兰英过来洗手帮忙。她问史可心:"你看我哥是不是一表人才?""是的,不然的话你也不可能介绍给我妹妹啊。"史可心回答。史可心又说:"这次让他们见面,事先我也没有告诉如玉,是怕她知道了不来,总归我妹子愿不愿意找个结过婚有孩子的人还不好说呢。再说了,两个人年龄相差多了点。要不是你一再催我,我哪能冒此风险?"秦兰英说:"要说如玉也不小了,要找个未婚的男人也不容易,一般的人她看不上,有本事的男人哪能等到快四十了还不结婚。我看如玉嫁给我哥是再合适不过了,虽然我哥比她大十几岁,但我哥人品好,有能力,有才华,个头模样都不差,而且会体贴妻子。如玉也是温柔娴静。没准他们一见钟情了。"史可心听她一番话不由得笑了,没有言语。秦兰英问:"如玉挺忙的,还没有下班吗?"

这边如玉买好了水果,边走边想,嫂子邀自己元旦期间在她家里住几天,这样的话就要给张大娘说好了,免得她老人家挂心。即使嫂子不邀她,如玉也不可能在张大娘家里过节。她还有另外的打算,就是元旦过后就回自己家里住了。过去的已经过去了,今后要适应一个人的生活。

如玉从张大娘家里出来时间就不早了,急急忙忙地往哥嫂家里赶。她事先也给嫂子说过了,吃饭不用等自己,啥时候回去就啥时候吃,自己的时间不确定。

等到了哥嫂家里，进门看到哥哥正和一位客人说话，哥哥和客人看到如玉进门，同时站了起来。如玉朝客人点点头，示意请坐不要客气。哥哥给如玉介绍："这是秦师长。"秦师长忙说："秦浩然。"嫂子和秦兰英从厨房里出来，秦兰英很亲切地对如玉说："妹妹累了吧，坐下歇歇，咱们很快就吃饭了。"好像她是主人似的。的确她们俩也不生疏，如玉感情的坎坷她都知道，她也知道如玉是位很知性的女人，和自己的哥哥是天作之合，所以她极力撮合这桩婚事。

如玉看到秦兰英的那一刻就已经明白今天嫂子设宴的目的了，她心里有点不高兴，暗暗责怪嫂子为何事先也不说一声。如玉毕竟也是顾大面的人，还是大大方方地和大家吃起饭来。其间，陈玉明怕妹妹不高兴，这心里一直在打鼓，他也不知道在席间应该说点啥。史可心一再地献殷勤，给如玉夹菜。如玉倒是很大方地说："嫂子，我也不是外人，你要多照顾一下客人才对。"史可心此时也感觉自己这一会儿有点巴结的意思，就对秦浩然说："秦师长您随意。"秦浩然让他们不必客气。陈玉明也是不断地给秦师长夹菜，他怕冷场。秦兰英在一旁打圆场，她介绍自己的哥哥虽然是军人是武将，但也是一位文学才俊，哥哥写的文章经常发表在部队的期刊上。"如玉啊，日后你要是有兴趣可以和我哥写诗填词都行。"秦兰英对如玉说。如玉笑着说："兰英姐，我可不会作诗填词的。"秦兰英接话:"如玉,我是听可心说你诗词写得好,爱好古典文学。"如玉回答:"我写的诗词上不了大雅之堂,只是闲来无事自己解闷罢了。"秦浩然接过话来问了问如玉的工作情况和喜欢看什么书。如玉也是大方地和他交流,没有怠慢人家。在交谈中如玉感觉这位秦师长并不俗气,谈吐优雅,有礼有节。秦师长毕竟是部队领导见多识广,和如玉聊文学作品也算是合拍。不过他也能看得出来,这位如玉女士对自己并没有什么感觉,只是出于礼貌和自己交谈,她平静得像一杯水,没有波澜。整场宴席下来,虽然没有冷场,但是气氛没有那么热烈,有点逢场就场的感觉。

客人们走后,如玉帮嫂嫂收拾碗筷。哥哥说:"玉儿,你歇着吧,我来收拾。今晚你们姑嫂同床。"儿子宁宁说:"爸爸,你睡哪里?""和你睡一床吧。"陈玉明回答。儿子表示不想和爸爸睡,想和小姑睡一床。如玉对侄儿说:"你都十几岁了,不比小时候在爷爷家时,小姑不能再搂着你睡觉了。长大了就要独立,和爸爸睡一床也很好啊。"宁宁听了小姑的话就说:"小姑,你让我独立,为什么还要我和爸爸睡?"陈玉明看着儿子说:"爸爸就这么不招你喜欢吗?"宁宁噘着嘴回自己的房间了。

元旦这天史可心早早起床,看如玉睡得挺香的,便小心翼翼,生怕弄醒了她。她慢步来到厨房看看早饭吃点啥,站在那里琢磨了一会儿,就拿起提桶出门去前街的粥铺买了甜沫、鸡蛋荷包、麻酱烧饼。回到家里看到如玉已经起床了就说:"妹子,你多睡会儿吧,起这么早。"如玉说:"不早了,你这都买饭回来了。"史可心把甜沫倒进锅里开火重新热了热,然后切了一盘咸菜丝。一切准备停当,就喊陈玉明和儿子吃饭。吃着饭史可心对丈夫说:"过一会儿,你去菜市场买块肉,有芹菜就买两斤,咱们晚上吃饺子。没有芹菜买白菜也行,咱家今年没有储存大白菜有点亏了,这几天菜店里的白菜都给冻了,你去了尽量地挑选冻得轻一点的。"

饭后如玉收拾碗筷,史可心收拾屋子并把一家人换下来的衣服放到洗衣盆里。如玉说:"现在院子里都安装了自来水,洗衣服方便多了。过去都是到街面上担水洗衣服,洗一回衣服需要挑几担水,衣服没有洗完人就累得没有劲了。一会儿烧点热水我给洗出来吧。"史可心说:"你不用管,咱今天不洗衣服,我只是把要洗的衣服归拢好,等哪天有空了再洗。"如玉说:"别等了,明天我要回家看看收拾一下。""啊,你回家收拾什么?"史可心问。如玉说:"过了元旦我就回家住了,不能老是麻烦朝阳他们家,老人年龄大了不能累着。"史可心说:"既是如此你就住在这里吧,现在天这么冷,家里没有炉子也没有煤炭,别冻坏了。""没有事,白天上班,下班回家就睡觉了,往被窝里一钻啥事没有。"如玉给嫂子说。"哎呀,傻丫头!屋里一天到晚的没有人,没有暖和气,被子凉凉的怎么躺得下。不行,等你哥回来他一准不愿意。"史可心先不同意了。

"妹子,前儿天和同事去逛商店买了两条围巾,纯羊羔毛的料子,那手感细腻滑润,围在脖子上挺舒服的。"史可心边说边从柜子里拿出围巾来让如玉看。如玉近前看两条围巾颜色鲜亮,摸到手里很柔软,就说:"真的很好,挺贵吧?"史可心说:"送给你一条,你看喜欢哪一条。"如玉说:"谢谢啦,这条淡粉色的吧,大红色有点艳,适合嫂子。""就知道你喜欢淡一点的颜色,不然的话我会买两条大红色的。"嫂子说。

史可心转了话题:"妹子,你看秦师长怎么样啊?""我和他不熟悉也不了解,不能议论人家。"如玉回答。史可心说:"咱也别绕弯子了,这位秦师长很想和你交朋友,想和你见个面,做个普通朋友也行。"听到这里如玉笑了笑:"我没有交朋友的想法,更没有与他结合的想法。嫂子,你给人家说明白吧,别让人家等着。"史可心听了很是无奈。她从心里觉得这桩婚事很好,如玉要是错过了,以后不容易碰上条件这么好的男人了。"妹子,你年龄也不小了,总不能单身过一辈子。等老了以后没有人照应,咱爹妈在天之灵也不安生。"史可心很是挂心地说。如玉知道嫂子的一片好心,也知道嫂子为自己的婚事操心,但是,嫂子不知道自己的心事,于是就说:"嫂子,真的很感谢你,你疼我挂念我这我都知道。这位秦师长条件是不错,人也是仪表堂堂。可他不适合我,我不过三十六七岁,去嫁给一位五十多岁的男人,进门就给一位二十多岁的女孩做后妈,简直不可想象,折煞人了。嫂子,你就别为我操心了,我过得很好。"史可心听如玉一番话,愣愣地站在那里,她知道谈不下去了,再说什么也没有用了。

下午姑嫂俩择菜,剁肉馅,忙忙活活包饺子。饺子包好了,侄儿过来要和如玉下象棋,嫂子就去厨房做菜。侄儿说:"小姑,明天你别走,在我家里住吧,我不想让你走。"如玉说:"是谁告诉你姑姑要走啊?""你和妈妈说话我听见。"侄儿回答。噢,隔墙有耳,如玉爱惜地看着侄儿,心里一阵热乎,几乎要掉眼泪。

晚上一家人正准备吃饭,传来咚咚的敲门声,陈玉明嘟囔着"是谁这时候串门"过去开门。"噢,朝阳来了,快请进。"见到朝阳陈玉明很高兴。如玉看到朝阳一点也不意外,她料想他肯定会来。陈玉明搬了一把椅子放在了自己的右侧说:"朝阳,难得你来我家,正好咱俩喝一杯。"朝阳坐下来说:"喝一杯就免了,饺子还是要吃的。"

史可心边往桌子上端菜边说:"朝阳啊,今天在老太太那里过节吗?平时你那么忙,难得见到你。"朝阳说:"是的,在我娘那里听说如玉过了元旦就回自己家住了,二老都说现在天太冷,等过了冬天再回去也不迟。"朝阳说完看向如玉。如玉没有吱声。陈玉明说:"这不刚才大家都劝她,她若是觉得老是打搅老人家过意不去,就住在我这儿,等天暖和了再说。"朝阳又看向如玉,如玉也看朝阳，四目相对，其中的意味俩人都明白。有朝阳在，如玉心里是容不下任何人的。

如玉开口了："五哥，在老太太家里住了这许多日子，二老对我关心备至，每天热汤热水早晚准备，感动得我经常暗自流泪。虽说是从小就经常得到老人家的关怀和照顾，但是像现在这样每天都让老人家费心是不一样的。他们年纪大了，长时间这样身体会吃不消的。我年轻，自己住没有问题。爹爹刚过世的时候，我的确需要人陪伴。日子长了就需要适应一个人的生活了，不能老是给大家添麻烦。明天我回去看看收拾一下，要是实在太冷，就回哥嫂这里，等过了冬天再说。"听如玉说完，大家一时间都没有吱声。小侄儿拍手说："姑姑，你明天去爷爷家看看就回来吧，那里会很冷的，姑姑必须回来。"朝阳说："宁宁很爱姑姑，希望姑姑住下来，好孩子。"大家聊了一会儿，朝阳站起身说："我回去了，如玉，有什么事咱们回头再说吧。"如玉见朝阳要走就站起身说："我送送你。"嫂子见状就拿起围巾给如玉围在脖子上。

朝阳他们出门后，史可心把丈夫叫到一边小声地说："你看到了吗？"陈玉明不耐烦地说："你怎么神神道道的，看到了什么？"史可心说："刚才吃饭的时候如玉和朝阳两个人互望的眼神有点不一样。"陈玉明说："你别瞎想，有什么不一样的？他们俩是从小在一起玩着长大的，如玉对朝阳甚至比对我这个亲哥都亲。朝阳都有孩子了，如玉要是喜欢他,还能等到今天?"史可心说:"你讲的都对,凭女人的感觉如玉和朝阳俩人心里都藏着对方。""我再给你讲一遍,不要胡说,你若是胡说会毁了他们俩。我也不能允许你。"陈玉明怒了。史可心说:"我不会乱讲的,看把你急的,就当我啥也没有说。"

这边朝阳和如玉俩人默默地走着都没有说话。半晌朝阳说:"别往前走了,不然的话我还要送你回去。"如玉说:"好吧,到此为止,我回去了。"说完如玉转身离去。走了几步发觉朝阳在后面跟着,如玉笑了。朝阳近前说:"玉儿,听我的话,今冬就住在你哥家里吧,明年上半年咱们这一片就准备拆迁了。可能都要搬到楼上去住。现在没有必要再去重新收拾那冰冷的屋子了。""噢,咱们这一片的居民会分到哪个片区呢?"如玉问朝阳。"可能是市区的北边居民新苑,那一片平房早就拆了,新的楼房马上完工,而且全部都是五层的板楼。等那里的楼房盖好,咱这一片老旧平房立马拆。咱们都会搬到那里去住。"如玉说:"噢,前几天我哥给我说我们家按照拆迁协议可以分到两套大两室的房子呢。""嗯,你们家由你哥作为代表和拆迁部门协商并签协议。"朝阳又说:"玉儿,一个人生活有点苦。"如玉苦笑一下说:"五哥,你说得很对,以前觉得一个人生活很是孤独,最近想开了,孤独是人的归宿不可抗拒。"说完她脸上现出了平静和淡然。

如玉还是趁着放假回了自己家,这里是她从小到大一直居住的地方。这个大杂院里已经没有过去的热闹景象了，老一辈的人有的离世了有的随着儿女住了。当年的小姑娘大部分嫁人了，小伙子也都娶妻了。李嫣的父母还健在，仍然住在这里。如玉特地去看望了老人家。从老人那里得知李嫣在美国已经有了一双儿女，刘金铭在一所大学任教，同时还在做数学研究工作。如玉听了不由得心生羡慕。

如玉站在自己家里环顾一周，墙面灰暗，四壁寒冷，家具老旧，中堂的八仙桌蒙上了一层灰尘，那个摆在条几上的座钟不停地哒哒地响着。八瓦的电灯泡稳稳当当地挂在桌子的上方，如玉在它的照耀下不知道完成了多少作业。父亲的床铺上整整齐齐还是原来的样子，只是上面盖上了一个大床单，以防灰尘。如玉知道这是姐姐来家里收拾的。走进自己的房间，如玉看到窗台上那两盆文竹依然翠绿茂盛错落有致地生长着，它们像是山中的青松，又像是层层云雾缭绕于仙境中的玉树。如玉知道这也是姐姐浇过水维护过的。

她把桌子上的书一本一本地翻看了一遍，然后用干毛巾把上面的灰尘拂去，又把抽屉里的书及日记本、照片等等拿到桌子上来。照片很多，她仔细地看着那些照片，里面有小时候和父母亲的合照，有哥哥姐姐小时候的照片，还有上小学的时候三好学生和班主任的合照。看到这些照片，如玉很是怀念那时候的生活环境和老师同学们相互之间的情谊。她记得五年级结束的那年夏天，马上就要放暑假了，班主任要与班里本学期评上三好学生的同学们一起合影留念，那个时候城市里的照相馆不多，需要走比较远的路，当大家高高兴兴地来到照相馆准备拍照时，老师看到如玉穿的布鞋前面露出了脚指头，就给摄影的师傅说最好别把如玉鞋子上的洞拍下来，当时如玉的个头矮点需要站在前排。那位摄影师点点头。

大家盼望的照片终于拿回来了，如玉鞋子上的那个洞明显地显现在相片上，并且那个洞里的脚指头伸出来露在外面。为此她觉得很不好意思。每当看到这张照片如玉总是感觉有点遗憾，但是看到同学们个个笑容灿烂，天真快乐的样子，也就遮去了鞋洞的问题带来的烦恼。如玉沉浸在对往事的回忆里。她没有觉察到有人进来，继续翻看照片。她拿起一张和家明去公园玩的合照，看了一会儿就把照片扣在桌子上了。然后继续翻，没有找到要找的那几张。她拉开另外一个抽屉，从里面拿出一枚信封，打开信封从里面拿出几张相片，正是要找的那几张。是年轻那会儿去上海出差时在十里洋场照的，照片里她挽着朝阳的胳膊依偎在他的侧面，俨然一对情侣。当时家里人看了照片都说照得好，如玉也是如藏珍宝似的单独收好。她看着看着流泪了。这时候身后的人说："我进来好一会儿了，你却不理我。"如玉听到这声音吓得手里的相片掉在了桌子上，脸色都变了。稍一缓她就知道是谁了，回过头来责怪地看着那个人:"五哥,你进来也不吱声,把人吓坏了。"朝阳说:"我是敲门后才进来的,你太专注没有听到罢了。"如玉说:"你怎么来了?"朝阳拿起桌子上的相片,默默地看了一会儿,半晌没有吱声,眼泪似有似无。他把相片放到桌子上,声音有点沙哑地说:"我娘知道你今天回家,让我来请你,中午去老太太家里吃饭。"如玉看到了朝阳的表情,心里觉得苦苦的,她提醒自己此时不能多想,便用平静的声音说:"你告诉老太太,一会儿我还要出去给哥嫂买东西,中午跟他们说好了等我吃饭。""那就不勉强了,我给娘说一声。"朝阳没有坚持。如玉问:"刘婕身体还好吗?听说她好久没有上班了。"朝阳点点头说:"她的心脏病较之前有点加重。我娘很是担心,让我们回家住,好有个照应。医生让她多休息。"如玉听了就想自己不在老太太家里继续住下去是对的,老太太肯定疼爱自己的儿媳妇。又问:"以前在一起工作的时候没有发觉她有这个病啊,这是啥时候得的病?"朝阳说:"是啊,我也不知道她怎么就长了心脏病。给她请了省里有名的心内科专家,医生给她看了病,又问了她家里老一辈人的情况,告诉我可能是有家族遗传倾向。"如玉说:"她家里父母有心脏病史?还是祖上有这样的病情?"朝阳说:"这个不好说。年轻那会儿身体好,有点病也不碍事也不觉得,随着年龄增长就显现出来了。玉儿,给你说了你也别往心里去,我觉得应该给你说一下。刘婕的心思太重,自从知道了你选择独身生活,她这心里就没有平静过,一会儿觉得你过得有点苦,还挺挂着你,一会儿又觉得我会时常想着你,不爱她了,爱的是你。我多次给她说,我既然与她结为夫妻,那肯定是爱她的,让她不要多想,至于你这里呢,不牵扯爱不爱的问题。我说你现在一个人生活,如果有事情我还是要帮助的。刘婕也是一会儿明白一会儿糊涂。在她心里希望你找一位合适的嫁了。玉儿,我也是一样,希望你找到归宿,也了却我的心事。"

如玉听了朝阳一番话,久久没有说话,也不知道应该说什么。她忽然觉得刘婕的病莫不是因为自己而得。天哪!真的是这样的话,自己好事没有做成,却成了别人的心病。她的脑子乱成了一锅粥,语无伦次地给朝阳说:"你回去告诉刘婕,我已经有了意中人,是位军人,准备今年五一结婚,请她放心,好好养病,到时候参加我的婚礼。"朝阳被如玉的一番话惊呆了,不知道如玉说的是实话,还是乱说一气。他深深地吸了一口气,缓缓地说:"玉儿,你不要多想,我不该跟你多说。其实大伙都希望你找到幸福,有好的归宿。"如玉说:"现在的归宿就挺好的,你们不要瞎操心,过好自己的日子就行了。"

元旦假期很快过去,上班的第二天接到税务局的电话,如玉就去了税务局,税管员说:"陈主管,你们单位上年的税款没有交齐。"如玉感到诧异:"年前所有的税款统统交齐,并没有亏欠啊。"税管员说:"欠缴所得税。"

如玉说:"噢,这事啊,我们前两年都是亏损,今年有盈余,按照财务制度年底可以自行补亏。"那位税管员领着如玉去见他的领导,那位领导颐指气使,态度恶劣,坚决不同意弥补亏损这样的程序,他说:"有了利润就要缴纳税金,往年的亏损不可自行弥补。你们财务有财务的规章制度,我们税务有税务的制度,在纳税这个问题上要遵循税务规定。"说着还拍了桌子。如玉见这位领导竟然拍桌子,气得不知道说啥好了,也和他对拍,拍下去才意识到自己傻了,这手疼得不得了。见无法和他沟通就问税管员:"你们所里有做过会计工作的税务人员吗?"一会儿他叫来了一位女税管员,如玉问她是否熟悉财务核算制度,她说之前曾在会计师事务所里干过几年。如玉就把事情说给她听。那位女税管员非常懂得财务核算这一块,就对如玉说:"你做的科目,弥补以前年度的亏损是对的,当年利润可以补亏。但是需要事前报税务局审批。"这件事情由于如玉事前没有向税务局报批,也算是工作的失误吧,不过补缴税款这事税务局由此就不再提了。

第十一章　青灯相伴抚琴人

朝阳调到省里侨办部门工作以后,比起主政一方时轻松了许多,没有了过去那种忙忙碌碌。之前每天一上班工作就安排得满满的,总是有许多的事情等着他去处理,很少能在办公室里坐下来看看报纸。就是下了班回到家里,那电话也是不断地响起。

朝阳是忙惯了的人,在办公室里坐下来就觉得浪费时间。因此他会经常到基层走一走。刘婕倒是很高兴,她说:"人不能老是处在忙碌之中,干到一定的年龄就应该退居其次,现在的工作不是那么紧急,也没有硬性的指标,这是件好事情。"她让朝阳慢慢地适应。朝阳也觉得需要一段时间去适应新的工作。

朝阳爱上了书法,自己买了许多的宣纸,还买了大小粗细不同的毛笔。朋友送了临摹的碑帖,其中有隶书《张迁碑》、魏碑《张猛龙碑》、楷书《颜勤礼碑》、行书《寒食帖》等。刘婕说他贪多嚼不烂，让他选一种最喜欢的字体练习，不要一会儿写这种字体一会儿又写另外一种字体。

朝阳还在书房里安放了一张案桌，在家里只要是有空就临摹写字。有时候也约上两三好友话书法。刘婕知道他是在努力地适应闲下来的日子，因此从来也不去书房打扰，而且自己也不懂书法，没有办法和他交流。有一天下午朝阳还没有下班，她就想着去书房整理一下拖拖地。进书房一看地上铺满了纸张，上面全是写的毛笔字，那阵势连脚都插不进去。她把地上大大小小的纸张收起来放到案桌上。案子上也是铺满了写有毛笔字的纸，她想仔细看看朝阳到底写的啥便凑过去，只见其中一张纸上写着：

浣溪沙

［宋］晏殊

一曲新词酒一杯，
去年天气旧亭台。
夕阳西下几时回？
无可奈何花落去，
似曾相识燕归来。
小园香径独徘徊。

刘婕不懂表达的是什么境况，但是从字面的意思看好像是有点无奈和孤独的感觉。她初中都没有读完，从农村回城以后，忙着怎么吃饱肚子。后来跟着朝阳做买卖更是赚钱为主要，一门心思帮助朝阳做生意，赚到更多的钱。那时候看到如玉抽时间就看书还觉得没有用。等嫁给朝阳以后就是以家庭为主，抚养孩子照顾丈夫，以孝敬母亲公婆为己任。现在想起来她觉得自己好像是欠缺点什么。她忽然想，要是如玉看到朝阳写的诗句，一定明白其中的意思，也会明白朝阳写这诗句时的心境。她看到案桌的一边有几本书摞在一起，拿起来看了看，是唐宋诗词之类的书。其中有一本书，书的扉页上写有"某年某月陈如玉赠"。刘婕笑了笑，把书合上了。她还真的不知道朝阳啥时候喜欢上诗词了。她知道朝阳进入政府部门工作后，为了提高自己的文化水平，先后读了本科和省委党校的研究生，本科学的理科，研究生学的工商管理，不曾学过文学类的课程。她马上觉得肯定是受如玉的影响，如玉就喜欢写个诗词用以显示自己的与众不同。

这些年来刘婕已经不那么惦念如玉了，一来呢，年龄也大了，儿子都上大学了；二来呢，和朝阳夫妻几十年，深知朝阳男子汉大丈夫，有责任有担当；三来呢，许多年过去了，如玉基本不与朝阳往来。最重要的是，朝阳的母亲临终前放心不下如玉，曾单独把如玉和朝阳夫妻叫到床前嘱咐，说如玉命苦，一个人生活不容易，让朝阳经常关心帮助她，不能让如玉掉到地上。还嘱咐刘婕把如玉当作妹妹一样看待，不要想太多。说他们家和如玉家是深交的老邻居，互相帮助多年，希望刘婕多多地理解朝阳。当时刘婕听了老太太的一番话，觉得这老人家别看平时不言语，却是什么都看得明明白白的。刘婕当时就表示自己会关心如玉的，让老太太放心。

老太太走后这两年的时间里，刘婕和朝阳基本没有见过如玉。不是不想见，而是如玉总躲着他们。有时候刘婕主动让朝阳去看看如玉，朝阳说给她单位打电话打不通，要么没有人接电话，要么电话打进去了接电话的人说如玉出去办事了。刘婕心里琢磨着过几天去如玉家里一趟，不管怎么着也要见见她，免得有负老太太的嘱托。

刘婕在书房里一边琢磨着一边拖地，不一会儿听到开房门的声音，知道是朝阳回来了。朝阳进得门来看到刘婕在书房里拖地，铺在地上自己写上字的宣纸没有了，再看案桌上堆得满满的，他一边脱外套一边给刘婕说："不是给你说过吗，不要收拾书房，我自己来就行。我怎么放怎么摆都是有规矩的。你照顾好自己的身体就好了，别累着了。"他说着就把刘婕手里的拖把拿过来放到卫生间里去了。刘婕知道朝阳不喜欢别人动他书房里的东西，就说："其实我是不想收拾的，看着你的书房太乱，写字台上一层灰，所以才帮你清理一下。"朝阳没有吱声，在卫生间里洗手洗脸。

刘婕进到厨房准备做饭，朝阳说："别做饭了，今晚老王请客,咱俩一块去。"刘婕问:"哪个老王?"朝阳说:"书画院的王院长,他说了很多次了,我也愿意与他拉拉家常,说说书画。"刘婕说:"我还真的不能去,今天是周六,晚上儿子回来。儿子住校一周挺辛苦的,得犒劳一下他。"朝阳嗯了一声随后说:"忘了这茬了,我自己去吧,人家还专门嘱咐让你也去的。"

刘婕在厨房里把做好的排骨放到灶台上,随后拿起饭盒盛上满满的一盒排骨,盖好后给朝阳说:"今天是周末,各单位都会按时下班,一会儿你顺道把这盒排骨给如玉送过去。"朝阳说:"算了吧,我去过几次明明感觉家里有人,却怎么也敲不开门。要不你去送?"刘婕说:"我还真的想去看看如玉,等儿子回来吃过饭,我去送吧。"朝阳看看厨房里的菜准备得很是丰富,鱼、虾,还有排骨,这排骨可是儿子的最爱。刘婕做的红烧排骨那是真好吃,所以儿子每逢周六晚上必然回家吃饭,就是让这排骨给拽的。"我去了,儿子回来告诉他,爸爸有事不能和他一起吃晚饭了。"

儿子晨曦回来了,一进门就喊:"爸,妈,我回来了。"没有看到爸爸就问:"妈,爸爸还没有下班吗?"又说,"妈,在学校里我就闻到了咱家排骨的香味。我是一路循着那股香味来到了家里。"说完自己笑了起来。刘婕说:"馋猫鼻子尖,你们学校的食堂不是每周也做一次排骨吗,至于馋成这样吗?"晨曦说:"学校食堂做的排骨就像是在水里泡的,怎么能和妈妈做的相比啊!妈妈做的红烧排骨那是色、香、味俱全。再说了这选材也不一样啊。"刘婕说:"儿子你先自个儿吃吧,今晚爸爸有事,妈妈想着给你玉姑姑去送点排骨。"晨曦说:"我去送吧,正好许久不见玉姑姑了,想她呢。"刘婕想了想觉得让儿子去送可能会成功,因为如玉很喜欢晨曦,据儿子说如玉隔一段时间会去学校看望他。

晨曦骑上自行车一路飞奔到了如玉居住的楼下,这里是很大的一片楼群,都是五层楼高,居住的大多是拆迁户,是当年最早拆迁的那一批。晨曦的爷爷奶奶曾经住在这里,所以晨曦对这一片还是比较熟悉的。他抬头往上看,如玉的房间里有灯光。他噔噔噔一气跑上了三楼,敲响了西户的门。里面没有回应,又敲了几下,还是没有动静,也没有人开门。晨曦想,不对啊,明明在楼下看到屋里有灯光。于是又敲门,还喊着:"玉姑姑,我是晨曦,给我开门吧,我来看望姑姑。"喊罢,稍等片刻房门打开了。如玉看到晨曦分外地高兴,她拉着晨曦进到屋里说:"诚儿,你怎么来了?"晨曦的大名叫张诚,如玉总是习惯喊他诚儿。晨曦说:"玉姑姑,今天是周六,我们晚上没有晚自习,所以回家吃饭。妈妈做的红烧排骨,让我给姑姑送点来。"如玉说:"你还没有吃饭吧?在姑姑这里吃吧。""不行啊姑姑,妈妈还等着我呢,我还要回去啃骨头呢。"晨曦说着笑了。晨曦看到窗户边上的三抽桌上台灯开着,灯下有许多的稿纸和书籍。他好奇地走过去想看看姑姑在写什么,只见稿纸上面圈改批画密密麻麻地写了很多字。他看了一会儿,问道:"姑姑是在写小说吗?我还以为姑姑在写工作总结呢。不过你这稿纸上修改得太多,我看不明白姑姑写的什么样的主题呢。"如玉笑了笑:"诚儿,姑姑是在试探着写小说,这文章的开头总是写不好,改来改去的不尽如人意。"晨曦说:"是的,写文章开头很关键,文章头开得好,就能吸引读者,使他们读下去的意愿更大一些。""嗯,诚儿说得好,大学生就是不同,有很好的见解。日后还要请诚儿给写个前言后记的呢。"如玉给晨曦说。晨曦说:"那可不敢当,等姑姑写好了,我要第一个拜读。"晨曦看到三抽桌的旁边有一张琴,问道:"姑姑,这是什么乐器啊?姑姑会弹吗?"晨曦很好奇地把盖琴的套子拿开,觉得这乐器有点像古筝。如玉给他说:"这是古琴。"晨曦说:"古琴?我只知道有古筝却没有见过古琴。从我很小的时候家里就有一个乐器,妈妈告诉我那是琵琶,妈妈总是把琴擦得干干净净,却不曾弹过。有一次我一再要求,妈妈才弹了一曲,很好听。姑姑弹一曲让我听听吧。"如玉说:"好吧,不过呢,我学琴的时间不长,可能弹不好。"如玉弹了一曲《良宵引》,自己感觉弹得很好,主要是想在侄儿面前露一手。晨曦听完曲子说:"姑姑,我也听不懂,感觉不如琵琶好听,而且声音那么小。"如玉说:"你的感觉是对的,古琴的声音和别的乐器不同,确实声音不大。琴曲大都来自古文人所写的诗词，诗人们或忧或喜都在诗词和琴曲中表现了。"晨曦说："古诗词我也读过，却不曾知道还可以弹成曲子。"如玉说："再早是先有曲子再根据曲调填词，词意必须与曲子的声调贴切起来才行。写词的人就需要通达乐理知识，这是比较难的。"晨曦说："不容易，能根据曲调填词而且需要词达曲意，这人得有多高水平。"如玉说："诚儿，你看过《张之洞》这部书吗？"晨曦说："书没有看过，知道这部书是晚清三部曲之一，是一位湖南的作家写的。"如玉说："是的，张之洞就是填词高手，他不仅诗词写得好，而且还精通乐理知识。"晨曦说："那是肯定的，古人没有写文章写诗词的本领怎能做官呢，但是能做到通晓乐理知识的官员不多。"如玉点头："是的，记得上学那会儿老师讲到作文考试的问题，说高年级的学生有一次考试，老师在黑板上写考试题目，'文章'二字刚刚写完，有位考生就动了笔，把这俩字当成了作文的考试题，埋头写起'文章'二字的论述文来了。这位考生文学了得，论文写得是有理有据。可待他抬头准备交卷时傻眼了，黑板上写着文章的题目：×××。这个事告诉我们在考场上一定要沉住气莫慌张。"晨曦说："这位考生太着急了，等老师在黑板上把试题写完整以后再动笔也不迟啊。"如玉继续说："就是这样嘛，干什么事都不要着急，还是慢一点好。"又说，"琴的制作工艺不同，导致它声音比较小，有许多人不喜欢听这种古琴的声音。"晨曦好像明白一点姑姑的意思了。他觉得姑姑孤独寂寞需要有一种乐器陪伴,但是又不喜欢那种张扬的声音,所以选择了这种声音比较小的乐器。他把自己这种理解说给如玉听。如玉笑了笑:"诚儿所说有一定的道理,但是没有完全理解姑姑。"

晨曦走后,如玉就坐在了书桌前,准备把之前的思路写下来。她觉得写一个人也好,描一件事情也好,写作技巧是不可忽视的。文学作品是源于生活高于生活,要在实际生活中去摸索去体会,去塑造人物形象。她正在用心地思考着,就听到开门的声音,姐姐来了。姐姐手里端着一个小盆,上面盖着盖,她正从锁孔里往外拔钥匙。如玉见状就说:"姐,你喊一声我去开门,免得不小心碰掉盆子砸着脚。"惜玉笑了笑说:"妹子,给你拿来了韭菜猪肉水饺。"她一边说着一边打开盆盖,热气腾腾的饺子香气撩人。如玉就要用手捏一个水饺吃,被惜玉打手说:"先去洗手,坐下慢慢地吃。"如玉洗过手就吃起来,还不住地说"真香真香"。惜玉看吃相就知道她是真的饿了,就说:"这煮的第一锅水饺就给你送来了,你慢慢吃吧,我走了。"如玉说:"姐,厨房里有一盒排骨你拿走吧。"惜玉走进厨房从灶台上拿起饭盒,感觉有点温度,打开香气四溢,就问:"这排骨做得很香,是从饭店里买回来的?"如玉说:"刚才晨曦送过来的,我不喜欢吃这么油腻的东西,你拿走吧。"惜玉略微一顿说:"他们两口还是挂记着你,你以后也没有必要躲着他们，这么多年过去了，都是快退休的人了。前几天朝阳还找到我问你的情况，还说去你家里就是不给开门。"如玉不置可否。

按当时的拆迁政策如玉兄弟姊妹分得两套大两室的房子。哥哥姐姐都同意如玉单独住一套，另外一套姐姐和哥哥平分，每家一间。姐姐觉得在一起也不好住，就跟哥哥商量把自己家住的一套一间半的平房给哥哥，换了那一套两大间的楼房。当时哥嫂都很乐意，毕竟也不吃亏，哥哥眼光长远，他知道像惜玉家住的这种老旧平房迟早会拆迁的。只要是拆迁，分到的房子肯定要比原先的住房大一些，要多于这一间半房子的面积。这样呢，惜玉就和如玉住在一个小区里前后楼。如玉也借了姐姐的光，姐姐隔三岔五地送饭来给她吃。

姐姐回家了，如玉吃饱了就拿暖瓶倒了一碗水慢慢地喝着，忽然想起来前几天单位的同事给自己说有一个美国电话找陈如玉。当时如玉没有在单位，对方让转告陈女士美国梅约诊所的孙医生给她电话。但是对方没有留电话号码。如玉在美国没有认识的朋友，所以她觉得一定是家明打来的。可是这么多年和他并没有联系，他是怎么知道自己单位的呢？算了，不去想这些让人心烦的事情，有时间还是用来构思自己将要开篇的文章吧。

去年如玉离开大开发回到了原单位工作。当初离开单位的时候是办的停薪留职手续，那时候市里的大开发可是事业单位,也是有编制的,回归原单位也是理所当然。即使这样仍然遇到了不少的困难,她递上申请以后许久没有批下来。她去单位找过几次得到的答复是"正在研究,耐心等待"。姐姐让她找找朝阳,她没有找。她之所以离开大开发主要是感觉年龄大了,那里的工作担子重,自己感觉精力不如之前,不久还要面临退休,不能硬撑着了。好在她的申请终于批下来了,为此她还高兴地请姐姐一家吃饭庆贺。席间姐姐说:"这是值得高兴的一件事,凭你一己之力是办不下来的,应该感谢朝阳才对,你抽空请朝阳吃饭吧。"如玉听姐姐一番话知道是姐姐找过朝阳,不然的话哪有后来的顺利呢。姐姐还说:"朝阳对你对咱们家多年来照顾有加。咱哥的儿子没有考上本科,专科毕业,还不是朝阳给安排到电力部门去了。我们家妮妮护理专科毕业,自己投了好几份简历都没有成功,还不是朝阳知道了给安排到市里的医院做护士。"

听姐姐说到这些如玉也觉得应该感谢人家朝阳了。这十几年自己做到了不回首,不挂念,不往来,一心扑在工作上。工作之余看书,包括历史小说、散文诗词等。为了把诗词写得好一些,她还去新华书店买了许慎的《说文解字》一书,用来提高自己运用文字的能力。她做的所有这一切都是为了避免自己陷入寂寞孤独之中。

次日,如玉在办公室里整理一些会议纪要和单位之间的往来函件等。回到原单位后,她没有接财务工作而是被分配到行政办公室。这对她而言正合心意,她觉得自己已经不需要那么忙忙碌碌了,静下心来做点喜欢的事情,或许能给余生添点彩。别人下班都是紧忙地往家里赶,她从来都是不着急回家,工作也是有条有理的,最后一个离开单位。有时候还会在办公室里看一会儿书。

她一边忙着手里的事情一边在构思着自己的文学作品。办公室的女孩田甜走进来说:"陈老师,有人找您。"小田甜的话音刚落,就见一位中年女士站在了门口。此人胖胖的,面容白皙。如玉看看这位女士感觉并不相识,心想或许她找错人了。对方也看着如玉,一脸的笑容,并没有说话。如玉点点头很有礼貌地说:"您找我吗?请进,请坐。你我相识?"对方走进办公室并没有坐下来,说道:"老同学,真的不认识了?"她这一开口,如玉觉得声音有点熟悉,但是想不起来是谁的声音了。如玉打量着对方,迟疑地问:"你是?你是?"对方说:"看来我的变化有点大,我是慧兰呀。"如玉不敢相信,说:"和我印象中的慧兰相差甚远,你真的是慧兰?"对方说:"还有假吗?"如玉说:"你的变化大了点,我一时没有反应过来。你的声音略显成熟,体态圆润,脸型也不是咱们在一起时候的瓜子脸了,圆圆的脸型谁敢认呢。这要是在马路上遇见你肯定是认不出来。不过看起来你生活得舒心惬意。"慧兰笑了笑说:"是啊,别人也说我变得臃肿,像个老太太了。不过呢,我的女儿都快嫁人了,我能不老吗?也该是老太太模样了。"如玉问："你变化这么大,应该能想到我会认不出你来吧?"慧兰："当然了,就是想着惊你一下。唉,从结婚就忙家庭,有了孩子就把心思都放到孩子身上了,几乎没有自我了。也难怪你不认识我了,这在我的意料之中。"如玉说："你先坐会儿,我把手里的活儿弄完,咱俩回我家好好地聊聊。今晚不许走了,住在我家里。"慧兰点点头,高兴得脸颊红红的。这真是,红颜知己再相见,往事历历一瞬间。

  如玉给同事说了一声,就提前一会儿离开了单位。两人一路走着一路说着,如玉问慧兰："这些年你也没有和我联系,我也不知道你的联系方式,今天你是怎么找到我单位去的?"慧兰说："这次回来是到我家的房子里看看,准备找人打扫一下卫生。回家一看,虽然家里的家具都蒙的蒙盖的盖,但是常年没有人住,灰尘遍布,蜘蛛网连接。因为我着急想见到你,就跑到你们家原先住的地方,可是到了那里发现和过去完全不一样了,原先的平房都换成了楼房。这到哪里去找你?我犯愁了。幸好早就知道你在机关上班就找过去了。"如玉说："噢,这说明你虽然一直没有和我联系,却在关注着我。"慧兰说："当然,没有和你联系不等于不挂念你。关注你是真的,关注生我养我的家乡也是真的。这里有我的童年、少年和青年时期的生活痕迹和好同学,承载了我人生中最美好的回忆。"如玉说："嗯,还算有点良心。说说你的情况吧,为什么要打扫家里的卫生？又不住了费那个劲干吗？待不了几天住我家不好吗？"慧兰说："嗯，是的，就住你家，我本来也是这样打算的。"她俩边走边拉。如玉说："这许多年你过得一定很好吧，不然怎么把老同学忘得一干二净呢。"慧兰说："不可能忘了你，这年龄愈大就愈是想念青春年少时的同学了。只是女人结婚后就把家庭放在首位，忙得没有时间想来想去的。本科毕业我就工作了，没有继续读研。我爱人希望早点完婚。他觉得男人有了家庭就有了责任，就有了往前发展的劲头。我们成婚以后，他一路硕博连读，还去了澳大利亚深造。回国后先是进入银行工作，其间被派到国外的办事处干了一阵子。后来进入基金公司，又回到银行。唉，总之这一路下来虽然辛苦却是事业有成。有了孩子以后他就让我辞职做起了全职太太，全职太太甚是辛苦，既要照顾孩子还要照顾丈夫，弄得我一天到晚蓬头垢面，干不完的家务活。唉，总之一言难尽。"如玉说："别给我诉苦了，辛苦并快乐是女人的幸福生活。你所答非问。"慧兰笑笑："不给你诉苦又能给谁诉苦呢？这回见到你就是预备好了一肚子话说给你听的。"

慧兰说："我父母在美国生活了一二十年，年龄越大就越想祖国。这不近些日子就和我哥商量着要回国回家乡，哥哥不同意，觉得他们二老年龄太大了，回来没有人照顾不行。怎奈拗不过二老，就和我商量让二老回国住在北京，由我照顾。我倒是没有问题，孩子也大了，我也没有啥事。可是给二老一说他们坚持回咱们这里来,他们说这里有他们的老同事、老朋友,有乡情。其实都这么大年纪了,这老同事老朋友还能有几人在呢?这人老了就容易怀旧。二老说了,不需要我照顾。可是我不照顾谁照顾,都八十多岁的人了。我先过来看看,找人打扫一下卫生,买点生活用品,看情况再说吧。"

两人说着就到了家,回到家里都有点累了,如玉说:"你先歇会儿,喝点水,暖瓶里有热水自己倒吧。我看看咱俩吃点啥。"慧兰说:"你也别做饭了,刚才在楼下看到有小餐馆,咱俩稍作休息出去吃吧。"她说着就把房间看了一遍。如玉把房间收拾得非常整洁,家具也不多,简简单单。慧兰问道:"你这张三抽桌是上学那会儿用的那张学习的桌子吧?"如玉说:"是的,它陪伴我几十年,情同姐妹。"慧兰又问:"你屋子里的家具好像都是伯父当年用的,看到这些旧家具就想起伯父。"如玉说:"是为了留个念想,也是舍不得扔掉这些家具。虽然样子老旧可都是真正的木头做的,都很结实。这张八仙桌子可是当年父亲用小推车从老家拉过来的,当年父亲和叔叔分家的时候,什么也不要就要了这张桌子,我怎能弃之。"慧兰觉得如玉怀旧的心思有点重,暂时还不想触及往事,以免俩人都伤感。

如玉戴好围裙准备做饭,慧兰不想让她做饭,就说:"你坐下,我有许多话要与你拉呢。"如玉说:"饭后再拉,这么多年有的说呢。再说了有人陪我，做饭也有劲头。否则的话，晚饭我就凑合了，这是沾你的光了。"慧兰听她这么说，心里的滋味不好受，她觉得如玉一个人过得有点苦。

不一会儿的工夫如玉就把饭做好了，慧兰闻到了饭菜的香味。摆上桌，一盘芹菜炒肉丝，一盘清炒土豆丝，还有一碗西红柿鸡蛋汤。如玉说："我就会做这些家常菜，就这些简单的饭菜平时都懒得做呢。今天贵客临门不能慢待。"

饭后天色尚早，慧兰说："我俩到楼下走走吧，你做的饭菜好吃，我吃多了，出去消消食吧。"

小区的西边有一条小河，河水弯弯曲曲由南往北流去，据说最后流进了大海。谁也没有去考究是否流进了大海还是流进了臭水沟。俩人沿河慢慢走着，轻轻的话语无穷无尽，像是要把几十年攒下来的所经所历全部倒出来。

天色已暮，繁星闪耀。慧兰望着穹窿之上那一轮明月，忽然问如玉："古人为什么把月亮称为清蟾呢？月亮怎么也不会和蟾蜍挂到一起啊。"如玉笑了笑："你肯定是读过周邦彦的词《过秦楼》，他就是把月亮比作清蟾。据说古时候的人能看到月亮上有蟾蜍，故把月亮称为蟾宫。"慧兰说："嗯，古时候的人眼力好，想象力很丰富，也很会编造。很多故事都是古人根据想象编出来的，但是今人仍然愿意听那些故事。"如玉说："是啊，古人编造出很多美丽的故事,就是这些美丽的故事丰富了他们的精神生活,让人们有着许多的生活盼望和向往。"

正走着如玉停住了脚步,慧兰不解地看着她。如玉说:"你听,有琴声。"慧兰也停下脚步,竖耳倾听,远处隐隐约约传来了琴声。慧兰说:"你耳朵很灵适合学琴。这琴声宽阔,有洪钟之声,似是弹的琴曲《普安咒》。在家里看到你也有一张琴,就知道你喜欢琴,正想着问问你是跟着谁学琴呢。"如玉说:"我同事的妈妈会弹,她家里有一张琴,同事告诉我那是七弦琴,很古老的琴。她妈妈弹了一曲让我听听。听到琴声我就把心系在了上面。那声音让我震撼,还没有乐器的声音让我如此着迷。同事的母亲看到我痴痴的样子,就让我抽空去她家听琴并且给我讲琴谱,后来还帮我买了琴。"慧兰听了如玉的一番讲述,认为这也是奇缘,有缘才能相遇。俩人拉着呱不觉走进河边的小树林,见一老者坐在那里,琴放在腿上,一边抚琴一边哼着曲调,自弹自醉。那老者见有人驻足听琴,停下来跟她们打招呼:"二位女士喜欢听琴?"慧兰说:"您弹得好听,您继续弹吧,不打搅您,我俩听一会儿。"老者继续弹琴。俩人听了一会儿,如玉说:"琴曲变了,不似刚才。"慧兰对如玉说:"你听出是啥曲子了吗?"如玉摇摇头。慧兰说:"这是《梅花三弄》。"如玉问:"何以三弄?"慧兰解释:"《梅花三弄》就是同一曲段在不同的徽位上,用泛音连弹三次,用以表现梅花在寒风中次第绽放的精神。"如玉说:"想不到你还是行家呢,对琴曲如此通晓。我只知道有《梅花三弄》这支琴曲,并没有听别人弹过。"慧兰说:"行家倒是谈不上,上大学的时候宿舍里有一位女生会弹古琴,她把家里的一张古琴拿到宿舍里,时常弹琴给我们听。据她说家里的古琴有历史了。由于她的琴经常在宿舍里放着,引起了我的兴趣,我也时常地让她教我识谱教我弹琴。一开始不过是好奇罢了,也没有感觉古琴好听。跟同学学琴的时间长了,还真的喜欢上这种琴声了。"如玉说:"一会儿回家你给我弹一曲听听。"那位弹琴的老者听慧兰一番话,就说:"也是有缘人,何不弹一曲?"慧兰说:"谢谢老师,抱歉!"慧兰推辞,和如玉离开了那里。

慧兰在如玉家里住了几天,白天去爸妈的房子里看着保洁人员打扫卫生,晚上回到如玉家里,一连几天下来也是比较累。如玉在这几天里也是下了班就去菜市场买菜,回家就忙着做饭,尽量把饭菜做得可口一些。说实话许多年以来她很少为了做饭而忙里忙外的,这都是为了慧兰。

这天晚上两个人吃罢饭就闲聊起来。慧兰说:"这时间过得真快,当年你我年少时的境况仿佛还在眼前,这一晃再见面你却不认识我了,想来这心里不是个滋味。我外貌的变化很大,这也是不可抗拒的。可是你除面貌有点沧桑之外这模样还是那么清秀,身形基本没有变化。这老天爷怎么就这么优待你呢?"如玉笑了:"没有想到你是那么不知足。老天爷眷顾的是你呢。你生活富足,爱人体贴,没有任何压力，一副雍容之态，惹人羡慕。"慧兰说："你这样说让我心里略感欣慰，可是女人不管多大年龄都很在乎容貌。上初中那会儿班里的同学都妒忌咱俩，说我俩好得快成一个人了，整天在一起不知道拉什么呱。那时候正值青春年少情窦初开，有时候咱俩就会谈到将来找一位啥样的对象。你说你喜欢有知识有修养有胸怀的人，我说我喜欢英俊有修养有文化有见地的男孩子。"如玉说："是啊，那时候我们年少，向往美好，对一切都满怀憧憬。我比不得你，在人海茫茫中很快就不知道如何行走了。现实生活中需要吃饭需要穿衣，需要为了生存而奔波，就把仅存的那点痴心都磨掉了。记得刚工作那会儿有一天上夜班，班组里一位男生和我聊到看小说的问题，那时候可看的小说不多，许多小说都禁看了。这位男生偷偷说给我，他有一本书，书名是《谈谈爱情》，问我是否想看，当时我真的想看，主要是爱情这两个字眼在那个年代是禁止提起的，所以觉得爱情很神秘，能探探这个神秘东西是很诱人的事情。我拿到这本书后翻开一看，书的内容是写苏联共产主义青年团组织的，针对年轻人结婚以后，由于家务事出现的家庭矛盾。书的主题思想是引导年轻人婚后正确处理夫妻关系，分担家务事，处理家庭矛盾，还举了一些年轻夫妻闹家务事的例子，内容很健康。

"第二天厂领导在车间里召开全体职工大会，会议内容讲的啥我都没有听清楚，在开小差呢。会后班组的同事小黄问我：'你看的那本书领导是怎么知道的？'我有点蒙了，无以回答。小黄接着说：'刚才会上领导讲有的男生把淫秽书籍给女生看，说这件事情很严重，要引起重视。'我沉默了，因为那本书根本就不是什么淫秽书，既然领导没有点名也没有找我谈话，就当不知道吧。"慧兰听了如玉的讲述，沉默了一会儿说："这人心叵测，总有人会在旮旯里窥视别人，再向领导汇报，以取得领导的信任好得以升迁。此种人可恶可弃。"如玉说："你的生活一帆风顺，没有在底层工作过，所以你不会经受这些事情的。"慧兰说："哪个阶层都有那种投机的人物，只不过投机的阶梯有区别罢了。"

周天如玉休班，早上两个人睡到八点钟才起床，如玉对慧兰说："你来的这些天一直在忙，看你疲乏的样子应该歇歇了。今天咱俩去公园玩玩，顺便在外面吃饭。"慧兰站在床前伸伸懒腰，然后说："我来的时间不短了，要回去了。我订的下午的车票，咱吃过午饭我就准备去车站回北京了。"如玉听她说要走心里真的有点不舍。慧兰说："等我爸妈回来以后咱俩就会时常相见了。到那时我会经常到你家来，就像我们上学时在一起谈天说地。"

和慧兰在一起的一周时间里如玉的心情是那么愉悦。白天上班就琢磨着晚上做什么饭，买什么菜。两个人晚上说说笑笑的，让她的生活不再寂寞。虽然她知道慧兰很快就要离开，但是她仍然很享受在一起的时光。如玉没有多说什么,把她送到了车站,并且嘱咐慧兰再回来的时候要提前打招呼,好去接她。

如玉送走了慧兰,回到家里竟然不知道应该干点什么了,坐在那里怅怅的。她在回想那几天和慧兰谈到的许多事情,其中慧兰也问到了当年自己为什么和她哥哥分手。慧兰说她哥哥回到美国许多年都没有找女朋友,父母问哥哥如玉为什么和他分手,哥哥总是说不知道。其实如玉明白他父母希望自己主动提出和家明分手,这话不能说罢了。慧兰告诉如玉,家明四十岁还未成婚。后来,在父母的催促下总算完婚了。慧兰的嫂子比家明小十几岁,也是留美学医的华人,两个人还挺恩爱的。有一次慧兰的嫂子拿着一张照片问慧兰上面的女孩是谁,慧兰拿过照片看了看,愣住了,问嫂子是怎么得到那张照片的。嫂子说是在哥哥的书里夹着的。慧兰给嫂子说女孩是自己的初中同学,是哥哥的初恋,不过都十几年过去了,嫂子要是在乎的话就把这张照片给她。最终嫂子还是把那张照片放回去了。如玉听了慧兰一番话,并没有太多的反应。其实自己也有家明的照片。这只是当年的一段经历罢了,并不能说明什么。她没有给慧兰解释什么,也不能说什么。如玉向慧兰提到,前一阵子家明好像给单位打过电话,不知道有什么事情,也没有留电话。慧兰说:"这件事情我也不清楚,但有一点,哥哥知道了你至今未婚。哥哥可能是比较挂念你为什么选择单身。"慧兰问如玉:"你是不是心里还有我哥哥,是为了我哥哥选择单身的吗?"如玉不知道如何回答她的问话。

如玉想来想去整个下午都提不起精神来,这和慧兰在的日子形成了反差。下午姐姐叫如玉去她家吃饭,正好如玉也没有在家做饭的意思,就去了。姐姐他们问到了家明的情况。如玉告诉他们慧兰在的这几天,她俩没有提到家明。任亮不信,还想问点什么,被姐姐制止了。

晚上如玉觉得懒懒的想早早睡觉,转念又把琴的盖布拿开,弹拨了几根琴弦觉得音有点不准,调音后慢慢地弹奏,进入到曲子里去了。这是如玉找到的最好的调节心情的办法,也正是有了琴作伴她才不会感到那么孤独。

正是:

窗外月明清风远,

帐前青灯抚琴人。

原以此生无所挂,

奈何心底有旧痕。

这心底的旧痕,她一辈子也抹不掉。

几个月后的周一上午,单位照常召开例会,会后如玉在办公室里整理会议记录。有人敲门,"请进!"她觉得进来的人应该是送报纸的,所以没有理会,仍然低着头整理。忽然感觉到来人坐在了对面椅子上,她抬头看,愣住了,说:"你……你怎么来了?也不事先说一声。""我路过这里就进来了。"朝阳回答。如玉看着他,觉得他肯定有事。这时,如玉单位的郑主任正好走进来,看到朝阳在,赶忙打招呼:"老领导,稀客,也不通知一声就过来了。"说着两个人的手就握到了一起。朝阳说:"没有什么事,路过你们这里过来看看如玉。"郑主任知道他俩以前是邻居,俩人是从小一起长大的。郑主任和朝阳说了一会儿话就出去了,临出门和朝阳约好中午一起吃饭,一再说要赏光。

郑主任离开后,朝阳给如玉说:"下午下班后,我去你家里坐一会儿。你要是不嫌麻烦的话,我在你那里吃晚饭行吗?"如玉看着朝阳有点不解,迟疑了一会儿问道:"为什么在我家吃饭?你要是想去坐一会儿也无不可,这……吃饭,想吃的话也行,只能凑合吃。"朝阳笑了笑:"凑合就行。"

一会儿郑主任又过来了,说:"老领导,我约了几位老友,他们听说您来了都希望和您一见,就在单位旁边的酒店,咱们过去吧。"

朝阳和郑主任走了,如玉思绪有点乱。她在想朝阳为什么突然来找自己,而且晚上还要去家里吃饭,事先也没有打个招呼,是不是有什么事?

下午下了班如玉去菜市场买了点菜,在楼下碰到了姐姐。她给姐姐说晚上朝阳要过来吃饭,请姐姐过来做饭,并且让姐夫过来作陪。姐姐说:"晚上我们俩都有事情,朝阳也不是外人,你自己做饭吧,他也不会在乎吃什么。"

如玉回到家就开始忙起来,戴上围裙,洗菜,洗肉,焖米饭。她把买的新鲜对虾放到盆里接上水,准备做白灼虾,她觉得白灼省事。她把一切都安排妥当,就等着朝阳进门后开始炒菜。一会儿的工夫电饭锅里的米饭就焖好了。她断掉电源,坐在椅子上等。

直到掌灯时分才听到有人敲门,她起身去开门,朝阳站在门口,手里提着一个大提盒,边进屋边说:"有点事耽误了一会儿,司机小周给买了两份菜,这样呢,你也别做菜了。"说着就把提盒放在了饭桌上。

朝阳去洗手,如玉把他脱下的外套挂起来。她给朝阳说:"五哥,你既是到我家里吃饭,干吗还带着菜来?我又不是管不起你饭。"朝阳说:"你上一天班也挺累的,简单点不好吗?"如玉说:"这样吧,你在这里坐一会儿,我去把刘婕叫来一块吃,这路也不远,一会儿就回来了。"朝阳摆摆手不让她去。如玉起身拿自行车的钥匙准备出门,朝阳见状就说:"玉儿,刘婕不在家里。"如玉侧身看着朝阳有点不解:"她去哪了?晨曦不是还没有出国吗?不可能去陪读吧。"朝阳支吾了一下,随后说:"刘婕住院了。"如玉心里一震,她知道前两年刘婕因为心脏病住过一次院,看来心脏又出问题了。如玉说:"是因为心脏的问题吗?"朝阳点点头。如玉说:"这样吧,咱们先吃饭,饭后你去医院吧。到周末的时候我去医院看望刘婕。"朝阳点点头,随后说:"刘婕有人陪护,她不让我陪护。她给我说很想见见你,想和你聊聊。"如玉明白了,怪不得朝阳要来家里吃饭,肯定是受刘婕之托。

两个人吃饭的工夫,朝阳给如玉讲了许多自己近期学习书法的心得体会。他讲,当一个人全身心地进入到书写里面,自然就心静如水,不起一点波澜,这真的是一种解闷的好办法。如玉说:"写字画画,如果不是为了赚钱而来,那确实是修养身心的好办法。现在最重要的是想办法锻炼身体,愉悦心情。转眼间我们都老了,还是多多地关心自己的健康。"朝阳点点头:"哪天有空把我写的字拿来你给评判一下。"如玉说:"我不会写毛笔字,怎能评判?"朝阳说:"会看就行,过去主政一方的时候每天都忙得很,回到家里就不早了,看到床倒头就睡,没有时间做点额外的事情。现在不那么忙了,而且接触了一些书画界的朋友,就觉得写字也好画画也好是一种好的去处。特别是写的字自己感觉可以和书法家相媲美,真的很愉悦。"如玉说:"你的钢笔字写得就很好,刚劲有力,草书字体。很多人见了你写的钢笔字都很佩服,说见字如人。"朝阳说:"过去批文件往往批下去了,别人又找回来说有几个字不认识。没有办法以后就一笔一画地写。"他又说,"玉儿,受你的影响,早些时候我就喜欢读唐宋诗词了。不过还是不能写作,这诗词写起来忒费脑子,斟词酌句没有一定的文字功底是办不了的。"如玉笑了："无须创作什么诗词之类的东西，把书法写好就不简单了。诗词之类的东西是需要多读古人的作品，还需要弄懂格律之类的规矩，确实挺费脑子，干吗费那事？有那些工夫多多地练习毛笔字就好。写诗词要把汉字的运用及意思吃透才行，还要看诗词大家们对于写作的讲解。看的书多了自然就会写了。"朝阳说："有时候真的有许多的感慨，要把所想所念浓缩于诗词中去表达太难了。读的唐宋诗词也不少，也知道一点平仄对仗之类的要求，可要创作诗词真的做不到。写毛笔字的时候写点古人的诗句还是可以的。"如玉说："我看许多画家的作品上面都是借用古人的诗句，表达画面里的意境很贴切。诗可以是一幅画，画也可以是一首诗。"朝阳说："是的，是的，我看你写的诗词挺好的。"如玉笑了："你还是不懂，我写的诗词只能自己看自己解闷。若是懂行的人会提出许多的不足之处。这东西没有深入的学习和深厚的文学底子是不行的。"两个人正聊着，朝阳的电话响起。朝阳接了电话就给如玉说要去医院，匆匆走了。他走后，如玉琢磨是不是医院里有什么情况，但愿刘婕平平安安。

第十二章　来来去去皆是缘

　　心内科病房里病人住得满满的,护士们忙着给各病房送药,输液。如玉找到医生办公室想问一下刘婕的病情。她敲了一下医生办公室的门,里面有应答,她就推开门进去了。"医生您好。"如玉礼貌地打招呼。这位医生见到如玉忙起身很客气地说:"陈老师,您怎么有空过来了?"如玉一看这位医生是自己同事的爱人就说:"李主任好,今天打搅您来了。我是来看望一位姊妹的,她在这里住院。""噢,是哪一位?在几号病房?"李主任问如玉。如玉回答:"我还真的不知道在几号病房,她叫刘婕。""知道了,是张主任的爱人,她在楼上的特诊病房,我带您去看看吧。"李主任回答。如玉说:"李主任,如果可以的话,我想知道她的病情重不重。"李主任问:"你们是好朋友?""是的。"如玉回答。"嗯,她的情况比较重,这不正与她的家人商量做手术的事情。"李主任说。"做手术是必须的吗?"如玉问。李主任点点头。如玉噢了一声,心里想现在的情况自己不适合与她聊,最好先不和她见面,等手术做完了再说。她对李主任说:"既是这样就先不打搅她了。您忙吧,谢谢!等她的情况好点我再来。"她辞别李主任就回到了单位。

这边医院的病房里,刘婕躺在床上,面色苍白。朝阳坐在病床前和她说着治疗的事情:"苗苗,这一两天咱做个小手术,很简单的手术。"刘婕问:"啥手术?"朝阳说:"就是放个支架。"朝阳不想给她说得那么仔细。"噢,你觉得行就好,由你做主。"刘婕表现得不在意的样子。一会儿刘婕问:"晨曦留学的事情办好了吗?""正在办理之中,有几个挺好的学校发来了录取通知书,晨曦正在考虑选择哪一所学校呢。"朝阳回答。说到这里两个人沉默了。过了一会儿刘婕说:"有点想儿子了。"朝阳说:"那好办,明天给他电话让他过来陪你一天。""算了算了,他现在既要忙着毕业考试,还要忙着留学的事情,不容易。既然没有告诉他我住院的事情,干吗还要他来呢?这不是让他分心嘛!"刘婕有点急。朝阳安慰刘婕让她不要担心儿子,安心治病就好了,儿子来看看也耽误不了他的事情。护士进来测体温,量血压,同时嘱咐病人少说话多休息。

如玉来到中行的后台交易室,询问银行工作人员人民币兑换美元的行情,银行工作人员在给她讲解着。最后她决定用人民币换一点美元,为晨曦出国出点力。她把钱小心地收好后走出了银行的门。

她一边走一边琢磨要事先给晨曦打个电话，约好哪天见面。如玉知道晨曦已经选择了去美国留学，据说那所大学还是不错的，学校图书馆的藏书之丰富令人向往。如玉告诉他要不辞辛苦把证书拿下来，不要辜负了爸妈的期望。如玉把晨曦当作儿子一样对待，她希望晨曦一切顺利。

如玉这一路都在沉思，不知不觉回到了单位。单位领导在找如玉，看见如玉回来就说："正好，你过来一下。"如玉进了领导办公室，主任说："如玉，这不有两个去深圳学习的名额，考虑到你和计划处的老张过两年就退休了，名额给你们俩，争取一下你们的意见。"如玉略微顿了一下说："领导，我非常想去深圳看看，可是最近家里的事情多点，一时无法分身。谢谢领导，等下次机会吧。"这位领导有点不明白，他觉得如玉孑然一身，不会有什么事情，但是不能冒昧地问。

如玉回到办公室就拿起电话向同学询问飞往美国的航班情况和机票价格。其实这些事情她完全不用操心，有晨曦的爸爸办理就行了。可是呢，如玉就愿意操心，愿意为晨曦多做点事情。前几天朝阳曾说过，晨曦出国的时候想请如玉把晨曦送到北京。这正合如玉心意。平时很难和晨曦有较长时间的相处，她很想趁晨曦出国前多与他待在一起聊聊。这孩子挺懂事，从小就不用爸妈操心，小学到初中在班级里成绩总是名列前几名,长大后知道玉姑姑一个人生活孤单,有时间就陪玉姑姑聊聊,让玉姑姑给他做饭吃。如玉要是日子多了见不到晨曦就很想他。

刘婕在病中不能操心过多,因此晨曦出国一应的用品都由如玉操持,她在小本子上记录的所需物品已经很齐全了,可是仍然一遍遍地审核,恐怕落下哪一件。

周日晨曦过来,看到玉姑姑准备的物品那么多,就说:"姑姑,这些东西带上飞机会超重的,还是少放点吧。"如玉说:"诚儿,姑姑想好了,大部分的东西放到大行李箱里托运,只要不超重就好,还有一部分东西放到小的行李箱里你随身携带或者托运都可。姑姑还给你买了一个小挎包,系到腰间,一系列的票证放到里面既保险又方便拿出来。"晨曦觉得玉姑姑想得很周到,不过带的东西确实有点多,于是就把电热水壶和一个小的电饭锅拿出来了。如玉再三地说:"出门就是要带的物品多一点,以免在外为难,带出去用不着的话也没有事。若是在那里买不到所需用品,生活起来就不方便。再说了咱们习惯喝热水吃热乎饭,外国的人却习惯喝凉水冰水。所以必须带一个电热水壶,带上电饭锅平时可以煮点面条之类的。"晨曦听姑姑一番话觉得不能拂了她的心意,就说:"好吧,姑姑说需要带什么就带什么。"如玉听晨曦表了态,高兴得很。她把所有物品收拾好了就准备看看中午和晨曦吃点啥。晨曦说:"我不在这里吃饭了,最近忙着办理各种事情,在家里待的时间比较少,我回家和妈妈多待一会儿。妈妈的病情时好时差让我担心。本想着今年先不出国,爸妈都不同意。妈妈让我放心,说她没有事情多休息休息就好了。"如玉说:"诚儿,好孩子,你放心地去读书,把书读好了你妈妈就放心了。再说了,我和你惜玉姑姑会经常去照顾你妈妈。"

晨曦从如玉家里出来直接回家了。如玉这边去了单位给慧兰打电话,把晨曦留学的事情给慧兰说了,让慧兰在北京订一晚的住宿,要好一点的酒店。慧兰一再地邀请如玉住在自己家里,说家里有空余的房间可住。如玉感谢并推辞。

事情办理妥当了,如玉也松了一口气。她回到家里坐在椅子上发呆,忽然觉得肚子咕咕直叫,想了想这都过午了还没有吃饭呢。于是进厨房煮了一点面条,放上点酱油和香油就吃起来。正吃着姐姐来了。看到如玉在吃面条而且一点菜都没有就有点心疼地问:"玉儿干吗这么节俭?中午过来喊你去吃饭,你去哪了?"如玉吃完最后一筷子面条擦擦嘴:"姐,我去单位给慧兰打电话,让她帮忙在北京订一晚的酒店住宿。"姐姐看了看如玉:"唉,你送晨曦去北京也是应该的,刘婕身体不好,病歪歪的,身边离不开人。朝阳托付你去送他儿子是最好的选择。我这几天也是经常地过去照看刘婕。他们如果需要的话我会天天去。噢,对了,刘婕给我说想见见你,和你聊聊。"如玉说:"知道,朝阳说过了,等晨曦出了国我就过去看看她。这几天有点忙。"

七月中旬天气很热,朝阳的心情也是焦躁不安。他很怕失去妻子,虽然经过多方治疗,但妻子的病情并不见好转。他深恐哪一天刘婕离开自己。刘婕对朝阳说希望儿子出国前多和自己待在一起。她心里经常地缠绕,既不舍得儿子离开自己,又觉得不能耽误儿子学业前程,还不能让儿子看出自己的不舍,以免给儿子增加负担。

晨曦出国的日子临近了,朝阳叮嘱儿子:"你妈妈很想多和你待一待,最近要是没有重要的事情就别出去了。"晨曦也是把和同学们的聚会都推掉了,尽量在家里与妈妈多拉呱,聊一些让妈妈开心的事情,给妈妈煮面条炒鸡蛋,洗衣服拖地,收拾家里,想尽办法让妈妈高兴。他知道妈妈对自己有多么不舍,之所以不表现出来,也是怕自己出去后会挂念她。但是晨曦不知道,他在家里干的活越多,妈妈对他就更加难舍难离。

在北京机场候机大厅里,如玉和晨曦在等着慧兰。一会儿慧兰急匆匆地过来了。晨曦上前说:"阿姨好。""好孩子。孩子啊,出门在外要照顾好自己。行李都办好托运了吗?"慧兰问。"办好了。"如玉回答。慧兰领着他们俩进了贵宾室等候。慧兰说:"如玉,一会儿检票的时候咱俩一起进去把晨曦送到飞机前。"如玉问:"你我能进机场吗?"慧兰说:"我爱人都给机场的人说好了,检票的时候会有人在一旁照应一下。检票后咱们进去,不坐机场运载人的大巴,里面有一辆轿车把咱们送到飞机跟前。等晨曦上了飞机,咱俩坐那辆轿车回我家里。"如玉说:"感谢你爱人想得如此周到。"

晨曦踏上了飞机的梯子,回头跟她们招手。如玉一边招手,这眼里就流出了泪水。慧兰看看她说:"老同学,怎么看晨曦都像是你的儿子呢。"如玉给慧兰说:"要不咱俩看着飞机跑起来再离开吧。"慧兰看看如玉,摇摇头,拽着她上了车驶出机场。在路上如玉问慧兰:"伯父伯母几时回来?"慧兰说:"还得一阵子,头里妈妈身体不好,哥哥劝她等着身体恢复健康再回来,这事就暂时搁下了。"

晨曦离开家的当天,惜玉担心刘婕挂念儿子会心情不好,便给丈夫说:"这两天我去朝阳家里照顾一下刘婕,就麻烦你下班回家做饭了。"丈夫表示这是应该的。他觉得刘婕也是挺惨的,儿子优秀,丈夫事业有成,自己的身体却如此地差。这位夫人是:有福不能享,有苦能担当。当年她跟着朝阳干个体的时候,那是又能吃苦又能打拼,也算位女强人。现如今,唉!

一整天刘婕都挺好,情绪也没有什么变化,还和惜玉聊天,聊到了许多过去的事情,没有提及儿子。惜玉就怕她提起晨曦。但是她吃饭比较少,好像吃饭是负担。走路也有点喘,惜玉让她多休息少说话,现在还不能过多地活动。

下午刘婕睡着了，惜玉把阳台筐子里的脏衣服拿到卫生间去洗。一边洗一边想刘婕这身体状况让人担忧，一旦有个好歹后面的事情不可想象。朝阳几十年来忙于工作，刘婕伺候得他舒舒服服的。万一，唉！她越想心里就越发不安。好半天才把衣服洗好了，就想着晚上给他们两口儿包点馄饨，她从冰箱里拿出肉来准备剁肉馅。为了不影响刘婕休息就把厨房门关上了。一阵子忙活包好了一盖垫馄饨，她走出厨房想看看刘婕有没有睡醒，没承想刘婕已经在客厅里坐着了。刘婕见惜玉忙来忙去很是过意不去，就说："惜玉姐，歇歇吧，让你受累了。赶明儿你就别过来了，在家休息吧。让我妹妹在这里住几天，等我身体恢复了就好了。"惜玉说："你别客气，这点事就别麻烦你妹妹了，她还上着班。我退休在家里也没啥事，正好来和你做个伴。"两个人正说着话，朝阳下班回家了。他进门看到刘婕坐在那里，关心地问："今天感觉可好？"那眼神充满了爱意和挂念。刘婕回答："很好，谢谢你挂念，累了吧？"眼睛里也充满了幸福和爱惜。惜玉看他们两口相互挂念着很是感动，但不知道朝阳的这份挂心能延续几时。朝阳转向惜玉说："惜玉，让你受累了。"惜玉看看朝阳，感觉自己眼睛有点湿润，于是向着朝阳摆摆手就去厨房做饭了。

惜玉回到自己家里，任亮和女儿还有婆婆在看电视。她的婆婆虽然年纪大了可是身体很硬朗。这一阵子惜玉为了照顾刘婕，有时候不在家里，婆婆就给他们爷俩做饭。

尽管任亮不要母亲干活，可是老太太疼惜儿子，觉得儿子下班回来再做饭太累了。有时候孙女下班早就抢着做饭收拾屋子。女儿看惜玉回家就起身接过妈妈的手提包，并把妈妈脱下的外套挂起来。"妈妈在伯父家里吃过饭了？"女儿问。"嗯。"惜玉点头。女儿又问："伯母的情况怎么样？"惜玉没有吱声。任亮感觉妻子情绪有点不太好，他起身给惜玉倒了一杯热水，待惜玉洗完手过来就递给了她。老太太见状起身去了房间，女儿也跟着奶奶去了。

任亮问妻子："是不是刘婕的情况不太好？"惜玉点头说："刘婕的身体状况不容乐观，朝阳回家对刘婕满心的挂念和忧心的状态，让我看了心里很不是滋味。两个人相互惦念着的情景催人泪下。"任亮说："千万不要把自己的担忧在他们面前表现出来，你只管照顾好刘婕，让她心情好就好了。我知道你是个内心脆弱的人，有一点事情就能把你撂趴下，人家还没有如何呢，你这里先就不行了。可能刘婕的病情没有你想的那么差呢。"惜玉说："但愿你说的是对的，不过任亮你得打好了长谱，我会长期地去照顾刘婕，直至她身体康复。咱家老太太虽说身体很好，这家务事你还要多多承担。"任亮说："你去照顾刘婕是应该的，家里的事你就别管了。"

如玉从北京回来后先给朝阳通了电话，告诉他一切顺利不要挂心，等晨曦到了美国会跟家里通电话的，然后在电话里问了问刘婕的病情，说过两天就去家里看望刘婕。

一晃两年过去了。

一架飞机在深圳宝安机场着地，乘客们纷纷站起来从行李架上拿自己的行李。如玉对同事说："先坐一会儿吧，人挤人的不好走。"

他们一行五个人出了机场就寻找来接机的人，老远就看见有人举着牌子，上面写着领队老郭的名字，彼此打了招呼，大家上了一辆中巴车直奔酒店。他们这次来到深圳主要是参观学习，看看深圳的城市发展面貌和改革开放给深圳的老百姓带来的红利。他们一行由市区两级的相关人员组成，到了深圳就与相关部门进行了接洽。

晚上吃过饭大家各自回到房间休息。领队事先告诉大家明天早上吃过饭先集中学习，听接待处的人员讲讲深圳是怎样从一个小小的渔村发展成为今天这样的一个现代化的大城市的，以及深圳广大群众奋力拼搏的精神，同时发给每个人一张在深圳这几天学习参观的时间安排表。领队还告诉大家在深圳学习参观完成以后就会去珠海。

第二天下午学习结束，如玉在等电梯回客房时看到一位同样在等电梯的女士。如玉和她四目相对，那女士笑了，说："真是无巧不成书，如玉姐，没有想到在这里遇上你。"如玉一怔，接下来也笑了："柳雨！真的是你？太巧了，天地之大，都越不过缘分二字。"两个人别提有多么高兴了。"你住在几楼？"如玉问柳雨。柳雨说："十楼。"如玉说："那就更巧了，同层。"然后又说："这样吧，我们各自回房间洗个澡,晚饭你我一块吃,咱们也二十多年没有见面了,在一起好好地聊聊。""好啊,好啊。"柳雨连连答应,并且说,"深圳这个地方夏天太热了,就是遮阳伞都遮不住烈日炎炎,出去一趟就汗流满面。"

如玉回到房间正准备进卫生间,电话响了,看看号码是姐姐打来的,接起电话她给姐姐说:"姐,我正准备洗澡呢,一会儿给你打过去。"那边姐姐说:"好吧。"

如玉从卫生间里出来,从行李箱里拿出自己带来的吹风机,就站在镜子前吹头发。

桌子上的电话响起,她接起来,是领队叫她去餐厅吃晚饭。如玉给领队说:"领导,我请假,刚才碰见一位多年未见的朋友,我俩约好今晚一起吃饭,叙叙旧。""嗯,请自酌吧。"领队给她说。

如玉收拾停当正要出门,门铃响起来,柳雨来了,俩人商量着去哪里吃饭。柳雨说:"这里有西餐厅,咱们去吃西餐吧。那里人少比较清静,环境不错。"如玉也喜欢清静,正合心意。

西餐厅里人不多,不仅清静还有轻音乐相伴,置身其中心情特别放松。如玉问柳雨:"看来你对这家酒店很熟悉。"柳雨说:"来过两次。"柳雨给俩人各点了一份牛排,然后把菜单递给如玉:"如玉姐,你看看再点几样菜吧。"如玉说:"我可是头一回吃西餐,也不知道吃啥好,你看着办就行。"柳雨也没有客气。如玉说:"今晚我俩吃饭是小事，主要是和你聊聊。这么多年过去又在深圳相遇，这说明你我缘分不浅。"柳雨说："是的呢，世界说大很大，说小也算小，有缘千里能相遇。如玉姐，你来深圳旅游吗？"如玉说："我们单位组织来深圳学习参观，顺便看看城市面貌。柳雨，你呢？"柳雨回答："我和爱人商量着想在这里买套房子，朋友约着过来看看房源。"如玉听了就觉得柳雨一定很有钱，不然怎么会在这里买房子呢。其实她倒是不关心柳雨买不买房子，她很想知道柳雨的爱人以及柳雨是做什么工作的。如玉问："你爱人在深圳吗？"柳雨说："他在北京家里没有过来。"如玉问："这一晃这么多年过去了，今日相见，很想知道你大学毕业在哪里工作了。你爱人是你大学同学还是工作中的同事？"柳雨笑了："都不是，如玉姐，你猜猜他是谁，或许你还是知道他的。"如玉说："猜不着，你的同学同事我怎么会认识呢？"柳雨笑着说："你还记得当年我俩在上海你开的书店里相遇的事情吗？"如玉回答："不会忘记的。"柳雨又说："还记得我说的下乡插队的那个村里的老支书一家吗？"如玉说："记得，你就别卖关子了，直截了当地说就行了。"柳雨说："齐志刚是我爱人。"如玉瞪大了眼睛，噢了一声，然后问："他是老支书的儿子？"柳雨点头。如玉有点不明白："你读了大学，他在农村，你们怎么能结合到一起呢？"柳雨说："如玉姐，这姻缘的问题其实是很奇妙的，只要是俩人心相通，无论如何老天爷都会成全的。"如玉还是不能理解，她觉得一个是知识分子，一个是没有读过几年书的农村人，这生活理念、生活习惯、为人处世，以及对问题的理解都不一样，怎么能走到一起？柳雨见如玉一脸蒙就给她讲："当初我考上大学，离开前的一个晚上，志刚向我表达了爱意。他说等我离开以后，他就跟着镇上的一位包工头去北京干活。"当时我问志刚去北京干啥活，他说北京的建筑工程很多，城市里都在搞拆迁工程，拆了平房盖楼房，还有商业大楼、楼堂馆所都需要做内部装修。如玉问："看这阵势他成功了？"柳雨说："志刚当时讲，自己一定会在北京干出个样来，等挣着钱就去上海找我，如果挣不着钱就不去找我。"如玉说："今天看来他不光挣着钱了，还挣了大钱。"柳雨笑了："不过他是个能吃苦的人，装修这种活又脏又累，还需要有一定的技术才行，他边干边学不怕吃苦。有时候一天下来就吃一顿饭，常年不按时吃饭，甚至挨饿，就落下了胃病。为了保证工程质量，他一个人要学会干多种活，有些比较细致的活都是他自己干。用高质量的工程换来别人的信任，后面才能拿到活。他跟着镇上的装修队干了两年，也积攒了一些经验和人脉，然后自己回家乡拉起一帮人在北京注册了公司单干了。这单干需求人的地方多了，其中的苦难可想而知。"如玉听得入了神："柳雨，志刚挣着钱就去找你了？"柳雨说："没有，有一次我去北京出差，就想着看看他的情况。到了北京先找到了他们原先的公司，他们告诉我志刚的地址就找过去了。"如玉问:"见到你他会很高兴。"柳雨说:"是的,不过当时他的情况不算好,处于低谷时期。有些活需要先垫资,他的资金有限,就需要和人家协商。所以揽到的活也不如别人多。当时他给我讲,困难是暂时的,后面会调整策略,改变思路。"如玉说:"不用问了,现在都证明了。你现在在哪里工作?"柳雨说:"研究生毕业就留校当老师了。"如玉问:"还在上海吗?"柳雨说:"后来结婚就到北京去了。早些年志刚在上海成立分公司,我俩在上海生活了一段,后来还是回北京居住了。志刚喜欢在北京居住,那里朋友多。"如玉还有不明白的事情,他们俩不同道,平时说话能拉到一起吗?如玉间接地问了一下,柳雨说:"这个问题很简单,我虽然多读了几年书,可原生家庭与志刚是一样的。他父亲是农民,我养父是城市里的穷人,从小生活的环境差不多。在一定程度上还不如志刚的家庭呢。所以我俩生活在一起没有障碍。平时我喜欢听他讲一些公司里的事情,他说自从把公司的名字改成'齐雨装饰有限公司',公司的效益就蒸蒸日上。"如玉不明白,问道:"为什么呢?"柳雨说:"起初我也不明白,就问志刚,志刚讲,雨代表水,说是我给他带来了好运。齐就是大家齐心,齐这个字代表公司的全部人员。大家有钱一齐挣有活一齐干,共奔富裕之路。"如玉听了不住地称赞:"公司名字是志刚的姓和你的名,放到一起很有意义。名字好听,起得好,难怪你们的生意发达。你们俩的爱情是一段人生奇缘,也算是竹马青梅。齐志刚是一位有思想有勇气的人。"柳雨说:"我俩结婚后,他忙着干活,经常加班加点,俩人很少能坐下来说说话。有一个周日,志刚难得休息一天,晚上孩子睡觉了,我俩就聊起来,忘了厨房水龙头开着呢。当时想着和志刚说一会儿话就去洗碗,水流开得很小,时间长了家里就水漫金山了,楼下邻居都找来了。我俩忙活了好半天才把地上的水清理干净。"如玉听着感慨地说:"你们夫妻也是前世的缘今世的果。"

俩人聊到很晚才回房间休息。

次日吃早餐的时候如玉问:"郭队,咱们今天参观什么地方?"郭队说:"主要是选一些有代表性的地方,还有展览馆等。"如玉问:"去华侨城吗?"郭队说:"去不了,时间不够。"队友们都说华侨城大峡谷应该去看看,好不容易来了不去看看很遗憾。郭队说看看时间再说吧,行程计划里没有这一项。

白天大伙转了一天,都被太阳炙烤得不行了。即使走很短的路还打着遮阳伞,仍然感觉在火上烤着一样。好不容易参观结束回到酒店,都忙着进房间洗澡以缓解酷热。

深圳夜间的空气没有白天那么热了,同伴们约着去商场逛逛。酒店边上有一个商场,里面人很多,熙熙攘攘。据酒店里的服务员讲,夏天里人们白天都怕太阳晒,尽量不出门,而是选择晚上出门逛商店。商店一般都延长营业时间到深夜。

同伴们饶有兴致地逛着,其中有给家里的男士买剃须刀旅游鞋T恤衫的,如玉也买了一把吉利牌的剃须刀。同伴问她给谁买的,如玉眼皮都没有抬起,也没有回答。如玉还给姐姐和嫂子分别买了衬衫和裙子。

在深圳几天的学习参观结束了。一行人到了珠海,下午入住酒店。在珠海没有安排必须学习参观的项目,大家可以分头行动,看看珠海的城市面貌。

电话响起,是姐姐来电,如玉接起来,电话那头的姐姐说:"玉儿,你一直没有给我回电呢?"如玉说:"姐,那天忘了给你回了,等想起来的时候就是隔天了。我觉得你也没有啥事,不然的话你会再给我打过来的。"姐姐沉默了一会儿。如玉问:"姐,你怎么不吱声了?"电话里姐姐叹了口气:"唉,参观考察结束了吗?你快回来了吧?"如玉有点不解地问姐姐:"为何叹气?""我这一两天就回了。有啥事就说吧。"姐姐又沉默了一会儿说:"玉儿,前几天,就是我给你打电话的那一天,朝阳住院了。"如玉一听有点蒙,心想是不是自己听错了,就问了一句:"姐,你说啥?"姐姐在那头说:"朝阳住院了。"如玉这次听清楚了,她说:"姐,我出发的前一天他还好好的,怎么就突然住院了呢?住在哪个医院?"姐姐说:"省医。玉儿,你不要着急,现在你姐夫和咱哥轮流在医院里照顾他,单位办公室的同事也在。本来不想告诉你,想等你回来再说。哥哥和嫂嫂都让我给你说一声。"如玉说："我现在就给领队说一声，争取能拜托酒店的人员给我买上今晚的回程机票。"

早晨六点多钟飞机起飞，几个小时以后如玉抵达了家乡的机场。她急忙去看是否有大巴可以坐。还好这一趟航班的乘客都是到市区的，大巴还是有的。她坐上了大巴，车在市区定点站停下。她步行往家里赶，总是距离家也不远了。

回到家里也快中午了，这个时间还不能给姐姐打电话，她知道这会儿姐姐应该在准备午饭。她进到卫生间里洗漱完毕换好衣服，就躺到床上闭了一会儿眼睛。本想着好好捋捋头绪，可是什么头绪都捋不出来，脑子一片混乱。

时间到了中午一点多，如玉和姐姐通了电话，相约一起去了医院。她们来到了医院的保健病房。

朝阳正坐在病房的软椅子上看报纸，旁边有司机收拾东西。朝阳看到如玉进来，脸上显出了高兴的表情，就问："玉儿出发回来了？"如玉说："是啊，回来了。"朝阳又问："啥时候回来的？"如玉点点头没有回答。朝阳又说："出发挺累的，在家里休息一天吧。"如玉说："这才几天没有见面，你就跑到医院里来了。"惜玉见状就对如玉说："你今天就在这里照顾朝阳吧，我先回家了，有需要就打电话给我，晚上我送饭过来。"如玉点点头。姐姐走出病房，病房里就剩了如玉和朝阳两个人，如玉问朝阳:"怎么回事?我出发的前一天你还好好的。"朝阳说:"是啊,那天在班上和同事正说着话,不知道是怎么回事,忽然左边的肢体上下抽动。同事吓坏了,赶紧打了120急救电话,等急救车到了,我这里也好了,没有事了。"急救车把我拉到医院看了大夫,大夫让做CT,CT显示头颅里有水肿,就这样住进了医院。他们俩正说着话,护士进来给朝阳量血压输液。朝阳躺在床上给如玉说:"你回家吧,这里没有啥事,就是打几天针。"如玉没有吱声也没有动。朝阳又说:"你放心吧,这里天天有司机在,同事们也经常过来。晚上不打针不吃药,我是一觉睡到大天亮。"如玉还是没有动。一会儿司机进来看了看滴速,调得稍微慢了一点,然后把一杯水递给了朝阳。如玉站起来看看药瓶,药名为甘露醇。她知道这是消除脑水肿的药。她问朝阳:"在医院的这几天有没有再次肢体抽搐?"朝阳说:"有过一次。"如玉又说:"还用什么药?"朝阳说:"不知道,大夫让用什么药就用什么药。"如玉笑了。司机说:"阿姨,还打香菇多糖。还吃的治疗癫痫的药。"如玉嗯了一声,正想说什么,有人敲门。司机过去开门,进来了好几个人,进门就喊"张主任好"。如玉知道是朝阳单位的人来看望朝阳,就走出了病房。她走出病房去了医生办公室。她很有礼貌地问哪位医生是9床的主治医生。一位医生转过身来问她有什么事情,如玉说明意思。那位医生又问如玉是病人的什么人。如玉说自己是病人的亲妹妹,自己前几天出发今天刚回来,还不了解哥哥的病情,所以找医生问一下。医生告诉她通过CT检查初步认为病人是肺癌脑转移。如玉一听,身子晃了几下,那眼泪控制不住地流下来。医生看见如玉这般模样,有点不忍心,就让如玉坐下休息一会儿。如玉问医生:"那么下一步的治疗方案是怎么样的?"医生说:"病人的爱人没有到医院里来吗?我们想着和他爱人谈谈。"如玉说:"嫂子两年前就去世了,他们的儿子在国外读书。如果你们在治疗方面需要征询家属的意见与我说就行。"医生点头说:"这个还需要听一下患者的意见。"如玉问了问医生下一步的治疗方案。医生说:"现在是每天全脑放疗一次,周六周日休息,共计二十次,然后再做适形放疗,并且配合使用消水肿的甘露醇和香菇多糖以及葡萄糖等。随后根据情况选择化疗和靶向治疗。"如玉和医生谈了许多,其中包括穿刺取样做病理检查等等。

如玉回到病房,看到朝阳一个人在床上躺着,知道来的人都走了。朝阳问:"玉儿,这会子你去哪里了?"如玉说:"我去找医生谈了谈。"朝阳问:"谈的什么?"如玉说:"医生开始的时候不想和我谈,我说是你的亲妹妹,并且说明以后你的治疗过程让我知情,请他们争取我的意见。"朝阳听了问:"医生答应了吗?"如玉说:"岂有不答应之理。"说着笑了。朝阳说:"玉儿,不要太担心,没有啥事,等我病好了,咱们就一起出去旅游,约上惜玉任亮你哥你嫂一大家子快快乐乐的。我还要继续写字,有可能的话还要进军画界。"如玉忙说:"是的是的,咱说好了,你一定要教我书法,你现在的书法写得不得了了。本来书画就不分家的,你写字多年早就应该作画了。"如玉说完感觉自己的心在哭。如玉还说:"后面的治疗可能需要比较长的时间,咱们都打起精神应对治疗。"朝阳点点头说了一句:"这都是命运使然。"

  下午姐姐送来了炖排骨、炒青菜,还有喷香的蒸米饭。如玉洗手并搓洗好毛巾给朝阳擦脸擦右手,把小桌子摆在床前。朝阳食欲还是挺好的。如玉怕他吃饭的时候不小心把左手上输液的针管动了,就用手轻轻地附在了朝阳的手背上,以防他的手活动。

  晚上八点钟左右输完液,朝阳从床上下来在病房里走了几个来回。他给如玉说:"玉儿,一天了,你也累了,回家歇歇吧。"如玉说:"等你睡觉我再走,以后白天我在这里,晚上还是我哥他们过来。"朝阳说:"这几天晚上都是玉明和任亮轮流着陪床,我给他们说过几次了晚上不打针,我挺好的,不用他们陪。再说了有司机在这里看着呢。"如玉说:"他们过来和你拉拉呱不是挺好吗?这样就不麻烦别人了。你尽管好好配合治疗,不要管这些事情。"朝阳又说:"玉儿,你还没有退休,哪能有时间天天在医院里陪着我?"如玉看着朝阳说:"其实我马上就要退了,我给领导说一声就不用去上班了。""那怎么行?"朝阳不同意。如玉笑了："怎么不行？我们单位有两位同事也快退休了，她们上两个月就不去上班了，领导也没有说什么，我算是很自觉的了。"朝阳没有作声。

晚上如玉回到家里坐在床上愣愣的，不知道此刻应该做什么。她在回想，刘婕去世以后，朝阳的精神受到了不小的打击。他白天上班还好，到了晚上一个人冷清清的，冷锅冷灶的让人看了心疼。那一阵子惜玉让朝阳去她家里吃饭，他不肯去。后来惜玉和如玉商量着反正如玉也是一个人过生活，就让如玉每天下班去朝阳家里做饭两个人吃，顺便给朝阳洗洗涮涮收拾一下房间。惜玉给朝阳说了自己的想法，朝阳同意，所以这两年多以来如玉每天都是如此照顾着朝阳。如玉想着早上也过去给他做早饭，朝阳不同意，觉得晚上就已经很麻烦如玉了，年龄都不小了，不可以太累。

如玉记得刘婕在病中的时候单独给自己说过，等到她不在了，希望自己能照顾朝阳。当时如玉还琢磨不出刘婕到底是啥心思，认为她何苦说这样的话呢，自己躲着还来不及呢，这么多年过去了，刘婕怎么还是不能放下呢。现在看来当时刘婕对她自己的病情心里有数，她让如玉日后照顾朝阳也是出于对朝阳的爱。

刘婕去世以后，如玉想着后半生就这样安安稳稳地和朝阳相互照顾着度过余生，也算人生圆满。

如玉躺在床上翻来覆去无法入睡，迷迷糊糊中看到朝阳躺在病床上，一会儿来了位医生和两位护士，他们推着朝阳出了病房。如玉过去问医生推着病人去干什么，医生没有应答。如玉就随着他们走，走到一间治疗室门口，医生把如玉挡在了门外。如玉只好站在门口等。一会儿过来一位护士，如玉赶忙拦住她问这里面是做什么治疗的。护士告诉她是穿刺取病理。她一听就生气了，医生为什么不事先给自己说一声呢。她在门口等了好长时间也不见朝阳出来就着急了，这一急给急醒了。

她醒来就感觉一阵悲从中来，她不明白这老天爷是咋回事，这么妒忌好人，就不肯度人完美。本来好好的日子，没承想来了个晴天霹雳，把人打得措手不及。她趴在床上呜呜地哭起来。一会儿她起床打开电脑，想着搜索一下关于肺癌的治疗方法，一边搜索一边想：唉，当初自己为什么不学医呢？搜索了一会儿也没有看到什么前沿的治疗方法，基本都是手术化疗放疗靶向治疗等等。她呆呆地看着电脑，脑子里空空的，不知道想什么，也想不起什么来。

一会儿她忽然想起家明来了，对了，他在美国做医生为什么不找找他呢，问问他在治疗上有什么办法。想到这里就准备给慧兰打电话，拿起电话正准备拨号码，看到时间已经是午夜子时了，于是就放下了电话。

早上她早早地起床煮了稀饭，炒了一盘黄瓜鸡蛋，连同姐姐送来的烧鸡和馒馒一同打包好。她准备就绪，匆忙地洗了一把脸，就骑上自行车去了医院。到了医院，哥哥玉明还没有去打饭，如玉说："哥，我带饭来了，你和五哥一起吃吧。"朝阳看到如玉来得挺早的就问："玉儿，你吃了吗？"如玉说："我在家里吃过了，你俩吃吧。"其实如玉在家里只喝了一碗稀饭，她觉得一碗稀饭就行了，再吃的话恐怕也难以咽下去的。这真是病人还没有觉得怎么样，她先就精神上不行了。

早上八点钟是护士交接班的时刻，护士们照例查看了病房。如玉问护士长："李主任来了吗？"护士长说："主任十点钟找您说说下一步治疗的事情。"

在办公室里，李主任给如玉说这一两天需要做个穿刺取样做病理检测，看看肿瘤的类型，以便对症用药。如玉不懂得怎样穿刺取样，于是很担心会不会发生危险。医生说："可以联系省胸科医院，那里有一位医生做过一万多例病人的穿刺活检手术。他的经验丰富，完全不用担心风险问题。"如玉忧心忡忡地对医生说自己需要和家人再商量一下。

如玉回到病房把穿刺的事情说给了朝阳，朝阳说："玉儿，不要担心，还是听医生的，需要怎么做就怎么做。"朝阳还说："这世间的人生病都是正常的事，哪里有一辈子不生病的人，等我的病好了出了院不就可以该干啥干啥了嘛。到时候你玩你的，我玩我的。"如玉听了朝阳一番话这心里不知道是啥滋味。她不知道朝阳是怎么想的,他是真的不在乎,还是心真的这么大,还是不知道这种病的厉害。她实在是忍不住了,眼泪不听话地流了出来。朝阳看到如玉这般泪眼婆娑,就安慰她:"玉儿,这多大点事,你不要担心。"

每天来看望朝阳的人很多。只要是病房里来了人,如玉就到医生办公室里坐一会儿,如果主治医生在,就和医生聊一会儿。慢慢地她基本上明白医生的治疗方案了。但是医生都说朝阳的生存期是一年。如玉不接受这样的说法,她觉得老天爷不可能这么残酷,她对医生的这种判断感到不满。

一个月后由于头部的放疗加上靶向治疗,朝阳的头发基本掉没了。靶向治疗还是有成效的,通过CT检查发现肺部肿瘤小了三分之一。这让他心情好了一点,如玉也觉得有希望。但是朝阳的饭量在减少,人也瘦了一些,精神还是可以的。别人来看他,仍然是谈笑风生,看不出这人是在生病。他会和他们到医院外面散步,从来也不与别人谈起病情。

晚上如玉回到家里就打开电脑,又在搜索关于肺癌的治疗方法,以及专家们在治疗方面有什么新的发现和研究成果。电话响起,她看看号码是慧兰打过来的,赶忙接起电话。慧兰问朝阳的治疗情况,如玉带着哭腔说:"情况还行,服用靶向药物一个月,昨天做了CT,肺部的病灶有所减小,头部的肿瘤通过二十多天的放疗不见效果,颅内水肿仍然不消减。大夫说近几天做头部适形放疗。"那边慧兰说:"老同学,知道你与他情深义厚,但是治病是个长期的过程,也是艰难未知的过程。你要做好充分的思想准备,自己要坚强才能照顾他。另外,我把事情告诉了我哥,哥哥让我转告你,他可以帮助朝阳办理赴美治病的接收手续,让你考虑一下是否去美国治病。若是到了美国在医疗上的一切事情都有我哥办理。"如玉听慧兰这样说心里很宽慰,她觉得家明还是很仗义很重情义的。去美国看病是如玉自己的想法,并没有和朝阳商量。她对慧兰说:"兰兰,你的情意我领了,你也给家明说我很希望朝阳能去美国看病。这件事情还没有告诉朝阳,需要和朝阳商量看他的意思,设若朝阳同意的话就需要家明多帮忙了。"慧兰说:"好吧,你们先商量,确定下来以后及时电话告知,我哥也在等消息呢。他本想与你通个话,考虑到你照顾病人会很忙,就让我代为转达了。"

和慧兰通话结束后,如玉就在琢磨这件事情怎么办,少许她给姐姐通了话请姐姐到自己家里来商量。如玉把刚才和慧兰的通话内容告诉了姐姐。姐姐说:"玉儿,我也赞成出国治病,总是那边的医疗水平要好一些。但是这件事情怎么给朝阳说呢?他听了会不会觉得自己的病治不好了,才会跑到美国去医。这样的话就会增加他的心理负担,不知道他会怎么想。"

两个人说来说去都沉默了。半晌如玉说:"等哪天我试探着给他说说看吧,家明那边还等信呢。"惜玉说:"玉儿,看你近来气色不好也有点消瘦,你还是要休息好吃饱饭才行。若是熬垮了自己,怎么照顾朝阳啊!我看有你在身边照顾,朝阳很满意也很放心。"如玉说:"姐,这些我都明白,只是不明白老天爷是怎么搞的,为什么这样对待我?"惜玉摇摇头叹了口气。

姐姐回家去了,如玉一个人陷入了沉思。晨曦还不知道他爸爸有病这件事,事情来得太突然,怕孩子承受不了就没有告诉他。如玉记得当初刘婕去世的时候,晨曦告假回来奔丧,在回美国前晨曦拜托自己照顾父亲。

如玉在琢磨要不要给孩子说,要说的话怎么说。晨曦前几天还打电话问他父亲的身体可好。这孩子一般情况下给如玉的电话多。如玉想来想去决定还是先不给晨曦说,不管晨曦以后如何埋怨自己,现在都不能告诉他,等个合适的时候再告诉他。不然的话他知道了父亲病重,恐怕这学业就继续不下去了。

如玉坐在书桌前拿起自己的稿件看了看,自从朝阳生病以来她就没有动笔,写不下去也没有心思去写,她不知道朝阳还能有多少日子。唉!

　　　　世间能有几多愁
　　　　愁似高山川水流
　　　　水流东去有终日

日日忧苦无止休

她提笔写下了这无尽的忧愁,这忧愁让她彻夜难眠,让她初次感到了恐慌和无助。尽管几十年来都是自己一个人生活,但是有朝阳在她就不恐慌。不管是多少日子不相见,心里知道他始终惦念着自己,自己有苦可以给他诉,有愁可以向他倾。尽管和他不生活在一个屋檐下,可他是自己的精神支柱,和他的这种感情超越了自己的任何一位亲人。

此时她感觉自己就是一叶小小的孤舟,在河水里孤零零地漂流。

曾几何时她在梦中寻找朝阳,找来找去就是见不到他,让她很失落,很迷茫,总是在一阵伤感中醒来,方知刚才在梦中。

如玉在琢磨可能过去做的梦就是一种提示,注定今生今世和朝阳没有缘分,当时自己悟不出来罢了。近来自己一直失眠,眼睛深陷进眼窝里。昨天朝阳还劝自己不要天天去医院陪护,以免熬坏了身体。

经过一系列的治疗后,朝阳的病情有所控制,医生说可以暂时出院了,一个月以后回医院复查。如玉把需要拿的药品以及用药的注意事项一一记下来,然后给姐姐通了电话,让姐姐去朝阳家里打扫一下卫生。

回到朝阳家里,如玉看到屋子里收拾得干干净净。惜玉正在厨房里准备中午饭。朝阳很感慨地说:"回家的感觉真好,在医院里待了这么长的时间,那种滋味,唉!"如玉说:"这就很好了,不管怎么说,治疗得挺成功的。"如玉让朝阳进卧室里躺一会儿,然后洗个澡。朝阳说:"这几个月以来躺在床上的时候太多了,让我在屋子里转转吧。"惜玉也说:"是啊,转转吧,还是家里温馨。"朝阳进了书房。如玉去卫生间里洗刷浴缸。惜玉也进了卫生间,她给如玉说:"玉儿,朝阳回来了,你看是不是仍然白天你在这里照顾他,晚上你姐夫和咱哥轮流过来陪护呢?"如玉正在用花洒冲洗浴缸,听姐姐问自己话,就停下来看着姐姐,半晌说:"姐,我早就想好了,既然朝阳回到了家里,他的日常起居和服用药物的事情就都由我来负责吧。"惜玉说:"我想你会这样做的,但要事先问你一下。如果你忙不过来,或者有需要出去办理的事情就打电话,我和任亮随时过来照应。"如玉说:"姐,下午麻烦你把我的被子褥子枕头拿过来放到晨曦的房间,一会儿我去房间收拾一下。"姐姐说:"房间已经打扫干净了,知道你爱干净所以把房间里的东西都收到储藏室里了。下午拿过你的铺盖来直接铺到床上就行了。"如玉说:"还是姐姐了解我。"惜玉叹了一口气,疼爱地看着妹妹,片刻慢慢地说:"妹子也是命苦,原以为你后半生能与朝阳相辅相携,谁知道老天爷不帮忙。"如玉正要说话,就听朝阳在喊:"玉儿。"如玉应声走出卫生间,看到朝阳站在客厅里,手里拿着两件内衣。看到如玉走过来,朝阳说:"玉儿,我洗个澡吧,不然想睡觉都觉得腻歪。"如玉说:"好啊,你坐在沙发上稍等,浴缸里的水马上就好了,我给哥打个电话让他过来帮你洗。"朝阳说:"别打,我自己没有问题,要是感觉不行的话再说。"如玉就把洗漱用品、毛巾以及浴袍都收拾到了浴缸旁边。如玉有点不放心地说:"五哥,要是感觉支撑不了就喊一声,我会待在门口等你出来。"朝阳点点头。

在如玉提心吊胆的等待中,朝阳从卫生间里出来了,穿着大浴袍,面色若有微红,应该是热水所致。那一刻,如玉就像是浑身散了架,瞬间一屁股坐在了地上。朝阳吓得赶忙去扶她,嘴里不住地嘟囔着:"玉儿太累了,都是因为我。"两个人眼里都有泪水。

中午三个人吃饭,惜玉给朝阳说:"哪天你要是洗澡的话就让任亮过来,你自己在浴室让人不放心。"朝阳点头说:"没有事的,我这不挺好嘛。"说着看看如玉。如玉说:"是啊,你是挺好的,别人会担心你的,以后还是让姐夫过来帮忙吧。"

饭后如玉陪着朝阳去卧室里休息。朝阳躺在床上给如玉说:"玉儿,这会子也不困,你坐下拉会儿呱吧。"两个人聊了一会儿闲话,如玉说:"五哥,有件事一直没有和你商量。""啥事?"朝阳问。"是这样,你在治疗的过程中,我给慧兰通话把你的病情说了,她呢,很是挂念你的病情,就告诉给家明。家明通过慧兰转告说,咱们可以去家明那里就医,那里的医疗条件好一些,而且有家明在那里,一切的事情都由家明办理,咱只管去人就可以了。家明一直在等我回话呢。"朝阳听了如玉一番话,没有马上说什么,他闭着眼睛似乎是睡着了。如玉见状知道他累了,就悄悄地出了房间。

如玉去卫生间里把朝阳换下来的衣服洗出来,自己也洗了个澡。

她去厨房想看看有什么青菜,还缺点什么,去门口的超市买点。但是打开冰箱后发现里面什么都有,肉蛋鱼以及各种青菜样样不缺,水果也有,并且还有姐姐包好的饺子冻在里面。看样子一时半会儿不用出去买了。她感激姐姐,感激她几十年来细心照顾自己,总是替这个妹妹想得那么周全。

就这样他们俩安安稳稳地过了七八个月。朝阳的精神状况还可以,病情较稳定。两个人在一起拉呱甚是合拍。聊到了古今人物,比如晏殊、欧阳修、苏轼、辛弃疾、柳永、周邦彦等。朝阳还说北宋时期文化繁荣,词的发展达到了前所未有的高度,许多的大词人都是在这个时期诞生的,还聊到了创作诗词的心得体会。

朝阳说:"古汉语以单音节为主,字义有时候不好理解。古文人把思想情感浓缩于诗词中,写诗词虽然用的字数少,但是所表达的内容是丰富多彩的,用白话文可以翻译出一篇文章来。所以说创作诗词比较难。"如玉说:"五哥对汉语言的体会还是挺深的。"朝阳说:"这几年工作上不紧张了,闲暇的时间多一点了,就想着多看书,咱们的汉字博大精深,文字组词精美丰富,有许多的词句引起读者无限的遐想。诗词的用字有讲究有格律,因此写诗填词必须要精通汉字,还要会运用才行。"如玉说:"是的,咱们是文章大国,自古文人才华横溢,文人们写出的文章诗词等流芳后世。咱们的汉字就是艺术品。世界上没有哪个国家能把他们的文字写成艺术品,而且还挂在墙上让大家赏鉴。"

她认为朝阳平时并不喜欢这些词啊诗啊什么的,看来自己没有真正了解他。有时候朝阳写字,如玉在一边看,高兴之余也写几笔。她觉得自己以前要是能拿出时间来写写毛笔字,那么今天就不至于这么尴尬了。如玉说:"五哥,你画的那几幅画真好,特别是那幅墨荷看起来很有味道。"朝阳说:"墨荷这幅画乍一看不错,若是细细品来还是不足,主要是没有体会到荷花的内涵所在,表达不生动。再就是作画的功力不到。"如玉说:"这就很好了,毕竟你是这岁数了才开始学画。专业的画家们都是童子功出身或者世家出身。五哥,记得1978年那会儿我出公差去北京,那时候故宫深度开放,供游人参观。金銮殿和慈禧垂帘听政的地方,还有慈禧和皇帝的卧室都可以进到里面近距离地观看。皇后和嫔妃的珠宝、首饰在玻璃柜子里摆着看得真真的。乾隆给他母亲做的保存头发的金塔都能近距离地观赏。当时故宫还展出了许多名气很大的古字画，那都是一步之遥伸手就能拿到。还有一幅吴道子的山水画，我知道吴道子的画好，当时心里就想这么名贵的画就随意摆出来，也没有设个隔离障碍什么的，就不怕被人抢了？"朝阳听罢说："1978年那会儿，对外还没有开放，国内旅游还没有热起来，大多数老百姓也不知道字画值钱，人们对钱也没有那么渴望，所以不用担心字画会被人抢走。""嗯，是的。"如玉答应着。

在相处的日子里，如玉偶尔会弹琴给朝阳听。如玉能弹的曲子不多，喜欢弹《良宵引》，朝阳也喜欢听。如玉说："这曲子虽然好听，但是不好弹奏，有时候自己觉得弹得还可以，那是要求不高。"朝阳说："我不懂琴，总觉得弹曲子需用工夫，把一支曲子反复弹，多听琴师们弹，从中找出需要改进的地方，久之就能有不少的收获。再者说了，这琴师弹曲子一般人哪能比之，他们是专业人士。""是的，大师们弹奏的那种韵味难以企及。"如玉回答。朝阳说："慢慢地练习吧，等我的病好了，给你找一位琴师指点一下，会进步得快一些。"朝阳又说，"玉儿，你在写书吗？"如玉点头嗯了一声，然后说："我想着把书名改一下。"朝阳说："改什么名字？"如玉说："改成'春来春去'。"朝阳说："'春来春去'是写一件事，书的原名是写一个人，自己斟酌吧。写书不是件容易的事情。"如玉说：

"是啊，不容易！有时候灵感来了却不在书桌前。等坐下写的时候那灵感又找不到了。"朝阳说："只要不断地写，认真地写，就会成功的。不能等着灵感来了写，其实在写作的过程中灵感会不断地出现。就好像是你在沿着一条路往前走，一开始可能感觉沿途没有风景没有意思，但是走着走着风景就来了，而且是大好风景，此时你就会觉得不虚此行。一篇好的文章其实是作者内心世界的自然流露。"如玉非常赞同朝阳的说法，写小说虽然是自己多年的心愿，但真的动笔却是不容易的。她对朝阳说："写作过程是学习的过程，是锻炼的过程，是挖掘自己所经所历的过程，也是提高自身文学修养的过程。最重要的是多读书，多去体会别人的写作方法和表达手段，读书的时候能感觉到书的作者在给自己提示着什么，告诉自己在写作中应该注意的情节变化，以及去繁就简又不能忽视对于细节的描写。"朝阳甚是赞同如玉的说法。

如玉觉得朝阳这些年喜欢上了文学，并且爱好读书了。早年间他只知道做生意，考虑的是如何把生意做好，如何能赚到更多的钱。后来进入政府的企业，每天想的是怎么把企业搞活搞大做强，怎么样给职工把福利提高。再后来进入政府部门想的是怎么把地区的稳定做好，把经济搞上去，怎么把老百姓的事情办好。如玉说："五哥，要是早些年你多读书，不去做生意就好了。"朝阳不同意如玉的说法："早些年不做生意吃什么，很多工人下岗，许多企业破产、转型，工人自谋生路。玉儿，我知道年轻那会儿你喜欢读书人，喜欢大学生，喜欢生活幽静雅致，喜欢知识分子家庭生活的氛围。那会儿我就是读再多的书也成不了你喜欢的那类人。"如玉笑了："人生的姻缘是天注定的，命中有时终须有。"朝阳拉住如玉的手说："玉儿，等我病好了，咱俩就去登记吧。"如玉说："咱们好好治疗，你好好地吃饭，别负我。"朝阳沉默了，他知道得了这种病不容易治好，他深深地责怪自己不该说这话。他说："玉儿，你负我一生。"如玉眼里有泪，看着墙上朝阳和刘婕的照片。如玉的表情，让朝阳有说不出的滋味。他说："刘婕生前一直有心结，她的心思太重。"如玉说："你没有错，你是好丈夫。错在我，也是虚荣心使然，错过了你我竹马青梅。刘婕没有错，她爱你那么深，情到深处才会有嫉妒心才会不放心。假如我离开你们远远的，她就不会有诸多的担忧了。"朝阳说："可是你没有离开，而且选择了独身。你选择独身，让我始终感觉有一副担子在身上，让刘婕感觉有压力有不确定性。"如玉说："其实自从晨曦降临以后，刘婕已经没有压力了，她也不认为我会构成威胁了，而且生活得很幸福。大家都能看得出来。"

如玉觉得不能沿着话题往下说了，她话题一转问："五哥，早年你接管了工厂的担子，那时候大家都为你担心。毕竟当时工厂停工停产，职工没有活干，没有活干就没有周转。在职的和退休的职工都等着发工资度日，厂子里没有钱，工人们领不到工资都在闹情绪。你进厂以后把全部的心思都倾注到上面，几年下来你凝聚了大家的力量，付出了自己的心血，把工厂盘活了，工人的生活有了保障，福利也在提高。你的能力也得到了领导的认可。现在想起来觉得你那时候真的有魄力有胆量有担当。后来工厂好转以后你又去了别的企业，职工都不愿意你离开，有的职工都哭了。"朝阳听如玉一席话也是感触颇深，他说："玉儿，其实那会子就是年轻，精力旺盛，想着干点事。再加上改革的形势一片大好，国家需要发展经济并且重视人才引进。有领导的支持和信任才能没有顾虑，才能拼搏才能前进。在工厂里那几年和职工们同吃同住，职工有困难尽量帮助他们解决，职工没有了后顾之忧，才能调动起积极性，为工厂的发展贡献力量。"如玉说："一转眼咱们都老了，还真的想念我们孩童时期的情景。如果能重来，我会拽住你不放。"朝阳笑了："其实小的时候你经常拽住我不放手。那时候我娘经常嘱咐我，让我多多让着你，别和你打架。"如玉说："可是你有时候也不让着我。""是吗？"朝阳有点不明白地看着如玉问。如玉说："是啊，记得有一次你去找同学玩，我想跟着你，你不让，把我往家里撵，趁着我不注意，自己一溜烟跑了。"朝阳说："有这事吗？我怎么不记得了？"如玉说："我可是记了几十年啊，当时我哭着回家告诉了爹爹，爹爹说要去打你。姐姐和哥哥在一边笑话我呢。"朝阳听了，哈哈大笑。

不觉又一年多过去了，这将近两年多的日子两个人在一起生活得很快乐。如玉感觉到了人生的幸福和满足，两个人一起写字，一起作画，一起谈天说地，共度晨昏。

算来朝阳从生病到如今也差不多快三年了，其间也有状态很好的时候。晨曦中间也回国看望过父亲，对于玉姑姑尽心地照顾父亲，晨曦很是感激，他不知道父亲和玉姑姑的情缘。晨曦在美国边打工边读书，研究生毕业后申请了博士并且拿到了全额奖学金，这一切让朝阳心里很是宽慰。

按照医院的要求近期需要去医院做复查了。如玉联系了主治医生之后，又联系了护士长安排床位，然后去超市买点需要带着的各种用品。如玉每次出门都是急急地走，急急地回，她总是觉得朝阳的病情随时可能复发，所以不放心他一个人在家里。当她从超市地下停车场把车开出来的时候，正赶上马路上堵车。她需要往右拐，可是右边的快车道上泊着一辆车，于是如玉的车和那辆车发生了摩擦。不管是谁的责任她都不想耽误时间，也不想争吵，于是她给了那车主几百元钱就开车走人。她觉得如果打电话给保险公司，当时正是下班高峰，保险公司的人过来需要很长的时间，她怕朝阳在家里等急了。

转过天来，如玉和朝阳来到医院做检查。护士长人非常好，当时病房紧张，护士长特意关照了一下，才能按期地住进去。护士开了单子，司机下楼去办理住院手续。

没过一会儿医生过来病房,问了一下朝阳的身体情况。医生说:"张主任的气色很好,在家里生活规律饭菜可口过得舒心,看不出生病的样子。"俩人聊了一会儿,随后医生又说,"咱们先做一下简单的检查,明天一早抽血检测,等结果出来后再根据情况决定是否做进一步的检查。"朝阳点头表示感谢。

事物的发展总是在你感觉还行的时候重击你一下。

早上抽血下午出结果,在等待结果的时间里如玉的心是悬着的,其实以往每次复查如玉的心情都是一样紧张。中午朋友来医院里给朝阳送饭,如玉没有心思吃饭,就想去护士站看看。朝阳说:"玉儿,你别出去,我们一块儿吃吧。"如玉说:"五哥,你和小刚两个人吃吧,我去护士站一下。"

下午两点多如玉再到护士站,问:"江护士,麻烦您看看9床的血检出来了吗?"护士在电脑上查询,结果出来了,护士打印了一份给她。

如玉拿到报告单没有回病房而是直接去了医生办公室,办公室里没有人,如玉坐下来看报告。先看肿瘤指标,CEA挺高的,CYFRA21-1高,Ferr高,但是生化肝功指标还可以,血常规也行。她看看墙上的挂钟,两点半,就去找主任了。主任办公室里正好有人在,如玉在门口等。过了一会儿,门开了,那人出来,如玉进去。主任看了报告说:"肿瘤指标是比较高,我和大夫们商量一下是否做进一步的检查，看看有没有转移的情况。"如玉听主任这么一说，这心扑腾一下。她问主任："假如肿瘤真的转移了，这该怎么办？"主任说："您先别着急，等做完检查出来结果看看情况再说。"如玉问："主任，CEA还有那个肺部的指标看着挺高的，一般出现什么状况它才高呢？"主任说："大概率是有转移。"如玉看着主任，泪水模糊了眼睛。主任给她说："这种局部晚期的肿瘤容易转移，作为家属要有思想准备。以现在的医疗技术和手段还不能保证给患者完全治愈，特别是晚期的患者。我们医生会尽力延长患者的生命。"主任又给她说："看着张主任还是挺坚强乐观的，和他的交谈中没感觉到他是位病人，他很健谈而且见识广热爱生活。您作为他的家人一定不能表现出恐慌的情绪，以免影响他。"主任继续往下说的什么，如玉没有听清楚，她眼睛看着医生，耳朵里只觉得嗡嗡作响。

如玉回到病房，探望的同事们都走了，朝阳和司机在说话，看到如玉进来朝阳就问："这会儿你去哪了？中午饭也不吃，饭给你留着呢，吃点吧。"如玉说着不饿坐下来给朝阳说："检查结果都出来了，其他的都挺好的，就是肿瘤指标有点高，李主任让明天做个 PET/CT 检查看看。"朝阳并没感到意外，他说："应该做什么检查就做吧。"

朝阳何尝不知道这种病的凶险，但是他总是担当有余，考虑自己不足。他习惯了做别人的依靠，不想别人为自己担心。自己有病以来如玉辛苦地忙前忙后，他能感觉出她为了自己的病情，经常独自落泪。他没有办法也不知道用什么语言去安慰她，只能表现得不在意，不去探讨病情，以免惹她恐惧伤心。

如玉以为朝阳会问她要血检报告单看，所以就把报告单留在了护士站。等了一会儿朝阳没有吱声。他从床上起来，让如玉休息一会儿。然后自己就出了病房，一边走一边说下楼走走，司机就跟着他下楼了。

如玉在病房里坐了一会儿，感觉两个大腿没有劲，不想吃饭就想躺一会儿。她试了试体温，正如自己所料有点发烧，并不严重。这个时候自己不能有病，也不能让朝阳知道自己发烧。于是她把盖杯里的水一口气喝光，她知道只要多喝水就能退烧。由于喝水多就不断地去卫生间，果然灵。

转过天来，如玉陪着朝阳做了检查。医生告诉她明天下午出报告。回到病房见有朋友来看望朝阳，是老徐。老徐对朝阳说："刚才听护士讲你去做CT了，本想着去CT室找你，护士让等一会儿，说很快就回来了。我刚给伙计们打了电话，他们一会儿就过来，我找了一个好地儿，一会儿拉着你，咱们出去玩玩，今天的饭在那里吃就行。"朝阳高兴地说："好啊好啊，我还真的想出去吃饭了。"如玉对着朝阳说："出去吃饭可以，只是不能喝酒，待会儿还要跟医生请假才能出去。"朝阳笑了:"太麻烦了,吃顿饭还要请假,不能告诉医生,免得他们阻拦。玉儿,下午也没有啥事了,你回家休息吧,看你的气色不太好,别是累病了。晚上让他们给你送饭,你想吃点啥让饭店做。"

如玉回到家里本想着给姐姐通个话,觉得有点晕乎乎的就想着先躺一会儿再说,谁知这一躺竟睡着了。司机来送饭没有敲开门,就用朝阳给他的钥匙打开门,把饭放到桌子上了。

夜里如玉醒了,感觉口渴去厨房喝水,看到客厅的桌子上有两个饭盒,知道是司机送来的饭。她先去喝水,回到客厅打开饭盒,一盒水饺一盒炒鸡块,喷香。她是饿了,中午就没有吃饭。尝了一个水饺,虾仁馅的,微微有点热乎,一会儿的工夫全部吃光。吃过饭,喝了一杯热水,感觉身上有点汗,精神较白天好了许多。她此刻睡意全无,心里挂记着CT的结果。她多么希望自己是虚惊一场,是庸人自扰。她琢磨着也曾听说有的人血检肿瘤指标很高,但是并不准,有时候炎症也能让肿瘤指标高。在一阵胡思乱想中天亮了。

姐姐来了,把饭盒放到桌子上。如玉说:"姐,我不吃饭了,你拿回去吧。"姐姐问:"为什么?"如玉说:"夜里才吃过,这会儿不饿。我一会儿就去医院了。"惜玉说:"不着急,任亮还没有回来呢,你等一会儿再去吧。"

如玉刚到医院门口就接到了医生的电话,医生让她到办公室里去一趟。她接了电话就感觉不好,当她气喘吁吁地推开医生办公室的门,看到李主任和另外一位医生在对着电脑研究,表情凝重。如玉走过去,没有吱声,站在一旁等着。过了一会儿李主任转向如玉:"陈女士请坐,沉住气。片子我们已经看到了,本来想着晚点告诉你,思虑之后觉得不妥。张主任的病情不太乐观,全身多处转移,医院很重视,下午院领导组织全院会诊,研究下一步的治疗方案。"如玉哭了,哭得有点喘不过来气。医生也不知道怎么劝她,于是递过去几张纸巾。片刻医生说:"这样吧,你先不要去病房了,不能影响病人的情绪。"

如玉一个人坐在医生办公室里,给姐姐去了电话,让姐姐到医院里来。她把情况说给了姐姐,姐姐看她的眼睛肿肿的,也不知道此刻应该说点什么。如玉的电话响起,是朝阳打过来的。惜玉接起来给他说:"朝阳啊,如玉下楼买东西去了,一会儿回来就过去。"朝阳说:"我这里没有事,让她在家里休息一天吧,昨天看她气色有点差,怕是累着了吧?"惜玉说:"她挺好的,你放心吧,过一会儿她回来就去医院了。"

晚上如玉给姐姐打电话不让姐夫来医院了,说今晚自己陪着朝阳。朝阳自然是愿意的,他觉得和如玉能多待会儿是一会儿。如玉坐在椅子上看了看朝阳欲言又止,过了一会儿还是开腔了:"五哥,还是老生常谈,你考虑考虑咱是否去美国治病,要是你同意的话,我给慧兰通话,明天就着手办手续。"朝阳说:"不是早就说了不去国外,在咱们这里就很好。"如玉说:"美国的医疗技术好一些,那里的新药咱们还没有,何不去一次呢?你总是那么固执。医生说这次复查有点转移,接下来需要调整治疗方案。""嗯,知道。李主任略微地给我说了说。"朝阳回答,然后又说,"玉儿,你不要担心我,按照医生的治疗方案一步步走吧,倒是你需要多休息调整心态。我知道你总是害怕有什么不测,害怕有一天失去五哥,没有什么大不了的,不就是癌症吗,和它抗一抗。"如玉听朝阳这么说,心里着实受不了,但是又不敢表露出来,于是站起身来倒了一杯水自己喝了,又递给朝阳一杯水。朝阳宽慰着如玉:"玉儿,其实咱们国家的医疗水平是不差的,有些人在国外得了病还想着回国治疗呢。人生一世哪有不长病的呢,积极治疗就可以了。"如玉咽下了想说的话,拿起水盆去开水间打水洗毛巾,然后给朝阳擦脸擦手洗脚,让朝阳早点睡觉。

  一个疗程的化疗结束了,朝阳明显虚弱了,饭也吃不进去,人的精神也差了很多。输了几天营养的针剂,医生说暂时可以回家调养了,一周后回来查一下血液指标,等二十八天后做第二个疗程的化疗,做完四到六个疗程后看看效果。如玉知道艰难的日子还在后面呢。医生也告诉如玉,化疗能起到一定的作用,能延长患者的生存期,但是患者的承受能力是有限的,有的患者坚持不了中途就放弃了。医生说回家后一定不能感冒，营养要跟上，保持好心情，对于恢复身体有作用。

艰苦的治疗过程和病痛把朝阳的身体打垮了，如玉的精神也垮了。她看到朝阳受了那么多折磨，真的受不了了。姐姐说她把眼睛都熬得深深地陷进了眼窝。有时候一天没怎么吃东西如玉也不觉饿。她不忍心看到朝阳眼睛里有泪水，这曾经是多么硬朗的汉子，从年轻就没有被困难压倒过，却被疾病折磨成这个样子了。她想喊却出不了声，想哭却没有了眼泪。好像一切都在等着老天爷开眼。

第十三章　冷月伴孤鸿

晨曦下了飞机，匆忙打了出租车，一路上不停地催促司机开快点。他接到如玉的电话知道父亲病危，由于没有订到当天的飞机票，所以耽搁了一天。这一路上他基本没吃什么东西也没有喝水，头里就知道父亲生病，玉姑姑说没有大事，让他完成毕业论文马上回来。最近论文完成交付，还没有来得及告诉父亲就接到父亲病危的信息。他清楚地知道只有父亲的病到了危急时刻，玉姑姑才会告诉自己。他不知道能不能赶上见父亲最后一面。他不明白父亲怎么会得了这样的病，也许是母亲去世以后自己没有尽孝道，父亲孤独而致。他一路上思来想去。母亲去世以后这几年有玉姑姑在照顾父亲，自己才放心地在外读书。他觉得自己根本就不该出国学习，更不该读博士。假如自己在家里的话可能父亲心里会宽慰一些，心情好了疾病就不会缠身。

车子停在了家门口,他看到不少的人进进出出。他三步并作两步飞奔上楼,进到屋里,看到父亲的遗像摆在了屋子中央。他一头扑过去跪在了遗像前,还没有哭出声来就栽到了地上。大伙赶紧把他扶起来,叫了救护车。这可把如玉吓坏了,惜玉也不知所措。任亮和陈玉明一起跟着上了救护车。到了医院进了急诊室,医生检查发现晨曦嘴唇干裂脸色蜡黄,又听任亮说了说情况,判定晨曦是由于一路精神紧张,再加上没有吃上饭没有喝水,见到父亲的遗像后对他的打击太重,整个人精神和体力都支撑不住,导致了昏迷。医生说没有大事,输点液,休息一下,主要是稳住情绪就好了。

一切的事情处理完毕,大家都各自回家了。晨曦的精神几天来都不好,不思茶饭。如玉为了照顾他,没有回自己的家,也不能回家,怕孩子承受不了这沉重的打击,万一有个好歹对不起朝阳生前的嘱托。其实如玉也感觉身体支撑不了了,她真的很累很累,身体的累和精神的累交织。

几天后,在如玉的陪伴下,晨曦去墓地给父亲过了头七,晨曦看到墓碑上刻的父母的生辰忌日,眼泪直流。如玉怕他再出事,就赶忙让晨曦磕了头,拽着他就快速下山离开了墓地。

回到家里,惜玉正在厨房准备做饭。晨曦给惜玉说:"大姑姑,您和玉姑姑几年来照顾我父亲很辛苦,感激的话我就不多说了。这几天您和玉姑姑就回家休息吧，我会照顾好自己。"惜玉说："孩子，现在你还不能一个人在家里，我们都不放心。你就像我的孩子一样，不要见外。你回房间休息吧，有需要办的事就说。你玉姑姑仍然住在这里陪着你。"

几个月后的某个晚上，晨曦给如玉说："玉姑姑，我博士的毕业论文通过了，后面还有一系列的事情要做。我准备再过几天就回去。姑姑，若是我能顺利地拿到毕业证书，就回国回到咱们的城市工作，和姑姑生活在一起，照顾姑姑后半生的生活。"如玉听了晨曦的一番话满眼是泪，她叫着晨曦的大名："诚儿，姑姑盼望着你早日归来，你我都有个依靠。"晨曦点头说："会的，现如今家里的一切都由姑姑照应着，您还是继续住在家里，这里就是您的家，永远都是。"

晨曦买好了机票，临行的那天，如玉、惜玉送他去机场。看着飞机起飞后一会儿没有了踪影，如玉给姐姐说："以后的事很难说，孩子有自己的前途自己的事业，毕业后能留到美国工作也是不错的。能否回来是个未知数。"惜玉说："是的，此一时彼一时。不过这孩子是重情义的，就是以后定居国外，他也不会忘记你的。"

如玉还是搬回自己家住了。她把朝阳家里收拾好，该蒙起来的盖起来的全部做好。

家还是那个清洁简单的家，只不过增添了许多沉寂和孤独，过去几十年的孤独和现在的孤独是不一样的。她随手掀开了琴的罩子，没有心思弹它。她坐在书桌前随手拿起了旁边的《夜深沉》，翻了翻不想看，这本书她看过几遍了，每次看都有不同的感受。桌子上还有几本也是多次阅读过的书，每次读都会新发现以前没有读到过的地方。可是现在没有心思去翻看它们。

她从抽屉里拿出搁置了许久的稿件认真地看了起来，由于是手写，需要改动的地方比较多，需要穿插的内容在纸张上写不开，就用另外一张纸写。这样弄来弄去的很乱，她记得曾经和朝阳说过手写稿子挺麻烦的，朝阳建议用笔记本电脑写，改或者删比较自如。如玉就想着等心情稳定下来，把稿件全部腾挪到电脑上。

她还记得曾和朝阳探讨过书名的问题。她说想把书名改成"春来春去"，朝阳说"春来春去"是写一件事情，现在的书名是写一个人，由此她决定不改书名了。

晚上睡觉前，如玉接到了慧兰的电话。如玉告诉慧兰，晨曦回学校，自己也回家了，一切都过去了，没有了盼望没有了挂念。慧兰说："我知道会这样的，希望你回归正常的生活，人生苦短，善待自己。我很盼望你能来北京住几天，哥哥捎信希望我陪着你去他那里生活一段时间，你要是愿意的话，咱俩就着手办理出国的申请。"如玉说："也不是不可以，只是现在还不行，过一段时间吧。"如玉问及伯父伯母，慧兰告诉她二老已经过世了，终归也没能如愿回家乡。不过哥哥说了暂且把二老放在美国,等过几年还是要魂归故里的。慧兰说:"如玉,你多大年纪了,还等什么?现在就是最好的时候,咱俩出去玩玩吧,像这样的机会难得,年龄不饶人。"如玉笑了:"瞧你说的,哪有那么急,等我处理好自己的事情,自然去找你旅游。"慧兰说她:"你呀,从来都是不听别人相劝,自负满满顽固不化!"如玉听慧兰这样说,顿时感觉她说得太对了,如果自己不固执的话或许生活会不一样。

几天来如玉没有迈出家门一步,从白天睡到晚上,吃过饭就想床,床成了她最好的伴侣。姐姐和嫂子多次约着她出去走走、出去旅游,都被她拒绝了。嫂子说她应该是身体比较虚弱,多休息好好调养一下就好了。如玉心里知道自己在努力调整到最好的精神状态,继续生活下去。

半年多过去了,如玉感觉自己的状态恢复得还可以,她以平静的心态继续写书。小时候的情景,上学时候的事情,同学们和老师那亲切的面容,还有几十年在工作学习中遇到的许许多多的人和事,都在脑海里浮现出来。有热情帮助自己的朋友,还有故意找茬欺负自己的人,现在统统都已经过去了。正如苏轼所说,回首向来萧瑟处,归去,也无风雨也无晴。生活就是这样,有美好也有无奈,只要不纠结都不是事。现在的自己主要的任务就是把所遇,所见,用心地写出来,也不枉来世间走一回。她觉得需要写一阕词送给朝阳,以表怀念之情。

她打开电脑深情地写起来。

蝶恋花

玉送朝阳回大地。青山泪迎,碧草沉寂寂。茫茫苍天雨泣泣。闪闪长空划霹雳。

终憾此生未比翼。此意此情,寻觅有足迹。往事萦回常历历。明月把我心涛寄。

她把写好的词用笔抄了一遍,准备等朝阳生日的那一天晚上去马路上烧掉。过去听老人说逝者的生辰或者忌日这一天能收到亲人在阳间寄给他的东西。

想起来也怪,如玉记得朝阳去世的那一天就下雨,一直下了三天。下葬的那一瞬间响起了震天的雷声。她觉得朝阳在天上仍然挂念着这个妹妹。